Beth Greene

L'éveil de la sorcière - 1

Tueuses de l'ombre

© 2017, Beth Greene.
Impression / Éditeur : BoD – Books on Demand, Norderstedt.

ISBN : 9782322100590

Dépôt légal : décembre 2017

PROLOGUE

Si Roger Hagnerie détestait bien une chose, c'était d'être réveillé en pleine nuit. En entendant ses voisins se disputer pour la énième fois, il grommela, seul dans son lit, puis resta aux aguets, à l'affut du moindre bruit. Le silence s'installa. Le vieil homme, cheminot retraité, attendit encore quelques minutes puis jeta un œil sur son radioréveil. 23h42. Il soupira, regarda le côté droit du lit tristement vide et soupira encore plus fort. Si Mathilde avait été là, elle l'aurait regardé en souriant, lui aurait demandé d'aller casser la gueule de ces connards qui l'empêchaient de dormir et se serait rendormie aussi sec. Elle était comme ça, Mathilde, une femme simple qui disait ce qu'elle pensait. Combien de temps avaient-ils été mariés ? Roger ne s'en souvenait pas. Depuis toujours probablement. Roger était conscient de la chance qu'il avait eue quand elle lui avait répondu « oui ». Oui, il avait très chanceux. Sa femme avait toujours revendiqué son rôle de maîtresse de maison et craché à la figure de celles qui voulaient la faire sortir de sa cuisine. Au propre comme au figuré. Un jour, deux militantes féministes étaient venues frapper à leur porte. Elles avaient essayé de convaincre Mathilde que la révolution était en marche, qu'il fallait qu'elle se libère du carcan patriarcal. Mathilde les avait écoutées sans rien dire. Mais une fois leur discours terminé, elle leur avait lâché un bon glaviot sur leurs jolis escarpins. « Et si je me barre de ma cuisine, qu'est-ce qu'il va manger mon homme ?! », avait-elle crié avant de leur claquer la porte au nez. A l'évocation de ce souvenir, Roger pouffa. Mais Mathilde n'était plus là. Le vieil homme ne savait peut-être plus combien de temps avait duré leur mariage mais il savait exactement depuis combien de temps le cancer avait emporté sa femme : 7 mois, 2 jours et 5 heures environ.

La dispute ne reprit pas mais Roger n'avait plus sommeil. Il détestait se réveiller en pleine nuit pour s'apercevoir que sa femme n'était plus à ses côtés. Il se leva péniblement, son dos lui faisait un mal de chien, enfila sa robe de chambre et se traîna jusqu'à la salle de bain. Il se passa un peu d'eau fraîche sur le visage. Le miroir lui renvoyait le visage d'un homme fatigué, bouffé par les rides sous une touffe de cheveux blancs mal peignés. Roger se mit à parler seul, maudissant ses voisins qui habitaient dans le pavillon mitoyen du sien. Quand ils avaient emménagé, quelques années auparavant, Roger et Mathilde les avaient accueillis comme il se doit. C'était un couple dont la femme semblait discrète.

Le vieil homme se dirigea vers la cuisine. La maison était silencieuse. Il se servit un verre de whisky et fit tourner le liquide quelques secondes. Il but une gorgée et regarda la bouteille posée sur le plan de travail. Elle était aux trois quarts vide. Il buvait pas mal ces derniers temps. Et puis quoi ? A son âge, il avait bien gagné le droit de se faire plaisir et d'envoyer chier les médecins. Il buvait quand ça lui chantait, seul ou avec ses potes cheminots. De pauvres types comme lui, qui vivaient dans un pauvre pavillon de banlieue en pleurnichant sur le passé, en espérant que tout ça se termine. Mais pas trop vite quand même... Roger vida son premier verre et se servit la petite sœur. Il était en colère, profondément en colère. Contre tout. Et puis surtout contre ces cons de voisins qui le réveillaient en pleine nuit !

Soudain, il se figea. Il y avait un sacré remue-ménage à côté. La voix du mari d'abord. Celle de la femme ensuite, qui pleure. Cela faisait plusieurs mois qu'ils se disputaient, souvent la nuit. Ça gueulait quand même pas mal là-dedans. Elle, surtout. Lui haussait rarement la voix. Elle, lui... D'ailleurs comment s'appelaient-ils ? Roger n'en savait rien. Enfin si, il avait dû le savoir. Il n'avait pas bien compris ce qui avait pu dégénérer dans ce couple qui paraissait si calme et solide en arrivant. Les disputes avaient commencé cinq ou six mois auparavant. Heureusement, Mathilde n'avait pas eu à subir tout ça, elle avait déjà bien à faire à l'hôpital. Un jour Roger avait vu l'homme partir, des valises sous le bras. Il revenait parfois passer quelques heures, une nuit ou deux. Clairement, ça sentait le roussi pour leur mariage. Si sa bonne femme était restée bien sagement à la maison, peut-être seraient-ils encore ensemble. Les voix se firent plus fortes, comme si on avait tout à coup augmenté le volume d'une chaîne de télévision. La voix de la femme avait changé : plus forte, plus nette, plus aigüe aussi. Ça commençait à sentir très mauvais. La colère de Roger s'effaçait peu à peu pour faire place à de l'inquiétude. Il n'arrivait pas à saisir les dialogues. La cuisine, comme la chambre, était pourtant collée à la maison voisine. Il y eut des bruits indistincts : meubles qu'on bouge, objets qu'on jette. Et puis, une vibration dans l'air. Le retraité en eut la chair de poule. Les voix reprirent leur dialogue, Roger se concentra pour mieux entendre. Il y avait quelque chose de malsain dans la voix féminine, il pouvait le sentir. Roger attendit encore et finalement se servit un troisième whisky qu'il vida d'un trait. Silence à nouveau. La femme cria. Un coup de feu retentit. Roger lâcha son verre qui explosa sur le carrelage de la cuisine. Un deuxième coup de feu le fit sursauter. De nouveaux bruits. Des pas ? Puis le silence, à nouveau, lourd de sous-entendus.

Roger sortit de sa torpeur et se rua sur le téléphone. Il réussit à maîtriser la peur qui s'infiltrait petit à petit dans ses veines, sa voix trembla un peu quand il décrivit à la police ce qui venait de se passer. On le remercia, on lui conseilla de rester chez lui et on raccrocha. Et maintenant ? Et maintenant il fallait voir si quelqu'un avait besoin d'aide ! Qu'ils aillent se faire foutre avec leurs conseils. Roger sortit pieds nus dans la petite cour, il regarda chez ses voisins par-dessus la haie. Tout était calme. Dans la rue, d'autres pavillons étaient allumés, tout le monde avait entendu les coups de feu. Le vieil homme enjamba les arbustes et s'approcha doucement de la maison. Prudemment, il jeta un œil à la fenêtre de la cuisine. La pièce était allumée mais vide. Cependant tables et chaises étaient renversées. Il poussa ensuite la porte d'entrée qui s'ouvrit sans un bruit sur un couloir sombre.

Ce pavillon était la réplique exacte du sien mais en miroir.

Il se dirigea directement vers la droite où devait se trouver un grand séjour. Il ne se trompait pas. Un lustre bon marché, de mauvais goût, éclairait la scène. Un homme était affalé sur le canapé. La moitié droite de sa tête avait disparu, emportée par une balle de gros calibre. Roger eut un haut-le-cœur. A la place du ventre de l'homme, il vit une bouillie ensanglantée. Une odeur pestilentielle régnait dans la pièce, l'air était électrique. Le retraité s'aperçut alors que les meubles n'étaient pas au sol, mais lévitaient quelques centimètres au-dessus du carrelage. La panique le gagnait. Sur la droite de

Roger, faisant face à l'homme dans le canapé, se tenait une femme. Dans ses mains, elle serrait un énorme pistolet. Elle avait les cheveux courts et en bataille, ses yeux étaient grands ouverts et injectés de sang, sa respiration était sifflante. Elle arborait un sourire de démente. Son regard allait de Roger au cadavre, sans réussir à se poser. Soudain le mort bougea, Roger vit sa cage thoracique se bomber et l'homme tenter de se relever. La femme tira une troisième fois en criant. Roger se boucha les oreilles et s'abaissa par réflexe. L'homme fut projeté une fois de plus dans le canapé. Les meubles retombèrent sur le sol. Roger avala une grande goulée d'air. La femme se tourna alors vers lui et le regarda droit dans les yeux. Elle leva son pistolet et tira sans hésiter. La dernière pensée de Roger Hagnerie fut pour sa défunte femme.

CHAPITRE 1

Sonia était furieuse. Elle gardait les yeux baissés sur sa tasse de café et serrait les dents. Normalement, le traditionnel brunch du dimanche midi était un moment agréable. Normalement. Mais, encore une fois, la conversation avait dérivé sur son poids. Combien de fois avait-elle pu avoir cette discussion avec Jean ? Sonia se mit à touiller frénétiquement son café. Son ami brisa le silence qui s'éternisait :

« Oh tu te vexes encore ? Je te dis juste que quelques kilos en moins, ça t'irait mieux…

- Jean, tu me les brises. Vraiment. A chaque fois, c'est pareil ! Laisse mes bourrelets tranquilles. Mon corps est très bien comme ça, répondit Sonia.

- C'est par principe que tu ne veux pas perdre de poids !

- Moi et mes principes, on t'emmerde ! Je me trouve bien comme ça. Quand on s'est rencontrés, je faisais déjà une taille 44, maintenant je fais un bon 48. Tu te souviens, tu me disais que j'étais Emilie Simon en version déformée. Ça me faisait rire à l'époque… Mais là t'es lourd. Je ne comprends pas pourquoi tu veux que je rentre dans les standards, dans la norme alors que je suis très bien comme je suis. Et venant de toi, c'est un comble !

- Pourquoi ? Oh oui, parce que je suis homosexuel ! Tu sous-entends que je ne suis pas dans la norme, déjà merci pour ça. Et quoi ? Opprimé pour ma sexualité, je devrais être compatissant avec toutes les autres oppressions ? Ma petite dame, je suis gay et je trouve que tu as des kilos à perdre. Merde. Tu te rends compte de la stupidité de ton raisonnement ? »

Oh oui, Sonia s'en était rendu compte. Mais elle perdait tout contrôle quand Jean parlait de son poids. A vrai dire, elle s'emportait contre n'importe qui lui manquant de respect par rapport à ses kilos. Que ce soient les moqueries des gamins dans la rue ou le médecin lui enjoignant de faire un régime à chaque consultation. Venant de son meilleur ami, la critique était encore plus mordante. Elle se contrefichait de ses bourrelets, tant qu'elle était en bonne santé. Sonia avait coutume de penser que les gens qui fumaient quatre paquets par jour, mettant réellement leur vie en danger, ne recevaient pas autant de regards désapprobateurs que les grosses comme elles. Ou les gros d'ailleurs. Peu importe son sexe, l'obèse fait tâche dans le paysage.

« Je ne sais même pas comment on en est encore arrivés là …, reprit-elle.

- On parlait de ton célibat, répondit Jean.

- Je suppose qu'il est comme mon poids, hein, pas dans la norme ? A mon âge je dois être casée, dit sèchement Sonia. Je sors d'un divorce, Jean. C'était assez éprouvant. Je n'ai pas envie de… Et puis merde, je ne vois pas pourquoi je dois me justifier.

- Tu as les larmes aux yeux, dit doucement Jean. Je t'ai blessée.

- Oui.

- Excuse-moi. Ce n'est qu'une dispute de plus, dit-il dans un demi-sourire.

- Je t'aime beaucoup mais des fois tu ne te rends pas compte de ce que tu dis.

Sonia but le reste de son café d'une traite et s'essuya les yeux avec une serviette en papier. Elle regarda Jean droit dans les yeux pour lui faire comprendre qu'il était allé trop loin. Le beau blond lui rendit son regard. Avec ses cheveux savamment décoiffés et sa barbe de trois jours, il pouvait faire craquer n'importe quel homme à des kilomètres à la ronde.

- Tu récupères Johanna à quelle heure ? On pourrait se faire un ciné ? proposa-t-il.

- Franck la dépose à 17h. Mais je n'ai pas envie d'aller voir un film. Je vais rester chez moi aujourd'hui. La petite a des nuits difficiles en ce moment, j'ai besoin de me reposer un peu. »

Cette nuit-là, la fille de Sonia l'avait réveillée vers 5h du matin. Sa mère l'avait trouvée recroquevillée au pied de son lit, hurlant et pleurant. C'était la quatrième fois en trois mois. La petite ne se souvenait jamais du cauchemar et se rendormait très vite une fois que Sonia l'avait bordée. Le divorce de ses parents avait dû choquer l'enfant, qui n'avait que cinq ans, mais ces terreurs nocturnes étaient assez impressionnantes. Sonia songeait à emmener sa fille voir un psychologue. Mais pour cela, il faudrait qu'elle en parle à Franck. Comment son ex-mari allait-il réagir ? Leur séparation n'avait pas été si catastrophique mais il y avait eu des mots blessants. Venus des deux côtés. Tous ces reproches, ces non-dits accumulés pendant des années, étaient ressortis d'un coup. Qui avait ouvert la vanne le premier ? Qui avait ouvert la boîte de Pandore avant de le reprocher à l'autre ? Elle le trouvait égoïste et porté sur l'argent, il lui reprochait de ne penser qu'à son travail et à sa collection de produits de beauté. Un jour, il avait bien fallu que ça éclate. Un reproche de trop. La première dispute. La première d'une longue série. Et puis la claque. Oh bien sûr que Franck s'était excusé, bien sûr qu'il avait regretté. Mais cette gifle avait été le point de non-retour. Surtout, ne pas se cacher derrière les mots : il l'avait frappée. Un point c'est tout. Sonia avait fait ses bagages sur le champ et emporté Johanna. Elles s'étaient installées dans le grand appartement de Jean. Le divorce avait été prononcé rapidement. Franck n'avait pas demandé la garde de Johanna, le partage des biens s'était fait en bonne intelligence. Jamais Sonia n'avait mentionné la claque. C'était un mauvais souvenir qu'elle gardait pour elle. Même Jean n'était pas au courant. Mais Sonia savait ce qu'on lui aurait dit : que ce n'était qu'une claque, un dérapage, que quand même il ne l'avait pas envoyée à l'hôpital ! Sans compter le célèbre : « Mais enfin, pense à la petite ! » Alors Sonia avait enfoui ça au fond d'elle. Quelque part. Avec le reste.

Cela faisait bientôt un an que le divorce avait été prononcé. Sonia avait retrouvé un appartement, Johanna avait fait sa première rentrée des classes. Tout allait pour le mieux dans le meilleur des mondes. Sonia avait 33 ans, était mère divorcée d'une petite brune aussi bouclée qu'elle, elle possédait son propre cabinet avec une jolie plaque sur le mur sur laquelle était écrit en lettres dorées « Sonia Saint-Erme, psychologue ». Ah oui ! Et un poids qui lui convenait tout à fait, n'en déplaise à certains. La seule ombre au tableau était les cauchemars de Johanna, pour le moment inexplicables.

Sonia erre dans un brouillard épais. Ses pieds nus foulent une terre sèche, hostile. La jeune femme ne voit rien. Elle avance à tâtons, terrifiée à l'idée de ce que ses mains peuvent rencontrer. L'air est froid et humide. Au-dessus d'elle, le ciel noir est constellé d'étoiles. Vêtue uniquement d'une culotte et d'un t-shirt, elle est gelée. Sonia ne sait pas comment elle s'est retrouvée dans ce terrible endroit. Cependant, elle se sent terrifiée. Il y a quelque chose d'interdit, de malsain, dans les environs. Quelque chose qu'elle ne doit pas, oh non surtout pas, rencontrer. Soudain un cri lui parvient sur sa droite. Un enfant qui hurle. Une petite fille qui pleure. Le son vient de si loin ! Sonia accélère le pas et part à la recherche de l'enfant, mais quelque chose frôle ses jambes, arrêtant net sa course. La jeune femme ne veut plus avancer. Elle s'accroupit et recouvre sa tête de ses bras. Pour se protéger. De quoi ? Elle ne le sait pas. Mais sans doute est-ce mieux ainsi. Au loin, les pleurs ne cessent pas. Sonia n'ose plus avancer. Un courant d'air froid lui chatouille l'oreille. Surprise, Sonia hurle. Qu'importe l'enfant qui crie. Soudain, elle sent deux mains s'abattre sur ses épaules. Sonia veut hurler mais aucun son ne sort de sa gorge nouée. Lorsqu'enfin elle prend une grosse goulée d'air et ouvre les yeux, Sonia se découvre dans son salon, accroupie sur le parquet, nez-à-nez avec un des tabourets de bar de sa cuisine américaine.

Son t-shirt lui collait à la peau. Sonia se rendit compte que dans la terreur de son cauchemar, sa vessie avait lâché. Sa culotte était trempée et une petite flaque d'urine s'était formée sur le sol. Elle se sentit rougir de honte. Sur sa droite, l'enfant pleurait toujours. L'enfant ! Johanna ! Les cris venaient de sa chambre. Sonia se précipita dans la pièce et alluma la lumière. La fillette se débattait dans ses draps en pleurant. Sa mère s'agenouilla au pied du lit et prit la fillette dans ses bras. Elle la serra contre elle en lui murmurant des mots réconfortants. Johanna se laissa faire et se calma très facilement avant de se rendormir complètement. Sonia attendit encore quelques instants puis sortit de la chambre. Elle prit d'abord le temps de nettoyer le parquet du salon avant de filer à la salle de bains. Dans la petite pièce carrelée de vieux rose, la pendule murale indiquait 6h du matin. Sonia se déshabilla et jeta ses vêtements dans le lavabo. La douche chaude lui fit un bien fou. Comme sa fille, les nuits de Sonia étaient parfois agitées. A chacune sa croix. A chacune ses cauchemars. Ce rêve dans le brouillard, voilà quelques années que la jeune femme le faisait régulièrement. Il lui inspirait toujours la même terreur. Si elle n'en comprenait pas pleinement le sens, elle savait pourtant à quoi il faisait référence. A une vieille histoire d'amour adolescente. Une histoire triste dont il ne restait plus rien, rien qu'une tombe et la voix d'un mort... Sonia ravala ses larmes et resta encore quelques minutes sous l'eau brûlante.

Son premier rendez-vous du lundi était Stéphane. Le jeune homme se tortillait dans le canapé, les yeux rivés au sol, fixant le vieux parquet du cabinet de Sonia. Assise dans un fauteuil face à lui, la psychologue le regardait sans rien dire, son carnet de notes posé sur les genoux, le stylo suspendu en l'air. Avec sa coupe en brosse et son faux diamant à l'oreille droite, le petit blond jouait les caïds mais souffrait d'un énorme complexe d'infériorité par rapport à un grand frère, qui était le maître du foyer. Le faux dur reprit un mouchoir sur la table basse qui le séparait de sa psychologue et se moucha bruyamment. Sonia brisa alors le silence.

« Alors Stéphane, ça va mieux maintenant ?

- Oui, madame Saint-Erme, oui, répondit le garçon en reniflant. C'est dingue comme des fois les choses peuvent sortir…

- Oui mais ça fait du bien, non ? Bon, nous allons nous arrêter là. Pour notre séance de la semaine prochaine, repensez-bien à ce que nous avons évoqué tout à l'heure : l'écart entre votre place actuelle au sein de la famille et celle que vous voudriez avoir.

- Oui, oui, d'accord. Merci madame », dit Stéphane en se levant.

Le jeune patient tendit un chèque à Sonia qui le raccompagna à la porte du cabinet. Elle aperçut dans la salle d'attente la petite amie de Stéphane qui était venue le chercher. C'est elle qui avait poussé son copain à consulter. Sonia lui adressa un sourire et les regarda sortir. Sous la table basse sur laquelle s'empilaient quelques magazines, une chaîne hi-fi diffusait du Mozart. La psychologue arrêta la musique et retourna dans son bureau. La pièce était grande avec des murs bleu pâle ornés de photos colorées des plus grandes villes du monde, où elle n'avait jamais mis les pieds : New-York, Londres, Tokyo, Mexico... Un canapé et deux fauteuils formaient un coin salon où Sonia écoutait ses patients. A l'opposé de la salle, elle avait installé son bureau, un vieux meuble en bois récupéré dans une brocante et qui était constamment encombré de dossiers. Elle s'y installa, reprit ses notes sur le patient qui venait de partir et tapa son compte-rendu sur son vieil ordinateur. La machine montrait des signes de fatigue, Sonia devait investir vite dans un nouvel appareil avant de subir un plantage général. Bien que tous ses dossiers soient systématiquement copiés sur un disque dur externe, elle gardait une trouille bleue de perdre tout son travail. Le jeune Stéphane avait la vingtaine et la consultait depuis six mois. Sonia ne se faisait aucun souci pour lui, il avait beaucoup de volonté et était intelligent, il s'en sortirait facilement. D'autres patients étaient beaucoup plus difficiles. Certains venaient la voir depuis plusieurs années. Des vies détruites à reconstruire. La clientèle de Sonia était assez variée : deuils, incestes, dépressions, accidents de la route, ados ne trouvant pas leur place, alcooliques, kleptomanes.... Du plus petit problème conjugal au plus lourd traumatisme, les fauteuils de Sonia accueillaient tous les maux du monde et parfois les plus étranges. Sonia avait ouvert son propre cabinet quatre auparavant après avoir travaillée en clinique privée à la sortie de ses études. Elle ne regrettait pas ce choix, même si certains jours étaient très éprouvants. Après avoir déjeuné d'une salade froide en surfant sur Internet, Sonia prépara ses notes pour l'unique séance de l'après-midi.

Sa patiente regardait Sonia de ses yeux rouges. Son mascara avait coulé le long de ses joues, lui traçant de longues balafres noires. Son brushing avait tenu et ses cheveux blonds semblaient figés dans de la cire. Elle portait un tailleur strict, noir et sans artifice et des petites chaussures à talons carrés. Après dix minutes de pleurs non-stop, les sanglots commençaient tout juste à s'estomper. Alice de Nanton, femme au foyer vivant dans les quartiers huppés de la ville, était veuve depuis deux ans. Elle avait été mariée des années à un homme qui l'avait séduite et trompée dans tous les sens du terme. Il était mort dans un accident de la route, avec sa maîtresse du moment, du côté du Monaco. Mais ce n'était pas ce qui avait traumatisé Alice. La mort de cet imbécile qui la méprisait ne lui avait fait ni chaud ni froid. Quelque part, elle en était même soulagée. Dans les cercles raffinés où le couple évoluait, tout le monde l'appelait « la grande cocue », plus ou moins derrière son dos. Les notables de cette bonne ville d'Aurac étaient comme tout le monde, plus que la fortune, c'était le partage de potins qui les rassemblaient.

Ce qui avait traumatisé Alice et qui la faisait encore pleurer à 43 ans datait de bien des années plus tôt. A six ans, la petite blonde avait découvert sa mère, Madeleine, en train de se pendre dans la buanderie. A la recherche de son chat, elle avait ouvert la porte de la pièce pour découvrir sa mère, la corde au cou, venant juste de faire basculer le tabouret sur lequel elle s'était perchée. Alice avait assisté sans comprendre à la mort de sa mère. Celle-ci ne l'avait pas quitté des yeux pendant que la faucheuse l'emportait. Les yeux exorbités de Madeleine la fixant, ses râles d'agonie, son corps s'agitant au bout de la corde, ces images étaient gravées dans la mémoire d'Alice qui en faisait encore des cauchemars. Ceux-ci étaient plus fréquents à mesure qu'on approchait de la date anniversaire du terrible événement ; puis disparaissaient pour une nouvelle année. Le cycle se reproduisait indéfiniment. Aucune thérapie, aucun traitement n'en était venu à bout. Alice de Nanton, engoncée dans un tailleur trop petit, le visage usé par des nuits d'insomnie prit enfin la parole :

« C'est cette nuit... je me dis, allez encore une dernière nuit et puis après, ce sera terminé. Après elle me laissera tranquille.

- Avez-vous appelé votre frère ?, demanda Sonia.

- Non, je... En fait. Je... en fait, cette année j'ai peur. J'ai peur. J'ai tellement peur ! Elle ne me laissera pas tranquille ! s'emporta la patiente.

- Alice, nous avons déjà parlé de…
- Oui, oui, je sais !, cria Alice de Nanton. Je sais ! Mais cette année, c'est différent. Elle est morte à 43 ans. C'est mon âge. Cette fois, elle va me prendre. Elle va m'emmener avec elle… »

La séance promettait d'être éprouvante La semaine commençait bien.

CHAPITRE 2

Mélanie Trésor replaça ses cheveux noirs derrière ses oreilles et fronça les sourcils. Debout, à la fenêtre de son bureau, elle observait la rue et ce qu'elle voyait ne lui plaisait pas beaucoup. Elle jeta un œil sur sa montre hors de prix, cadeau de son ex-mari, et renifla. Il était 11h. Depuis plus de deux heures, une femme allait et venait sur le trottoir d'en face. Une blonde, cheveux gras et vêtements sales. Cette femme devait hésiter à entrer et Mélanie savait d'expérience que les gens qui hésitent à entrer au Centre d'Accueil et d'Ecoute d'Aurac se révélaient être des cas impossibles à gérer. Ouvert le jeudi, le lieu (Mélanie riait doucement quand on parlait de « centre » vu la taille de l'endroit) était géré par le Conseil général et le Centre d'Informations des Droits des Femmes et des Familles ou, pour faire plus court, CIDFF. C'était un espace privilégié pour aider les femmes en détresse. A 40 ans, dont une quinzaine passée dans le social, Mélanie Trésor pouvait se vanter de sentir arriver les problèmes de loin. Elle avait coutume de dire qu'avec son nez, qu'elle avait long et fin, ce n'était pas compliqué. La permanence du jeudi à Aurac était plutôt calme, ce n'était pas dans cette ville moyenne qu'il y avait le plus de misère. En tant que travailleuse sociale, Mélanie passait le reste de la semaine à Savanches, la plus grosse commune du département. Là, c'était une autre histoire !

Son prochain rendez-vous n'étant qu'à 11h30, Mélanie sortit de son bureau, passa par la salle d'attente qui était en enfilade et débouchait sur le couloir sombre de l'entrée. Quelques carreaux au sol étaient cassés, le papier peint avait fait son temps. A gauche, une grosse porte en bois sécurisée donnait sur la rue. Mélanie tourna à droite. Au bout du couloir, elle fit face aux toilettes et tourna de nouveau sur sa droite. Le long du mur, on trouvait des prospectus et des brochures de toute sorte sur de grandes étagères. Face à elle, trois pièces : une minuscule servant à entreposer les produits d'entretien, le bureau de Salma qui était également conseillère sociale puis celui de la psy, qui était vide. Tout comme celui de la juriste au bout du couloir. Détachées par le CIDFF, elles ne travaillaient que le jeudi après-midi. Il régnait un silence pesant. Mélanie toqua à la porte de sa collègue. Une voix chaude et énergique l'invita à entrer.

« Je ne te dérange pas Salma ? demanda Mélanie avant d'entrer.

- Non, répondit une trentenaire aux cheveux noirs et bouclés. Mon rendez-vous est en retard.

- Tu reçois qui ?

- Fatia Abnisse. Toujours pour cette histoire de pension alimentaire impayée. Son ex mari s'est installé en Algérie, c'est d'un compliqué ! Pauvre femme... Elle garde le moral mais ce n'est pas évident. Heureusement que ses enfants sont cools. Le plus grand vient avec elle parfois. Bref. Tu voulais me voir ?

- Oui, oh, rien d'important. C'est juste qu'il y a une nana qui traîne sur le trottoir d'en face depuis ce matin. J'aime pas ça, c'est pas bon signe. C'est une femme qui va nous causer de gros soucis, tu vas voir. »

La sonnette puis le bruit de la porte d'entrée grinçante interrompirent les deux femmes. Mélanie Trésor sortit du bureau de sa collègue et aperçut une petite femme brune dans le couloir conduisant à la porte d'entrée.

« Entrez madame Abnisse, dit la conseillère sociale, Salma va vous recevoir. »

Les deux travailleuses sociales enchaînèrent les rendez-vous jusque midi. Elles prirent leur pause dans le bureau de Mélanie, le seul qui donnait sur la rue, et surtout, le seul ayant une vraie grande fenêtre. Les autres bureaux donnaient sur une arrière-cour sombre. Plusieurs fois, il avait été question de déménager dans un local plus fonctionnel et moins lugubre mais cela faisait maintenant quelques années que la permanence du Centre d'écoute se tenait dans ce petit rez-de-chaussée. Le social était la priorité de tous les politiques mais, magie, il n'y avait jamais d'argent pour mettre en œuvre les promesses de campagne. Salma Abbas et Mélanie Trésor étaient sur la même longueur d'ondes à ce sujet et ne se déplaçaient plus aux urnes depuis longtemps. Peut-être que de voir défiler toutes ces vies brisées dans leurs bureaux les avaient blasées. Peut-être. La discussion du jour fut plutôt joyeuse, tournant essentiellement autour des enfants de Salma. Celle-ci s'inquiétait pour le petit dernier, qui ne marchait pas encore à onze mois. Les deux femmes déjeunèrent de salades froides et de café tout en bavardant. Un bruit à la fenêtre les interrompit et les fit sursauter. Derrière le voilage blanc, elles devinèrent une tête. Mélanie renifla et se leva pour écarter les rideaux. De l'autre côté de la fenêtre, la femme recula d'un pas puis frappa trois petits coups à la vitre. Son visage sale était éclairé par deux grands yeux bleus pétillants. De longs cheveux blonds, gras, et mal peignés lui tombaient sur les épaules. La femme portait plusieurs couches de vêtements à la propreté douteuse. Une jupe longue et mitée lui cachait entièrement les jambes, elle portait un pull marron bien trop chaud pour la saison sous lequel on devinait plusieurs autres vêtements, sans compter une veste en jean craquée aux coudes et un foulard noir serré autour du cou. Mélanie reconnut de suite la femme qu'elle avait repérée le matin même. Elle ouvrit la fenêtre et s'adressa à l'inconnue :

« Bonjour madame. Je suis désolée mais nous sommes fermées pour le moment. On ouvre à 13h. C'est dans vingt minutes environ.

- Bonjour, j'ai besoin d'aide, répondit la femme.

- De quoi avez-vous besoin ?

- D'aide, insista-t-elle.

- Je suis sincèrement désolée madame mais il vous faut patienter encore vingt minutes... répéta Mélanie de moins en moins convaincue par ses propres paroles. Après tout, elle avait fini de déjeuner, non ? Et cette pauvre femme hésitait depuis des heures. Avec ce refus, elle ne reviendrait peut-être jamais. Mélanie regarda Salma qui haussa les épaules et commença à débarrasser le bureau de sa collègue. Je vais ouvrir, dit Mélanie avant de refermer la fenêtre. Puis s'adressant à Salma :

- Je le sentais ! Bon, on allait pas la faire poireauter quinze minutes. Je la reçois de suite. »

Tandis que Salma retournait à son bureau, Mélanie Trésor ouvrait la porte à l'inconnue. Celle-ci se laissa guider sans un mot jusqu'au bureau de la conseillère. Elle se laissa tomber sur la chaise et baissa la tête, rivant ses yeux sur ses mains sales dont elle ne semblait savoir que faire. Elle resta ainsi quelques secondes, comme si elle réfléchissait, puis releva la tête et son regard accrocha Mélanie. Elle avait de grands yeux bleus perçants. Ils prenaient toute la place au milieu de ce visage couvert de crasse, de ces dizaines de petites rides. On ne voyait qu'eux et plus que du charme, c'était alors quelque chose proche de l'hypnose que l'inconnue dégageait.

Dix minutes plus tard, Sonia Saint-Erme passait la porte du centre d'accueil, accompagnée d'une petite femme aux longs cheveux roux. Déborah Agaton affichait sans complexe son corps d'ancienne culturiste et sa quarantaine toute neuve. Comme sa collègue psychologue, elle venait tenir une permanence le jeudi après-midi mais en tant que juriste. Elle travaillait étroitement avec ses collègues du social. Les dossiers s'entremêlaient : comment faire un recours en justice pour des abus quand on vit à la rue, comment éviter l'expulsion pour loyers impayés, comment se faire payer sa pension alimentaire… Déborah attendait parfois la retraite avec impatience, elle avait vu trop de misère et trop d'absurdité juridiques. Elle le cachait à ses collègues mais elle prenait des anti-dépresseurs depuis une dizaine de mois.

Elles entrèrent dans le sombre couloir de l'entrée. A leur droite, la salle d'attente était vide et en enfilade, elles virent le bureau de Mélanie Trésor dont la porte était ouverte. Quelqu'un était installé face à elle. Déborah et Sonia s'arrêtèrent, interloquées. Mélanie les vit, glissa quelques mots à son interlocuteur et vint à la rencontre de la psychologue et de la juriste.

« Bonjour mesdames, on a un petit truc sympa, là.

- Que se passe-t-il ? demanda Déborah tout en retirant sa veste.

- Cette femme a hésité toute la matinée avant de demander à rentrer. Elle est dans mon bureau depuis un quart d'heure, peut-être. Et elle n'a pas dit un mot.

- Tu l'as faite rentrer avant l'heure ? questionna Sonia.

- Oui, elle a frappé au carreau en réclamant de l'aide. J'allais pas la renvoyer ! se défendit Mélanie. Depuis qu'elle est rentrée, elle a pas décroché un mot. Je ne connais même pas son nom !

- Et Salma, elle a essayé ?

- Non, elle a déjà pas mal de trucs sur le feu. Je pense que… Bon Déborah, tu peux aller à ton bureau, je vais avoir besoin de notre psy. Tu veux bien lui parler Sonia s'il-te-plaît ? En plus j'ai des rendez-vous cet après-midi, elle peut pas me bloquer mon bureau. Purée, je savais bien qu'elle allait pas être drôle celle-ci ! Elle est restée sur le trottoir d'en face toute la matinée, je vous dis !

- Ok, ok, je vais poser mes affaires et j'arrive, répondit Sonia. »

Au bout du couloir, elles tournèrent à droite rejoindre leurs bureaux. Déborah s'arrêta dans celui de Salma pour la saluer. Sonia ouvrit la petite pièce où elle recevait ses patientes. Un bureau, une chaise pour elle, deux en face. De vieilles affiches de prévention sur les murs jaunis, et une plante sur l'armoire basse où elle rangeait ses dossiers. Sonia accrocha sa veste et son sac au porte-manteau contre le mur du fond, prit son bloc et un stylo et retourna dans le bureau de Mélanie. Elle attacha ses longs cheveux en chignon, ce qui chez elle voulait dire « je pars au combat ». La jeune femme ne savait pas à quoi s'attendre. Dans le cadre de son travail, elle avait vu des personnes qui ont un charisme naturel, qui inspirent la répulsion d'un simple regard ou qui mettent mal à l'aise leur entourage sans en avoir conscience. Quant à ceux qui restaient muets (et qu'elle surnommait les « coquillages »), cela pouvait prendre du temps mais elle arrivait toujours à les faire parler. Les premiers mots étaient toujours difficiles mais une fois la confiance installée, le reste venait tout seul. Cela prendrait peut-être du temps mais cette femme finirait par tout lui raconter. Mélanie Trésor lui glissa quelques mots dans la salle d'attente : « Elle me met très mal à l'aise. Autant te le dire tout de suite ».

La psychologue frappa trois coups sur la porte grande ouverte et attendit. Aucune réponse. Sonia replaça quelques boucles rebelles derrière ses oreilles et prit une grande inspiration. En cette journée ensoleillée, la petite pièce était lumineuse grâce à la sacro-sainte fenêtre du local. Le bureau de Mélanie était plus grand mais tout aussi défraichi. Elle aussi avait rajouté des plantes pour égayer et accroché de grands posters de paysages aux murs.

La femme n'avait pas bougé de sa chaise et lui tournait toujours le dos. Sonia fit le tour du bureau en la saluant. L'inconnue qui lui faisait face était intrigante. On aurait dit un gros paquet de linge sale surmonté d'une tête d'épouvantail. En voyant la nouvelle venue s'installer, la femme dégagea ses cheveux et offrit à Sonia un visage doux, maigre et sale, aux yeux pétillants de malice. Elle lui sourit.

« Bonjour madame, dit de nouveau Sonia en s'asseyant.

Pendant quelques secondes, un silence surnaturel s'installa, tandis que les deux femmes se fixaient en souriant.

- Bonjour, je m'appelle Martine, dit enfin la femme qui avait un joli filet de voix, très agréable.

- Je suis Sonia Saint-Erme, reprit la psychologue en tendant la main à son interlocutrice qui ne réagit pas.

- Je suis Martine Sanoise. Vous avez de très beaux cheveux.

- Merci Martine, répondit Sonia, nullement décontenancée par cette réponse.

- Et vous êtes bien habillée.

- Merci. Alors Martine, que pouvons-nous pour vous ?

- Ma foi... je voulais juste vous parler.

- A moi en particulier ?

- Oui à vous.

Déconcertant ? Quelques secondes. Sonia en avait vu d'autres. Du moins, s'obligeait-elle à le croire. Elle enfilait cette idée comme une armure quand elle en sentait le besoin. Martine n'était donc pas muette et savait ce qu'elle voulait. Restait à savoir si la conversation pouvait aller plus loin que du simple badinage.

- Très bien, reprit Sonia. Vous savez que nous sommes là pour vous aider. Moi-même, je suis psychologue. Je peux vous aider si vous le désirez. Nous pouvons discuter. Qu'en pensez-vous ?

- Eh bien... Je ne sais pas trop, hésita Martine. Je ne sais pas trop. Je suis ici mais je ne suis pas là... Est-ce que je peux rester un peu ici ?

- Bien sûr Martine. Mais nous allons aller dans mon bureau. Celui-ci est déjà pris par ma collègue, Mélanie Trésor, qui vous a ouvert tout à l'heure. D'autres personnes ont besoin d'elle et elle a besoin de ce bureau pour les recevoir.

- Je comprends bien. Je vous suis. »

Sonia sortit, Martine à sa suite. Mélanie Trésor les regarda passer dans la salle d'attente, ne comprenant pas à quel moment Sonia était passée de psychologue à magicienne. La blonde s'arrêta devant la porte du centre et salua les deux femmes avant de sortir. Sonia vit la porte se refermer sans comprendre ce qui venait de se passer. Elle raconta sa brève entrevue à Mélanie. Cette dernière passa de l'étonnement à la suspicion en quelques minutes. Pour elle, cette femme n'était pas nette. Mais Sonia se voulut rassurante. C'était un premier contact, le plus important. Cette Martine reviendrait la semaine prochaine. Elle avait sans doute eu besoin de se rassurer. L'après-midi se passa sans encombre, la misère dévorant les femmes d'Aurac n'était pas prête de s'éteindre.

Cette nuit-là, Johanna dormit d'un sommeil de plomb, non sans avoir réclamé plusieurs histoires de suite. C'est Chanel, la petite chatte noire, qui réveilla Sonia à 5h du matin en ronronnant à son oreille. Sonia serra le petit animal contre elle et essaya de se rendormir. En vain. Foutu chat, se dit-elle. Elle se fit un café, vérifia en passant que sa fille dormait toujours et s'installa devant la télévision. Mais les programmes l'intéressèrent à peine. Dans sa tête, ses patients défilaient un à un. Elle se préoccupait de tous, quelles que soient leurs névroses. Mais Sonia confessait qu'elle s'était attachée à certains, que leur souffrance la touchait beaucoup. Elle avait l'impression qu'elle recevait de plus en plus de cas graves dans son cabinet. Peut-être que les pessimistes qui évoquaient sans cesse la dégradation de la société dans les journaux avaient raison, peut-être que le monde tournait de moins en moins rond. Sonia rumina ses idées noires jusqu'à qu'elle entende son réveil sonner dans sa chambre. Elle se leva pour l'éteindre. Chanel dormait toujours sur son oreiller et ne bougea pas une oreille à l'approche de sa maîtresse.

A partir de là, la journée alla de travers. Johanna fut ronchonne, refusant de manger et d'aller à l'école. Chanel vomit ses croquettes sur le tapis du salon. En manque de sommeil, Sonia était à fleur de peau. Elle déposa rapidement sa fille aux pieds de son professeur et prit le chemin de son cabinet. Elle évita les grandes artères, leur préférant les petites rues de la vieille ville. Quand Aurac aurait un système de transport en commun pratique, Sonia se ferait une joie de l'utiliser. En attendant, la voiture restait le meilleur moyen de se déplacer en ville.

Son premier patient avait rendez-vous à 9h. Quand enfin elle crut trouver refuge dans le calme de son cabinet, la jeune femme s'aperçut qu'elle avait manqué un appel sur son portable resté au fond de son sac. Intrigué par le numéro privé, elle écouta le message. Sans bruit, elle raccrocha et s'effondra dans un des fauteuils. Un certain Damien Mirisse, officier de police judiciaire, aurait aimé lui parler : Alice de Nanton s'était pendue dans la nuit.

CHAPITRE 3

Une patiente qui se suicide. Une patiente qu'elle suivait depuis des mois ! Sonia avait les larmes aux yeux. Elle prit une profonde inspiration et fixa le téléphone portable qu'elle serrait dans sa main depuis un long moment. Elle se décida à rappeler le commissariat et prit rendez-vous pour 12h30. La jeune femme resta enfoncée dans son fauteuil et se mit à penser à Alice de Nanton. Elle avait prévu sa mort et réalisé ainsi sa propre prophétie. Sa mère l'avait emmenée, finalement. Alice n'avait pas eu d'enfants. Après trois fausses-couches, elle avait renoncé. La vie de cette femme était remplie de tristesse. Sonia savait qu'elle devait chasser la culpabilité. Elle devrait cependant se replonger dans ce dossier, comprendre en quoi le travail qu'elles avaient fait ensemble n'avait pas fonctionné. Sans compter le rendez-vous avec les flics. La psychologue soupira et se ressaisit. L'heure tournait et son premier patient allait bientôt arriver.

La matinée parut ne jamais vouloir se terminer, mais Sonia se retrouvait enfin devant Damien Mirisse. A force de se gaver de séries policières, Sonia avait oublié que les officiers de police judiciaire ne sont pas forcément de vieux ours, bourrus, alcooliques et mal rasés. Celui qui se tenait en face d'elle était un grand Noir aux cheveux courts – dont certains gris - qui semblait approcher la quarantaine. Il avait un visage taillé à la serpe et des petits yeux perçants mais il arborait un sourire qui lui donnait l'air sympathique. Quand il lui avait serré la main, Sonia avait apprécié sa douceur. Il avait la peau douce, soignée, et les ongles parfaitement manucurés. La jeune femme, qui faisait très attention à elle-même, fut ravie de trouver cette obsession chez son interlocuteur. Ce dernier lui avait exposé les faits sobrement d'une voix de bariton loin d'être désagréable. La femme de chambre qui vivait sur place avait retrouvé sa patronne pendue dans sa chambre. La mort devait avoir eu lieu aux alentours de 23h.

« La chambre était dévastée. Les meubles dérangés, tiroirs ouverts. Un déchaînement d'une grande violence, expliquait Damien Mirisse. Nous avons retrouvé votre numéro dans son agenda. Elle était donc assez fragile ?

- Oui, répondit Sonia. Elle venait me voir depuis 18 mois. A raison d'une fois par semaine. A six ans, elle a surpris sa mère en train de se pendre. Elle en faisait des cauchemars à chaque date anniversaire. La date fatidique était cette nuit. La mère d'Alice de Nanton s'est suicidée à 43 ans, c'est l'âge d'Alice. Cela la terrifiait... Elle était persuadée que Madeleine, sa mère, viendrait la chercher cette année...

- Vous voulez dire, sincèrement persuadée que le fantôme de sa mère la prendrait ? Ou symboliquement ?

- Oh… Alice de Nanton a eu une vie très triste vous savez : la mort de sa mère, trois fausses couches, un mari volage, et mort avec sa maîtresse, méprisée par la haute société dont elle faisait partie… Au fond, elle se rendait responsable de la mort de sa mère et se persuadait que tous les événements de sa vie étaient des punitions. Orchestrées par sa mère, en quelque sorte.

- Elle était sous traitement ?, demanda le policier.

- Non. Je ne suis pas psychiatre. Je l'ai d'ailleurs poussée à en consulter un mais elle ne voulait pas. Cela faisait partie de son système de culpabilisation, vous comprenez ? Elle devait accepter ce qui se passait. Prendre un traitement médical pour ne plus avoir peur de sa mère, pour Alice, ça revenait à tuer Madeleine une seconde fois. M'en parler était déjà très compliqué.

- Très bien. Je ne vais pas vous retenir plus longtemps. Si vous voulez bien aller voir mon collègue là-bas pour faire une déposition. Il vous suffit de répéter ce que vous venez de me dire en gros… Dites, c'est la première fois qu'un de vos clients se suicide ?

- Patient, répondit sèchement Sonia. Patient, pas client. Oui, c'est la première fois. Bonne journée monsieur.

- Bonne journée, madame Saint-Erme. »

Sonia récupéra sa fille à 17h. Johanna était beaucoup plus enjouée qu'au réveil. Très bavarde, elle raconta sa journée avec force détails sur le trajet du retour. C'était une fille très intelligente et vive. Malheureusement, son professeur lui reprochait ses bavardages incessants. Johanna avait toujours quelque chose à raconter. Le repas à la cantine ? Ou un pays imaginaire situé derrière la lune ? Johanna était une conteuse née. Elle avait une imagination débordante et elle pouvait raconter des situations abracadabrantes comme si elle les avait réellement vécues. Il était même parfois difficile de démêler la fiction de la réalité. A peine entrée dans l'appartement, la fillette se débarrassa des chaussures et de sa veste pour se précipiter sur le canapé. Elle était sur le point d'allumer la télévision quand Sonia la rappela à l'ordre. Johanna obéit à sa mère, rangea ses affaires, se lava les mains et eut enfin la permission tant attendue de regarder des dessins animés. Sonia se servit un café et s'assit aux côtés de sa fille. Sur l'écran, des fées anorexiques et court vêtues sauvaient leur royaume d'une sorcière tout aussi maigrichonne. Les dialogues étaient niais, le dessin anguleux, le scénario inexistant et les voix beaucoup trop aigues. C'est la famine dans leur pays ? On peut envoyer des dons ?, pensa Sonia. Elle jeta un œil sur Johanna qui semblait fascinée.

« C'est laquelle ta préférée ?, demanda la mère.

- Oh, aucune, répondit Johanna sans détacher le regard de l'écran. J'aime pas trop.

- Tu n'aimes pas quoi exactement ?

- Ben, le dessin-animé en fait. J'aime bien les histoires de fées mais j'aime pas comment c'est dessiné. Je préfère dans les livres, c'est plus joli.

- Mais tu te précipites quand même pour le regarder…

- C'est à cause de Pascaline. J'ai pas vu celui d'hier alors elle s'est moquée de moi, avoua Johanna.

- Oh poussin, ce n'est pas grave si tu ne regardes pas la même chose que tes copines, dit Sonia. Vous n'êtes pas obligées de toutes avoir les mêmes goûts tu sais.

- Pascaline, c'est même pas ma copine.

- D'autant plus !, renchérit Sonia qui attrapa la télécommande et coupa le son de la télévision. Bon, Johanna, tu te souviens pour ce soir ? C'est Louis qui va te garder.

- Oui, oui !, s'écria Johanna qui se leva du canapé d'un bon. Oui, Louis ! On fait plein de jeux ensemble, j'adore Louis ! Et toi tu vas faire la fête avec Jean !

- Euh…, bredouilla Sonia. Oui, non, je sors avec Jean ce soir et quand je rentrerai, tu dormiras.

La jeune femme était ravie de voir l'enthousiasme dont faisait preuve Johanna. Louis était le frère cadet de Jean. Etudiant en puériculture, il faisait du baby-sitting à l'occasion dans le quartier. Il jouissait d'une très bonne réputation et était très demandé. Elle avait une confiance absolue en lui.

- Et demain on va se promener ? demanda Johanna. Parce que je voulais aller au zoo. Parce qu'à l'école, le maître, il a montré des photos de lions. Alors je voudrais aller voir les lions. Tu savais qu'ils étaient les rois de la savane, maman ? Tu te rends compte, les rois ? Mais ils ont une couronne ou pas alors ?

- Non poussin, ils n'ont pas de couronne, répondit Sonia, attendrie par la naïveté de sa fille. Je vais t'expliquer. Et d'accord, s'il fait beau, on ira au zoo dimanche.

- Chouette ! Bon je vais dessiner, moi.

- Tu ne regardes plus le dessin-animé ?

- Non... De toute façon, faut que je dessine, la sorcière arrivera bientôt. Je veux pas la voir dans la télé », répondit la petite brune qui s'enfuit dans sa chambre.

Devant la réponse de Johanna, sa mère haussa les sourcils. Elle avala son café et éteignit la télévision. C'est à ce moment que Chanel émergea d'une cachette connue d'elle seule et vint réclamer des câlins à sa maîtresse. Sonia caressa distraitement le petit animal et s'installa devant son ordinateur. Elle espérait trouver un peu de distraction sur Internet.

Sonia mettait la touche finale à son maquillage quand Jean et Louis arrivèrent. Malgré leurs cinq années de différence, on aurait pu les prendre pour des jumeaux. Sonia indiqua au plus jeune que Johanna avait déjà dîné et était lavée. Elle lui fit les dernières recommandations d'usage, embrassa sa fille et quitta l'appartement avec Jean. Ils prirent un taxi pour rejoindre le centre-ville et s'engouffrèrent dans un bar branché. Avec ses rondeurs, sa robe noire décolletée et ses hauts talons, Sonia ne passait pas inaperçue. Jean promenait distraitement son regard sur les clients et faisait les gros yeux aux hommes qui fixaient les seins de son amie de manière ostentatoire. A 21h, le bar n'était pas encore plein, on pouvait mener une conversation sans crier dans l'oreille de son voisin.

Sonia et Jean s'installèrent et commandèrent chacun un whisky. Sonia raconta sa journée à son ami, dans la limite du secret professionnel. Elle lui parla d'Alice de Nanton et finit par raconter toute l'histoire de la défunte femme. Jean se montra attentif et compréhensif. Comme toujours, pensa Sonia dont le moral venait de faire une chute vertigineuse. Elle demanda à Jean de lui conter sa propre semaine.

Les deux amis s'étaient rencontrés à l'université un jour de printemps. Elle suivait son cursus de psychologie, lui s'ennuyait en Histoire de l'Art. Sonia l'avait croisé alors qu'il effaçait un tag homophobe si vieux que personne n'y faisait plus attention. L'étudiante s'était arrêté et avait séché ses cours pour l'aider. Depuis Jean avait eu plusieurs métiers, voire plusieurs vies. Toujours curieux, toujours un bon plan pour vendre des maisons sur la Côte d'Azur, être attaché de presse pour une maison de luxe ou ouvrir une pizzeria. Mais depuis presque un an, Jean avait changé et s'était enfin posé. Il s'en tenait à un seul projet qu'il entendait mener à bien : créer sa propre marque de chaussures pour hommes. Jean était enthousiaste et surtout bien épaulé par son ami du moment. Un homme dont Sonia ne connaissait pas l'identité. Un homme connu dont l'homosexualité ne devait pas être révélée.

A minuit, le bar était plein à craquer. Sonia et Jean ne comptaient plus les verres qu'ils commandaient. Au milieu de la conversation, Jean signala à Sonia qu'un homme à la table voisine ne cessait de la dévisager. La jeune femme tourna discrètement la tête mais à la vue de l'homme en question, son sourire disparut et elle rougit.

« Jean ! C'est le flic que j'ai vu pour Alice de Nanton !, murmura Sonia.

- Oh… Bah il est pas mal.
- Il me mate ?

- Non mais il regarde souvent par ici. Et il est seul.

- Oh merde.

- Attends, dit Jean en se retournant vers leur voisin. Monsieur ! Venez vous joindre à nous ! cria-t-il, hilare tandis que Sonia se faisait petite sur sa banquette.

L'homme ne se fit pas prier et s'installa à la table des deux amis. Il serra la main de Jean puis se tourna vers Sonia qui prit la parole.

- M. Mirisse, dit-elle, le monde est petit.

- Vous pouvez m'appeler Damien, répondit le policier. Je vois que vos verres sont vides. Je vous offre quoi ? »

Il fallut un peu de temps pour les langues se délient et que la conversation devienne chaleureuse. Chacun restait sur ses gardes et ne voulait pas trop dévoiler sa vie privée. La rencontre entre Damien et Sonia au commissariat ne fut pas évoquée, au soulagement de la psychologue. Jean était éméché et commençait à somnoler en sirotant son verre de vin. Damien dut répondre aux questions habituelles sur son travail, objet de fantasmes et de légendes urbaines. Puis ce fut autour de Sonia d'être interrogée. De plus en plus à l'aise et après quelques verres supplémentaires, elle répondit facilement aux interrogations du commissaire qui ne connaissait rien au métier de psychologue. La discussion finit par glisser sur le cas d'Alice de Nanton et prit un tour mystique.

« Mais, quand quelqu'un vous dit qu'il a des voix dans sa tête ou qu'il voit le fantôme de son chien, vous faites quoi ?, demanda Damien.

- Ce genre de choses est toujours délicat à gérer, répondit Sonia. Certaines personnes se créent des armes pour se défendre, ça peut être un fantôme pour se protéger contre l'absence du défunt ou un ami imaginaire contre la solitude… On retrouve des schémas communs mais chaque cas est unique.

- Vous avez du voir des situations cocasses…

- Oui, ça m'est arrivé, dit Sonia en souriant. J'ai eu une fois, un vieil homme très gentil mais persuadé qu'il avait en lui l'esprit d'un chanteur d'opéra qui essayait de prendre toute la place. C'est un de ses enfants qui l'avait poussé à venir me voir. Des fois en pleine séance, il se levait et chantait Rigoletto. La première fois, ça surprend ! Il faisait surtout ça quand on abordait des choses qui ne lui plaisait pas, dont il ne voulait pas parler.

- Vous n'avez jamais vu quelque chose d'étrange ?, insista le policier.

- Euh…, bredouilla Sonia, décontenancée.

- Et vous Damien ? Vous semblez être très intéressé par les fantômes, intervint Jean. Une anecdote à raconter peut-être ?

- Eh bien oui. C'est une histoire pour laquelle je n'ai pas d'explication. Je ne dis pas que c'est paranormal mais disons que j'ai jamais eu le fin mot de l'histoire. Il y a deux ans, j'enquêtais sur une série de meurtres rituels commis sur des femmes. On avait déjà retrouvé trois corps. Le mec qui faisait ça opérait toujours de la même façon. On avait retrouvé les cadavres dans des hangars désaffectés, des friches industrielles en bordure de la ville... Chaque corps était nu, la peau gravée de multitudes de signes étranges et de chiffres, allongé au milieu d'un cercle de bougies rouges. Les femmes étaient en fait empoisonnées. Le produit utilisé les rendait prisonnières de leurs corps : leur esprit était conscient mais elles se retrouvaient incapables de bouger.

- Vous voulez dire..., interrompit Jean, absorbé par le récit.

- Oui, répondit Damien, elles subissaient les mutilations sans pouvoir réagir, sans crier ni pleurer. Leur calvaire durait des heures avant qu'elles ne finissent par mourir. Il a fallu tenir le choc quand le légiste nous a donné ses conclusions. Ce fut une enquête très dure. On n'avait aucune piste. Mais la chance, si je puis dire, nous a souri. C'est la sœur du type qui est venue le dénoncer. Du moins, elle avait des soupçons. Je vous passe les détails. Bref, on réussit à coincer le gars. On se rend chez lui. Un putain de mobil-home en périphérie. Vous voyez, du côté de la rocade sud, dans les bois, pas loin du Pont Kleber ? C'était là. Y a d'autres marginaux là-bas. C'était tendu. Vu les antécédents psychiatriques balancés par sa sœur, il y avait de quoi être prudent. Quand on est rentré dans la caravane, il n'y avait personne. Pourtant, on avait entendu des bruits. Il y avait quelqu'un ! C'était un bordel monstrueux. Y avait un tas de bouquins partout, ça parlait de sorcellerie, d'ovnis… Certains n'étaient même pas en français. On a retrouvé un stock de bougies rouges et des lames de couteaux de différentes tailles. Certaines avaient encore du sang dessus. Par la suite, les analyses ADN ont confirmé qu'on avait là notre tueur. Bref. C'était vide. D'un seul coup, un truc me frôle les jambes et file par la porte ouverte. J'entends les gars qui crient dehors. C'était un rat noir énorme. J'en avais jamais vu comme ça ! On encercle l'animal qui nous regarde et se barre à toute vitesse. Je sais pas pourquoi, je lui ai couru après. Je l'ai poursuivi dans les bois. Il était énorme, aussi gros qu'un chiot. On s'est retrouvés tous seuls. Il a stoppé et s'est retourné vers moi. On était à deux mètres l'un de l'autre. Il m'a regardé, droit dans les yeux. Et quels yeux il avait ! Bien trop humains ! Quel rat aurait ce comportement ?! On s'est défié du regard un long moment. Et puis il a couiné. Enfin, couiné. C'était un son étrange. Moi j'ai entendu un mot. « Jamais ». Voilà ce qu'il m'a dit. J'en suis sûr. Et puis il a filé. Je suis resté là comme un con. Ce putain de gros rat est parti. Je suis retourné vers mes collègues, j'en ai touché deux mots mais personne ne m'a cru évidemment. On a mis ça sur le compte du stress.

- Quelle histoire !, dit Jean pendant que Damien buvait de longues gorgées de bière.

- Vous comprenez pourquoi je vous pose la question ?, demanda le commissaire à Sonia. Je suis quelqu'un de rationnel mais cet événement m'a un peu secoué. Alors l'histoire d'Alice de Nanton et de sa mère, voyez…

- Vous pensez que si aucune thérapie n'a jamais marché, c'est que ce n'était pas dans sa tête, c'est ça ?, dit Sonia. Vous pensez que peut-être, le fantôme de sa mère l'a hantée chaque année jusqu'à la prendre en la faisant se suicider… Comme vous pensez que votre tueur s'était changé en rat…

- Peut-être…, murmura Damien.

- Bien, il est tard, il va falloir rentrer, dit Jean pour couper court à la conversation devenue démoralisante.

- Vous n'avez pas répondu à ma question, insista Damien auprès de Sonia.

- Désolée commissaire mais j'ai une petite fille qui m'attend et un baby-sitter que son grand frère doit récupérer, répondit Sonia en faisant un clin d'œil à Jean. Mais c'était sympa ce soir. On se recroisera peut-être ! »

Jean et Sonia laissèrent Damien Mirisse seul et attrapèrent un taxi. Le trajet fut silencieux. Jean prit la main de Sonia et la serra très fort. Il y avait des choses qui ne devaient pas être dites.

CHAPITRE 4

Johanna regardait les lions depuis dix bonnes minutes. A genoux sur le sol sableux, elle avait collé son visage et ses mains sur la barrière de plexiglace qui la séparait des fauves. Derrière la vitre, un fossé large de plusieurs mètres séparait encore la petite brune de deux lionnes qui dormaient au soleil. Elles étaient parfaitement immobiles. Un vieux mâle avait fait l'effort de se montrer aux visiteurs quelques minutes avant de succomber lui-même aux plaisirs de la sieste derrière un rocher. Johanna ne bougeait pas d'un cil. Sa mère avait déjà tenté d'emmener sa fille vers d'autres animaux, mais en vain. La fillette refusait de quitter des yeux l'enclos des félins, prétextant qu'ils allaient bouger d'une minute à l'autre pour aller boire. Quand enfin Sonia décida qu'il était temps pour Johanna de terminer son caprice, les deux lionnes se réveillèrent de concert. Johanna poussa un petit cri de joie et battit des mains. Les deux femelles se levèrent paresseusement et trottinèrent jusqu'à la mare située en contrebas de leur enclos. Johanna profita du spectacle puis prit la main de sa mère. « C'est bon, maman, on peut y aller maintenant ! Je savais qu'elles allaient bouger. Les lionnes, ça a toujours soif », dit-elle fièrement.

Après avoir ri devant les facéties des singes, mère et fille s'installèrent à l'ombre pour déballer leur pique-nique.

« Maman, je veux pas aller à l'école demain, dit Johanna en engouffrant son sandwich.

- Comme tous les dimanches, répondit Sonia. Et on ne parle pas la bouche pleine.

- Pardon !, dit la fillette tout en mâchonnant son pain de mie. C'est quand que je re-vais chez papa ?

- Hum… pas le week-end prochain, celui d'après, dans quinze jours.

- Et c'est quand que Louis il revient ?

- Mardi soir, il viendra te chercher à l'école. Je finis à 20h mardi, on en a déjà parlé Johanna. Allez bois de l'eau un peu, il fait chaud aujourd'hui. Sonia se fit alors la réflexion que cette météo était bien étrange pour un mois de mars. On ne sait plus comment s'habiller ma bonne dame…

- Et c'est quand qu'on va chez papy et mamy ?

- Chez Mamy Chantal et Papy Jacques ?, demanda Sonia, en faisant référence aux parents de Franck. Il faudra en parler avec ton père.

- Non, voyons, chez papy et mamy qui n'ont pas de nom, l'interrompit Johanna en faisant la moue.

- Qui n'ont pas de surnom, corrigea Sonia. Ils ont un prénom et un nom tous les deux. Antoine et Anne-Gaëlle Saint-Erme. Et pourquoi tu veux les voir d'un coup ?

- Je sais pas... Peut-être à cause du garçon.

- Quel garçon ?!, s'écria Sonia soudainement affolée. Des souvenirs de son adolescence éclatèrent dans sa tête. Tout allait très vite dans ses pensées et rapidement, la peur prit le contrôle.

- Je sais pas..., hésita Johanna face au ton de sa mère. Je sais plus.

- Johanna, de quel garçon parles-tu ?, insista Sonia.

- Je sais plus ! dit Johanna en éclatant en sanglots.

Sonia la prit dans ses bras et la serra fort contre elle en la berçant doucement.

- Ce n'est rien mon poussin, c'est pas grave... Tu as du faire un méchant rêve. On en a déjà parlé, hein, les rêves c'est dans ta tête la nuit, quand tu dors. Ce n'est pas la vraie vie. Allez mon poussin, c'est rien... »

Elles passèrent encore quelques heures au zoo. Mais si Johanna était facilement passée à autre chose, la bonne humeur de Sonia s'était envolée. Ses relations avec ses parents étaient réduites au strict minimum depuis qu'elle avait quitté la maison pour faire ses études. Sonia n'était jamais retournée dans la maison de son enfance qui se trouvait à plusieurs centaines de kilomètres d'Aurac. Antoine et Anne-Gaëlle avaient vu leur petite-fille une ou deux fois en cinq ans, à l'occasion de passages en ville. Depuis deux ans, ils ne venaient plus. Sonia les appelaient pour les grandes occasions. Cela lui déchirait le cœur mais elle ne pouvait pas faire autrement. Quant à la raison de cette distance, seul Jean en connaissait le lourd secret. Sonia ne savait pas si elle devait s'inquiéter ou non des propos de sa fille. Peut-être qu'elle ne faisait pas assez attention à ce qu'elle pouvait dire en présence de Johanna. Cette dernière piochait des informations auxquelles elle ne comprenait rien et les restituait dans ses cauchemars. La psychologue se refusait à voir sa fille comme une patiente. Un collègue devrait-il la prendre en charge ? Sonia passa le reste de la journée avec ses réflexions mais ne trouva aucune réponse à ses interrogations.

Le début de la semaine fut morose. Sonia était fortement préoccupée par Johanna. Elle n'en montrait rien, bien sûr. Si elle n'agissait pas rapidement, elle allait se laisser gagner par des peurs irrationnelles au sujet de Johanna et tout faire dans le désordre. Le mardi midi, elle appela donc Jean pour lui demander conseil. Son ami la rassura du mieux qu'il put :

« Ecoute Sonia, je trouve ta fille éveillée, joyeuse… Certes avec beaucoup d'imagination mais je doute qu'il y ait un réel problème.

- Mais son envie de revoir ses grands-parents ?, insista Sonia. Elle a dû les voir deux fois et elle est trop petite pour s'en souvenir !

- Tu en as peut-être parlé récemment…, hasarda Jean.

- Je n'en parle jamais, tu sais bien, soupira Sonia.

- Une photo ?

- Je n'en ai aucune. Non vraiment, je ne comprends pas pourquoi elle me sort ça comme ça et…

- Ecoute Sonia, ne t'affoles pas. Elle a forcément entendu ou vu l'information quelque part. C'est cette source que tu dois trouver.

- Jean, je… je ne t'ai pas tout dit, avoua Sonia. Elle m'a dit que c'était à cause d'un garçon. Non, pas d'un garçon mais DU garçon.

- Sonia, murmura Jean à l'autre bout du fil.

Un silence pesant s'installa entre les deux amis. Aucun des deux ne savait quoi dire. Puis Jean reprit difficilement la parole.

- Sonia, je ne sais… Il faut penser rationnellement d'accord. Johanna n'a que cinq ans. Elle doit voir, entendre, un tas de trucs auxquels elle ne pige pas tout. Et rajoute par-dessus ça son imagination. Tout ça est peut-être juste une coïncidence. Il faudrait que tu aies une conversation avec elle. Simplement, un dialogue mère-fille.

- Je vois, dit Sonia. Je vois ce que tu veux dire. Je ne vais pas m'affoler. Ok.

- Je suis désolé ma chérie, dit Jean.

- Ecoute, ça va aller... Tu es libre bientôt ? On pourrait se faire un week-end à trois, avec la petite, à la campagne ?

- Oh Sonia, c'est pas possible, ce week-end je vois Monsieur X.

- Au ministère ?

- Non idiote, dans son appartement privé et discret. On va se faire une rétrospective Marylin Monroe. Enfin, s'il n'est pas trop interrompu par l'actualité.

- Je devinerai bien quel ministre c'est, le taquina Sonia qui avait retrouvé un peu de bonne humeur.

- Un jour, tu sauras peut-être », dit Jean.

Ce jeudi, Sonia arriva un peu en avance au Centre d'Accueil et d'Ecoute. Elle fut accueillie par Mélanie Trésor et Déborah Agaton avec qui elle discuta un petit quart d'heure. Elles parlèrent d'abord du centre puis la discussion dériva sur leur vie, leur métier, les enfants, la politique, le féminisme. Sonia appréciait beaucoup Mélanie. Une fois passée son apparence un peu sévère, elle se révélait être une femme charmante à la discussion agréable. Finalement, il en était ainsi de toutes les employées qui tenaient la permanence. Sonia n'avait pas à se plaindre :

elles formaient une équipe soudée, partageant les mêmes valeurs. Dommage que cela ne dure que le temps d'un après-midi. Mais Sonia aimait aussi son cabinet, son chez-elle, cet espace de confiance qu'elle avait monté seule malgré le divorce, l'enfant à élever seule (puisque Franck n'avait pas demandé la garde mais simplement à voir sa fille de temps en temps), les charges, la paperasse… La psychologue n'eut pas le temps de trop s'apitoyer sur elle-même. Salma interrompit ses collègues en leur prévenant qu'il était l'heure d'ouvrir la porte. Chacune quitta le bureau de Mélanie pour rejoindre le sien. Mais Salma rattrapa bien vite Sonia :

« Euh… Il y a la femme, là, Martine qui vient d'arriver.

- Martine Sanoise ?, demanda Sonia.

- Oui et elle veut te voir.

- Hé hé, ça sent bien l'arnaque, médit Mélanie. Elle vient se faire des séances de psy gratuites. Je suis certaine que niveau sociale, il y a un gros boulot à faire mais on va devoir s'accrocher pour qu'elle accepte notre aide.

- On verra, tempera Sonia. Pour l'instant je vais lui parler, j'ai un rendez-vous dans à 14h. On va prendre une petite demi-heure pour mieux faire connaissance. Comme quoi, c'était très bien de la faire rentrer en avance la semaine dernière ! Elle est revenue.

- Eh bien, on va rester prudentes, surtout toi Sonia, reprit Salma. Dans un premier temps, on va répondre à sa demande psy. Ecoutons-la d'abord et ensuite, on reviendra à la charge pour sa situation matérielle. Fais attention Sonia, si cette Martine est en grande recherche d'attention, elle ne va pas te lâcher !

- Ne vous inquiétez pas, dit Sonia. Ça fait des années que je fais ce métier... »

Prenant un élastique dans sa poche de sa veste en jean, elle s'attacha les cheveux avant de partir à la rencontre de Martine Sanoise qui patientait dans le couloir.

Cette dernière s'était cachée sous la même couche de vêtements crasseux qu'à sa première visite, mais avait attaché ses cheveux. Son visage doux était dégagé et lui donnait l'air d'une petite fille. La couleur de ses yeux était une énigme, tantôt bleus, tantôt verts selon la lumière. Martine sourit à Sonia en plongeant son regard dans le sien. La psychologue la salua et l'escorta jusqu'à son bureau. Les deux femmes s'assirent et se firent face sans rien dire. Sonia attendait que Martine prenne la parole. Martine fixait Sonia en souriant. Au bout de quelques temps, voyant que le premier mot ne viendrait pas de son interlocutrice et étant donné qu'elle n'avait que trente minutes devant elle, Sonia entama la conversation :

« Alors Martine, comment allez-vous ?
- Bien.

- Vous avez eu envie de me voir en particulier.
- Oui.
- Vous avez envie de vous confier ?
- Oui.
- Eh bien, je suis là. De quoi souhaitez-vous parler ? Il n'y a pas de tabou, vous pouvez parler de tout ce que vous voulez.
- Vous êtes sûre ?
- Tout à fait, affirma la psychologue avec un sourire franc.
- Alors je vais tout vous dire, dit Martine Sanoise. Tout.
- Je vous écoute, dit Sonia en s'installant plus confortablement sur sa chaise.
- Elles m'ont prises quand j'étais petite. J'avais 10 ans et je revenais de l'école. A pieds. J'ai entendu quelqu'un m'appeler. Alors je suis allée voir. Il y avait une petite rue que je n'avais jamais vue et qui se finissait en impasse avec un mur de briques. Elles étaient deux. Elles se tenaient là comme si elles avaient surgi d'un coin sombre, comme si elles étaient sorties du mur. Je n'ai pas vu leurs visages mais j'ai entendu leur voix. »

La femme parlait sans reprendre son souffle. Comme si elle craignait que le temps ne la rattrape. Sa voix douce prenait parfois des accents de petite fille. Sonia avait déjà reçu des patients dont la voix changeait quand ils se remémoraient des souvenirs douloureux de leur enfance. Certains avaient même régressé sous ses yeux, redevenant, l'espace de quelques minutes, des enfants apeurés.

« Dans le noir, d'abord, on a peur, continua Martine Sanoise. Et puis, après, ça va mieux. Au début, on croit que le noir est froid, sombre, que c'est un puits sans fond. On craint les ténèbres. Mais après on apprend à les aimer et on découvre la vraie nature de l'Ombre. Alors oui, on la respecte, on la craint et en retour Elle vous donne ses pouvoirs, Elle vous murmure son secret. C'est un long apprentissage mais à la fin, on devient ce qu'il fallait devenir. A la fin, il n'y a plus d'hésitation. A la fin, il n'y a que l'éternité qui nous tend les bras. Ainsi, j'ai su qui j'étais, ce à quoi j'étais destinée. Ainsi, j'ai su. Et quand le temps sera venu, vous-même, vous saurez.

- Je…, commença Sonia.

- Non, l'interrompit la blonde aussitôt. Vous saurez. Le temps viendra bien assez tôt.

- Vous voulez m'en dire plus sur ces deux personnes qui vous ont abordée ?

- Non, non, pas encore, pas maintenant. Les prêtresses sont de terribles femmes mais elles ne sont que servantes.

- Qui servaient-elles ?
- La Mère Première.
- La Mère Première ?, répéta Sonia.

- Chut… Peu de gens peuvent prononcer son nom. Il faut la respecter et faire preuve de déférence. Crainte. Elle n'est pas n'importe qui. Mais elle m'a choisie, moi. Parmi tant d'autres…

- Mais vous aviez seulement 10 ans, m'avez-vous dit, tenta la psychologue. »

Dans tout ce charabia, il y avait des faits tangibles, réels, palpables à développer, à exploiter. Sonia devait tirer sur la ficelle.

« Vos parents… reprit-elle.

- Maman, oh, maman… Vous voulez l'histoire de ma mère ? Elle n'est pas mal, croyez-moi. La voix de Martine était soudain devenue plus adulte et surtout pleine de fiel. Maman, ma petite maman. Elle s'appelait Théodora. Une gitane a lu dans les nuages que la petite Théodora, qui avait alors seize ans, aurait un enfant. Un seul enfant. Une fille. Et que cette fille serait liée à sa vie. Ce sont les mots de la gitane. Théodora a compris que la mort planait au-dessus d'elle et qu'un enfant la protégerait. Elle devait donc l'avoir vite, très vite. Alors elle s'est mise en quête d'un géniteur. Toute sa vie, elle a essayé d'avoir des enfants mais elle n'y arrivait pas. Elle est passée d'homme en homme, juste pour tomber enceinte. Elle devait avoir un enfant, c'était écrit. Elle a fait le tour des cafés, les rues de la ville, tout le monde lui est passé dessus. Elle, tout ce qu'elle espérait, c'est tomber enceinte. Qu'importe le père ! Mais rien à faire. Une nuit, Théodora a fait un rêve étrange dans lequel la Sainte Vierge lui est apparue et lui a donné le don. Le don de clairvoyance. A son le réveil, Théodora a acheté un jeu de Tarot et a tiré les cartes pour connaître son avenir. Elle ne l'avait jamais fait. Mais elle a su lire tout de suite que la gitane ne lui avait pas menti. Elle devait avoir un enfant, un unique enfant et ce serait une fille. Théodora a continué sa quête et a fait de son don un métier. Mais rien à faire. Son ventre restait vide. A vingt ans, Théodora a alors eu une idée. Il lui fallait un homme qui la mette enceinte. N'importe quel homme. Elle est allée trouver le seul homme qu'elle n'avait pas encore abordé : son propre père. Et alors, alors seulement, une petite fille s'est mise à pousser dans son ventre. Et je suis née. Je n'ai jamais rencontré ce père qui est le nôtre. Heureusement pour lui. Vous savez maman avait peur de moi. Oh bien sûr, elle m'adorait, j'étais sa princesse, mais j'ai grandi et elle a eu peur.

- Avait-elle des raisons d'avoir peur de vous ?

- Oui. C'est avec les colères que ça a commencé. Quand les tiroirs et les portes des placards se sont mis à s'ouvrir seuls. Et puis quand les verres ont commencé à voler. Maman a eu peur. Et elle s'est mise à me détester. Dès que j'ai pu aligner trois mots, elle me faisait répéter des prières pour que la Sainte Vierge me calme. Mais ses prières sont restées vaines. Elle a aussi essayé de lire mon avenir dans les cartes mais elle n'a vu que l'Ombre. Et après, je suis partie.

- Vous voulez dire, vous avez été enlevée ?

- Oui.

- Martine, il y a une chose qui m'interpelle dans votre histoire c'est…

- Non. Vous avez un rendez-vous à 14h. Je m'en vais maintenant. Au revoir. »

Martine Sanoise se leva et quitta la pièce, laissant une Sonia Saint-Erme médusée. La psychologue regarda sa montre et s'aperçut qu'il était exactement 14h. Elle se leva d'un bond et courut pour rattraper Martine mais celle-ci était déjà dehors. Dans la salle d'attente, son rendez-vous était arrivé. La femme lui sourit et Sonia lui demanda de patienter quelques minutes. Elle toqua au bureau de Mélanie :

« Alors ?

- Alors, alors… alors c'est complexe, répondit Sonia. Je pense qu'elle va revenir en tout cas. Elle a plein de choses à raconter. Je ne sais pas pourquoi elle a atterri ici mais nous devons aider cette femme. »

CHAPITRE 5

Damien Mirisse tournait et se retournait dans son lit, cherchant une position confortable pour se rendormir. A son côté, une femme grogna dans son sommeil. Allongée sur le ventre, elle serrait l'oreiller contre son visage, caché par de longs cheveux roux. Le policier arrêta de bouger, de peur de la réveiller. Il sortit du lit en faisant le moins de bruit possible, attrapa son caleçon qui traînait sur le parquet et quitta la chambre en silence. Cette dernière donnait sur une cuisine américaine, à l'extrémité d'une grande salle de vie comprenant salle à manger et salon confortable. Damien aimait beaucoup son appartement, qu'il avait agencé avec patience. Le résultat était un patchwork de meubles modernes blancs, gris et noirs. Un peu trop froid au goût de ses visiteurs mais correspondant parfaitement à Damien. Le policier se servit un café, enfila un peignoir qu'il trouva dans la minuscule salle de bains et sortit sur le balcon. Il admira la ville qui s'étendait sous ses pieds. Un vendredi à 4h du matin, il faisait encore nuit mais les lumières citadines donnaient au ciel une teinte unique. Damien regrettait seulement de ne pouvoir admirer les étoiles. L'air était frais et la nuit calme. Au loin, une sirène d'ambulance retentissait. Dans la rue voisine, un crissement de pneus réveillait les riverains. Damien n'était pas né à Aurac mais y mourrait sans doute. Il aimait profondément sa ville, même si elle ne lui avait pas rendu les choses faciles. Aurac avait beau être une ville quelconque au milieu de la France, le racisme et la discrimination y détruisaient des vies, comme partout ailleurs dans le pays. Le policier connaissait sa citée par cœur : le Luivre, un grand fleuve tranquille, la coupait en deux. Au nord la vieille ville s'étendait sur les deux rives, tout comme le centre-ville juste en-dessous, les beaux quartiers de la rive droite et puis, tout au sud, les friches industrielles et les bois où il ne faisait pas bon traîner. Situé de l'autre côté du fleuve, l'appartement de Damien faisait face aux quartiers huppés. Là où il ne vivrait jamais. Le café chaud brûla la langue du policier et le tira de ses rêveries. Il s'était endormi aussitôt après avoir fait l'amour avec Lucie mais un cauchemar l'avait réveillé vers 3h. Le rat était revenu le hanter. Ressortir cette histoire l'avait bouleversé. Il ne la racontait pas à n'importe qui, mais il avait senti qu'il pouvait tenter le coup avec cette psychologue. Le hasard avait bien fait les choses ce soir-là. Et d'une pierre deux coups puisqu'il avait rencontré Lucie juste après le départ de ses compagnons de tablée. Damien sourit en repensant à leur rencontre. Une jolie petite étudiante en Histoire de l'Art. Et qui en avait dans la caboche, attention ! Le café avait refroidi et Damien en but une gorgée avec précaution. L'affaire du rat l'avait perturbé, avait remis en cause ses convictions cartésiennes. L'autre conséquence était que Damien savait qu'il n'était pas seul. Il était convaincu que des milliers de gens autour de lui avait eu affaire avec le paranormal. Et cette Sonia Saint-Erme et son ami Jean faisaient partie du lot. Damien en aurait mis sa main à couper. Ils avaient croisé la route de l'inexplicable tout comme lui. Ça laissait des traces.

Si Damien ne retrouvait plus le sommeil, ce n'était pas qu'à cause du rat. L'histoire d'Alice de Nanton y était pour beaucoup. Car elle n'était pas terminée. Il avait fallu bousculer un peu la femme de chambre mais elle avait fini par tout cracher. Et Damien était persuadé que la psychologue devait apprendre que son ancienne patiente ne délirait pas quand elle affirmait que sa mère la prendrait ce soir-là. Car c'était ce qu'il s'était réellement passé, à en croire la domestique. Le policier ne mettait pas sa parole en doute. Cette femme était sincère et terrorisée. Il fallait que Sonia Saint-Erme soit mise au courant. En dehors de l'enquête. Demain. Il l'appellerait demain. Perdu dans ses pensées, il fut surpris par les frêles bras chauds qui le ceinturèrent. Lucie se blottit contre lui. Cette douce réalité fit sourire Damien et l'éloigna des fantômes et des rats mutants le reste de la nuit.

Au même moment Sonia rêvait. Ou plutôt cauchemardait une fois de plus.

Pour la millième fois, elle erre dans un brouillard glaçant et épais. Elle avance avec prudence, les bras tendus, les mains fouillant le vide devant elle, espérant ne rien rencontrer. Sous ses pieds nus, la terre est noire et humide. Il n'y a pas un bruit, ni un souffle de vent. Sonia avance. Tout ce qu'elle veut, c'est sortir de cette purée de pois. Retourner chez elle et retrouver sa petite Johanna. Plusieurs fois, la jeune femme manque de trébucher alors qu'elle ne rencontre aucun obstacle. Droit devant elle, elle aperçoit enfin une faible lumière. Sonia accélère le pas. Oui, il y a bien une lumière jaune, une ampoule qui brille quelque part. Sonia se met à courir, perdant toute prudence. Elle court jusqu'à ce que ses poumons la brûlent, jusqu'à ce que sa gorge soit sèche. Et enfin, enfin, elle sort du brouillard. Sonia se retrouve devant une grande maison où une lumière brille au premier étage. Un frisson parcourt la psychologue. Elle fixe la fenêtre, emplie de crainte. Elle sait ce qu'il y a derrière : sa chambre et ses lourds secrets. « Maman ? ». Sonia sursaute. Elle ne l'a pas vu venir mais Johanna se tient devant elle, vêtue de son pyjama. Elle tient par la main un garçon plus âgé qu'elle mais qui se présente le dos tourné. « C'est le garçon », dit Johanna. Sonia recule. Sa fille fait trois pas vers elle, tenant toujours par la main le fameux « garçon ». N'y tenant plus, terrifiée, Sonia se retourne pour fuir. Elle préfère retourner dans le brouillard. Mais dans son empressement, elle tombe. Incapable de bouger, elle se roule en boule et pleure. Elle sent la main de sa fille sur son épaule. « Maman, maman… »

Johanna secouait Sonia de plus en plus fort. Elle l'avait retrouvée prostrée sur le tapis du salon. Ce n'était pas la première fois qu'elle assistait à une crise de somnambulisme de sa mère. Les premières fois, elle avait eu peur mais plus maintenant. Dans son sommeil, sa mère pleurait. Chanel vint se joindre à ses maîtresses, intriguée par tant de tapage et se mit à miauler. Enfin, Sonia sortit de son cauchemar. Elle prit quelque secondes pour s'extirper définitivement du sommeil et se rendit compte de sa position. A côté d'elle, Johanna était accroupie et la regardait, les yeux ronds. Chanel faisait sa toilette.

« Johanna ?

- T'as fait un cauchemar maman.

- On dirait oui, répondit Sonia en souriant.

- J'ai pas eu peur. Chanel et moi, on t'a réveillée !, dit Johanna fièrement.

- Je vois ça, merci beaucoup.

- Je peux venir dormir avec toi un peu ?

- Exceptionnellement », répondit Sonia en se levant.

Dans le grand lit, Sonia serra fort sa fille contre elle. Chanel se joignit au câlin en ronronnant. Le trio s'endormit rapidement et passa le reste de la nuit loin des cauchemars.

CHAPITRE 6

Le jeudi suivant, Sonia arriva en retard au Centre. Elle avait enfin trouvé une place pour se garer deux rues plus loin et faisait de petits pas pressés, engoncée dans sa jupe. Déjà jeudi, comme le temps passait vite ! Quand elle arriva enfin, elle fut accueillie par la sirène d'une ambulance et les gyrophares des voitures de police. Elle se précipita à l'intérieur du bâtiment, affolée. Dans la salle d'attente, elle aperçut Salma et Mélanie, assises, une tasse de café brûlant dans les mains. Déborah avait encore sa veste sur les épaules et leur parlait. Elles avaient des bleus sur le visage et les bras. En voyant la psychologue, elles lui firent un petit signe de la main, signifiant que tout allait bien. Des policiers allaient et venaient. Sonia laissa tomber son sac à main et se rapprocha des deux femmes.

« Qu'est-ce qui s'est passé ?

- Une femme est arrivée ce midi, avec une valise sous le bras, commença Salma. Elle a frappé à la porte et on lui a ouvert. Elle disait que son compagnon la battait et qu'il avait failli la tuer. Elle avait entendu parler du Centre alors elle est venue directement ici.

- Sauf que son mec arrêtait pas de l'appeler sur son portable, continua Mélanie. Elle a fini par décrocher et lui dire où elle était.

Elle était terrifiée. Ce salaud a débarqué il y a une demi-heure environ, pas le temps d'expédier cette femme à l'abri. Je te raconte pas le bordel. Un taureau furieux. Il a déboulé en hurlant qu'on lui rende sa femme. Salma a voulu s'interposer, il s'en pris à elle et du coup je me suis jetée dans la bagarre aussi. Entre deux coups, on a prévenu les flics. Il a eu le temps de foutre une raclée à sa femme. Les flics l'ont embarqué, c'est bon. La femme est à l'hosto. On va devoir aller aux urgences vérifier que tout va bien et faire le constat pour porter plainte.

- Ça s'est passé tellement vite, dit Salma dans un souffle. Elle semblait plus secouée que sa collègue.

- Oh merde, dit Sonia. Ecoutez les filles, je suis désolée pour tout ça.

- On va à l'hôpital. On va avoir des jours d'ITT, dit Mélanie d'une voix lasse. On vous appelle dès qu'on peut. Ne t'inquiète pas Sonia, on en a vu et on en verra d'autres. Des salopards comme ça, y en encore des milliers dehors. Allez viens Salma, ils nous attendent. »

Sonia et Déborah se retrouvèrent vite seules dans la salle d'attente. Déborah gribouilla un panneau expliquant que le Centre était exceptionnellement fermé et l'accrocha à la porte de l'immeuble avant de refermer à clé. Les deux femmes se servirent un café dans le bureau de Mélanie, en silence.

« Bon, on fait quoi maintenant ? demanda Déborah. On appelle nos chefs, déjà. Et puis après, tu veux rentrer chez toi ?

- Tu parles, ils vont nous dire d'assurer la permanence. Je ne sais pas si les filles avaient des rendez-vous programmées. Bon, je m'occupe de Mélanie et j'appelle s'il y a un contact pour annuler. Tu fais la même avec Salma ? Et je prends le CIDFF, tu te charges du Conseil général ? »

Déborah hocha la tête, but son café d'une traite et s'acquitta de ses tâches. Cela leur prit une vingtaine de minutes pour prévenir qui de droit et mettre à jour les agendas de leurs collègues. Le CIDFF leur conseilla de fermer la permanence et de rentrer chez elles. Mais les deux femmes restèrent un instant à discuter.

« Quand je suis arrivée, tout venait de se terminer. J'ai vu le gars entre deux flics. T'aurais vu la masse que c'était... Il aurait pu faire plus de dégâts. Par contre, je n'ai pas vu sa femme qui était déjà dans l'ambulance. Comme c'est une rue perdue, on n'a pas eu beaucoup de public, uniquement les voisins. Je t'avais parlé le mois dernier d'une certaine Olga, une femme qui se battait pour pas se faire expulser à cause de loyers impayées. J'avais rendez-vous avec elle. Elle a assisté à toute la scène. Je crois bien qu'elle est elle-même une ancienne femme battue. Je crois que ça lui ferait du bien de parler. Je lui proposerai bien de te voir la prochaine fois.

- Hum… soupira Sonia. Bon, je finis mon café et j'y vais. Martine Sanoise est passée ?

- Non, pas vu. »

Sonia se surprit à être déçue.

Damien Mirisse se décida le samedi matin. Calé dans son fauteuil, il composa le numéro de Sonia Saint-Erme. Damien lui mentit en disant vouloir prendre des nouvelles. Son interlocutrice semblait occupée et se montra distante. Alors le policier choisit de lui dire la vérité : il avait de nouveaux éléments sur le suicide d'Alice de Nanton. Ils convinrent de déjeuner le mardi midi au cabinet de Sonia. Quand Damien raccrocha, il se sentit soulagé.

Sonia, quant à elle, ne savait pas quoi penser de cet appel. Elle reprit sa séance de dessin avec Johanna. Sa fille n'avait pas de disposition particulière mais aimait dessiner des arbres roses, des soleils verts ou des animaux féériques sortis tout droit de son imagination. La plupart de ses dessins étaient gais et colorés. Elle ne maîtrisait pas encore assez l'écriture pour raconter ses histoires mais la petite fille se rattrapait avec ses crayons de couleurs. Chaque dessin était un conte. Johanna venait par ailleurs de décréter que plus tard, quand elle serait grande, elle ferait des dessins animés. Sonia la regarda s'appliquer sur une maison à plusieurs étages. Les perspectives étaient troublantes voire totalement irréalistes. Johanna rajoutait de nombreuses portes et fenêtres, à la fois ouvertes et fermées. Il n'y avait pas de décor. L'étrange bâtiment flottait dans le vide. Johanna mit la touche finale et écarta la feuille de suite pour en prendre une autre. Sur sa nouvelle toile blanche, elle reprit ses habitudes. Toutes les couleurs de l'arc-en-ciel étaient présentes. Au milieu du maelstrom coloré, Johanna se mit à tracer des formes qui tenaient plus de la patate que de l'humain mais ses progrès en dessin étaient impressionnants.

« Tu fais des bonhommes ?, demanda Sonia.

- Des bonnes femmes, répondit sa fille du tac-au-tac.

- Oui, pardon, dit Sonia confuse. Dis donc elles sont bien rondes tes bonnes femmes !

- Comme toi.

- Comment ça comme moi ?, s'écria Sonia.

- Ben oui, maman. Regarde, là c'est toi. Et moi, à côté, je suis la petite ronde.

- Tu penses que tu es grosse ?, demanda Sonia.

- Je sais pas. Toi oui. Mais c'est pas grave, hein ? Tu dis toujours à Jean que tu fais ce que tu veux.

- Ah, tu écoutes donc mes conversations avec Jean…

- Vous parlez fort.

- Eh bien, oui, poussin, je suis grosse mais ça ne me dérange pas, se résolut à dire Sonia. Mais toi, non. Tu as un poids normal.

- C'est quoi normal, alors ?, interrogea Johanna.

La petite brune parlait sans s'arrêter de dessiner. Elle avait ajouté de la couleur à ses personnages et dessinait un troisième humain dans un coin de la feuille, noir et en retrait. Intriguée, Sonia éluda la question de sa fille pour lui en poser une.

- Et c'est qui alors ce petit monsieur dans le coin ?

- Lui, c'est le garçon, répondit Johanna.

A ces mots, le sang de Sonia ne fit qu'un tour. Elle se força à garder son calme. Elle avait là l'occasion d'aborder le sujet avec sa fille. Il fallait qu'elle s'y prenne avec tact.

- Oui, tu m'as déjà parlé de lui, je crois bien, dit Sonia. Alors il s'appelle comment ?

- Je sais pas. Mais on joue ensemble, enfin, un peu. Il m'a montré la maison de papy et mamy. C'est pour ça que je veux y aller, ça a l'air chouette !

- Tu sais mon poussin, on a déjà abordé la question des rêves. Tu te souviens ? On avait dit que c'était des histoires qu'on se racontait dans nos têtes la nuit.

- Oui... soupira la petite brune, visiblement agacée.

- Et que c'était un mélange des choses qu'on avait vues, entendues et aussi de notre imagination, reprit Sonia. On avait dit que c'était une…

- Une grosse soupe !, cria Johanna en riant.

- C'est ça. Et que ce n'était pas la réalité.

- Oui mais des fois c'est un peu les deux…

- Non. C'est l'un ou l'autre, affirma la mère.

- Oui mais des fois, le garçon, il t'appelle. Tu l'entends pas maman ?

- Johanna !, dit Sonia en haussant le ton. Il y a le rêve et la réalité. Les deux ne se mélangent jamais. Et pan sur tes crises de somnambulisme ! pensa-t-elle aussitôt. Et quand tu entends des choses que je peux dire, avec Jean par exemple, si tu ne comprends pas tout, tu peux demander. Bon, je vais préparer le repas maintenant. Finis tes dessins, range tout et tu peux aller dans ta chambre. »

Sonia mit ainsi fin à la conversation et se rendit dans la cuisine. Derrière le comptoir, elle vit sa fille, l'air renfrogné, ranger ses affaires et gagner sa chambre. Sonia culpabilisa aussitôt. Avec Johanna, elle s'empêtrait dans ses casquettes de mère et de psychologue. Autant pensait-elle plutôt bien faire son métier avec ses patients, autant avec sa fille elle avait l'impression de tout faire de travers. Elle ne savait pas discuter avec elle, tout simplement.

Parler de choses sérieuses était trop compliqué. Elle l'avait déjà bien vu pendant le divorce. La psychologue alluma la radio et mit de l'eau à bouillir pour des pâtes. Elle se servit un verre de vin en écoutant distraitement les informations. Sonia n'était pas vraiment énervée. Après ce que lui avait dit sa fille, elle avait surtout peur.

Damien et Sonia se faisaient face dans le cabinet de la psychologue. Après les amabilités d'usage et le déballage des sandwichs, le policier décida d'aborder le sujet :

« Sonia, ce que je vais vous raconter est confidentiel. Je vous dis ça hors enquête, parce que vous devez le savoir. Vous devez connaître la vérité. Alice de Nanton ne vous a peut-être pas tout raconté mais sa bonne l'a fait au commissariat. C'est son récit.

- Bien allez-y, je vous écoute.
- La femme de chambre, Mariette, a tout craché d'un coup. Après sa déposition, on a du appeler une ambulance. Elle était en état de choc. Elle est entrée au service de la famille il y cinq ans. Monsieur de Nanton était encore en vie mais souvent absent en train de s'occuper de ses maîtresses. Mariette s'est donc beaucoup occupée de d'Alice. Le couple faisait déjà chambre à part à l'époque. Bref. Alice se confiait régulièrement à sa bonne au sujet de sa mère. Elle lui affirmait que le fantôme de Madeleine la visitait souvent, pour la torturer et lui répéter que

le temps venu, elle emporterait sa fille avec elle. Un soir, Mariette passant devant la chambre de sa maîtresse, entend une étrange conversation. Elle s'arrête et colle son oreille à la porte. Deux voix de femmes : Alice, bien sûr, mais une autre inconnue. Or, si quelqu'un était venu, Mariette l'aurait su. Elle passe son chemin, estimant que sa patronne a le droit d'avoir quelques secrets. Sauf que ça a titillé la curiosité de Mariette. Elle est donc plus vigilante. Elle se rend compte que ces entrevues dans la chambre d'Alice se répètent souvent. Une nuit, elle ne tient plus et frappe à la porte, prétextant avoir entendu du bruit et venant vérifier que tout va bien. Après un silence, Alice lui donne la permission d'entrer. La chambre est plongée dans la pénombre mais Mariette est certaine de voir dans un coin de la pièce une silhouette plus sombre encore, avec une sorte de gros collier autour du cou. L'air est glacé. Alice est dans son lit et n'allume pas la lumière. Elle remercie Mariette et la congédie. La bonne nous a affirmé que quelque chose de mauvais planait dans l'air. Les jours anniversaires de la mort de Madeleine, c'est bien pire. Dans toute la maison, l'électricité déconne, le téléphone est coupé, l'air froid. Alice a l'habitude de s'enfermer dans sa chambre toute la nuit et d'interdire à Mariette de s'approcher de la pièce. Une seule fois, elle va transgresser l'interdit. Devinez quand ? Cette année ! Quand elle s'approche de la chambre de sa maîtresse, Mariette sent tout de suite que quelque chose cloche. Il y a un vacarme épouvantable. Mariette se précipite sur la porte, essaie de l'ouvrir mais c'est verrouillé. Elle tambourine sur le bois, appelle Alice. D'un seul coup, la porte s'ouvre et la bonne tombe à quatre pattes sur le parquet de la chambre. Devant elle, il y a un spectacle incroyable. Les meubles volent en cercle, tous les meubles ! Au milieu du cercle, elle voit sa patronne debout sur un guéridon, une écharpe autour du coup, accrochée au luminaire. Alice pleure. Ses yeux s'agrandissent en voyant Mariette mais elle ne fait aucun geste. A côté du guéridon, la femme de chambre voit une silhouette féminine noire comme la nuit. Comme une ombre. Autour du cou, bien visible, bien réelle, une corde avec un nœud coulant qui forme un collier. La silhouette regarde Mariette et pousse le guéridon. La femme de chambre a le temps de voir l'écharpe se resserrer autour du cou d'Alice de Nanton puis un souffle prodigieux la pousse hors de la chambre. Elle atterrit contre le mur du couloir et la porte de la chambre se referme. Mariette est restée prostrée dans le vestibule toute la nuit. C'est au petit matin qu'elle a eu le courage d'entrer dans la chambre et de voir le corps pendu de sa maîtresse. Les meubles sont à leur place mais en sale état. Voilà ce que nous a raconté Mariette.

- Et pourquoi me raconter ça ? demanda Sonia qui avait écouté l'histoire en silence.

- Deux autres faits pour terminer : Mariette a des hématomes dans le dos. Et normalement, le luminaire auquel on a retrouvé Alice de Nanton aurait dû céder sous son poids. Or quand nous sommes arrivés sur place, le corps était toujours solidement accroché. Si je vous dis tout ça, c'est parce que c'était votre patiente et que j'étais convaincu que vous croiriez, vous aussi, cette version des faits. J'ai bien vu au bar, l'autre soir, vous avez déjà fait face au paranormal. Moi aussi. J'essaie de trouver des gens comme moi. Pour, je ne sais pas, comprendre, apprendre…

- Damien, je vous remercie de m'avoir raconté tout ça. Mais je ne vais pas vous offrir une histoire en retour.

- Mais vous croyez à l'histoire de Mariette…

- Oui, j'y crois », répondit Sonia.

CHAPITRE 7

Le mauvais temps s'était définitivement installé à Aurac. Le ciel était constamment gris, menaçant. Parfois une averse éclatait, durant à peine quelques minutes. L'air n'était pas froid, il faisait même doux. Seul un petit vent venait rafraîchir les visages. Sonia se sentait d'humeur morose et cela déteignait sur sa fille. A moins que ce ne soit l'inverse ? Chanel était nerveuse et fuyait la compagnie des humains. Jean était très occupé par son nouveau business et son amoureux secret. C'était une de ces périodes où tout semble aller de travers, où tout le monde a l'air triste et maussade. Un regard de travers et une bagarre peut éclater. Une parole innocente et l'autre se mettrait à pleurer toutes les larmes de son corps. Sonia faisait encore des cauchemars mais elle n'en avait qu'un vague souvenir au réveil. Ce qu'elle avait vécu en songe était flou. Et cela lui allait très bien. Quant à sa fille, elle était égale à elle-même, peut-être plus fatiguée que d'habitude. Elle ne dessinait plus autant, ou du moins Sonia soupçonnait que sa fille lui cachait ses œuvres. Elle résistait à l'envie de fouiller sa petite chambre. Après tout, même à cinq ans, elle avait aussi besoin d'un jardin secret. De se faire des histoires dans son coin.

Le cabinet de Sonia ne désemplissait pas. Les névroses de ses patients avaient l'air de s'accentuer, de prendre parfois des accents mystiques. Comme cette trentenaire qui donnait une allure divine aux voix qu'elle entendait dans sa tête. Ou cette autre qui avait avoué d'une petite voix être allée voir un prêtre. C'était vraiment une drôle de période.

Il pleuvait fort ce jeudi-là, quand Salma Abbas arriva au Centre. Mélanie et elle avait eu quelques jours d'interruption de travail et une plainte avait été déposée. Salma redoutait un peu de revenir mais en franchissant la porte, elle se rendit compte que ce serait une journée comme les autres. Peut-être plus chargée avec les rendez-vous qui avaient été décalés. Elle regarda sa montre : le centre n'ouvrait qu'une demi-heure plus tard. Salma se débarrassa de son parapluie, se félicita d'avoir un mis un pull en frissonnant puis mit du café en route dans le bureau de Mélanie. Tout était calme. Malheureusement, le répit fut de courte durée. La mystérieuse Martine était revenue et frappait au carreau. Elle était trempée. Et merde, se dit Salma. Elle lui fit signe de se diriger vers la porte et lui ouvrit. La pauvre femme frissonnait. Salma l'installa dans la salle d'attente et lui imposa un café bien chaud. Martine Sanoise ne le refusa pas mais recula quand Salma lui proposa de retirer quelques vêtements pour les mettre à sécher. Puis Mélanie Trésor fit son entrée. Elle aussi avait appréhendé son retour. Et son visage se décomposa quand elle vit Martine. Salma lui adressa un petit haussement d'épaules. Ce qui énervait le plus Mélanie était d'avoir déjà eu affaire avec des femmes comme Martine. Des traumatismes liés à leur parcours expliquaient leurs comportements parfois irrationnels. Ce n'était pas toujours évident à gérer mais jusque-là l'équipe s'en était sortie. Avec Martine Sanoise, c'était différent. Personne ne savait comment l'appréhender, à part Sonia Saint-Erme. Salma prit le chemin de son bureau tandis que Mélanie expliquait à l'étrange femme qu'elle avait des affaires à régler avant de la recevoir à 9h. Elle n'eut que le silence et le sourire de la blonde en retour. Quand enfin, elle fut prête, elle invita Martine à s'asseoir et ferma la porte.

« Bonjour Martine, je vais vous expliquer l'organisation du Centre, si vous le voulez bien. Je suis Mélanie, conseillère sociale, tout comme Salma que vous avez vu tout à l'heure. Sonia est psychologue et Déborah juriste. Si vous êtes venue nous voir, c'est que vous avez besoin d'aide, en tant que femme, ou pour votre famille. Nous sommes bien d'accord jusque là ?

- Oui.

- Alors, ce que j'aimerais qu'on fasse ensemble aujourd'hui, c'est qu'en prenant votre café, on discute vous et moi. Vous pourriez me parler un peu de vous. Ce serait un premier pas. Je sais que ça peut être compliqué. Notre but c'est vraiment de vous aider, mais on ne va pas vous forcer.

- Oui.

- Alors, c'est d'accord ?

- Oui. Mais est-ce que la psychologue, elle vient ?

- Oui, soupira Mélanie. Elle vient tous les jeudis après-midi. Vous pourrez la voir tout à l'heure.

- Mais avant, je vais vous montrer quelque chose. Regardez bien ça !

Martine remonta alors sa manche gauche. Ses bras étaient maigres, sa peau fine presque translucide. Au creux du poignet, elle arborait un tatouage noir aux étranges reflets bleus dont les lignes fines et précises semblaient vivantes. Il représentait ce que Déborah identifia comme un Phoenix emprisonné dans un hexagone, lui-même inscrit dans un cercle. L'oiseau, représenté par son profil droit, était très détaillé malgré la petite taille du tatouage. On distinguait ses plumes et sa grande queue royale, ses ailes étaient déployées, sa tête tournée vers le ciel. Le bec ouvert, il lançait un défi, une provocation. Son unique œil ne regardait pas vers le haut mais fixait celui qui regardait le tatouage. On pouvait lire la colère dans ce regard qui vous hypnotisait. Au-dessus du cercle, on pouvait lire le mot Ira et en-dessous Dioltas. Ces deux mots n'avaient pas été tatoués mais bien griffés sur la peau de Martine.

- C'est très joli, commenta Mélanie.

- Non, ce n'est pas joli, répondit sèchement Martine. C'est une marque. La marque d'un tout, et celle du néant qui vous attend. Ce n'est pas un simple dessin. C'est une source d'énergie et de pouvoir. C'est le lien qui nous unit toutes au-delà des univers. C'est le signe qu'on révère et qu'on craint. C'est le signe de la mort qui rôde. C'est la preuve de Sa puissance et de notre humilité face à Sa volonté. C'est la marque d'une vie nouvelle à La servir. Vous y voyez un simple tatouage un peu original, madame Trésor, pour moi c'est le résumé de ma vie. Je vous en prie, contemplez-le encore un peu, je ne le dévoile pas facilement.

Mélanie était fascinée par le dessin et la voix de Martine lui paraissait lointaine et brouillée, comme si Mélanie était sous l'eau. Elle fixa le tatouage quelques secondes encore avant que la sans-abri ne rabatte sa manche et cache de nouveau son poignet. La conseillère eut alors l'impression d'une bulle qui éclate et elle retourna à la réalité.

- Euh…, bredouilla-t-elle.

- Je veux bien un autre café », dit Martine, d'une voix douce et timide.

La pluie s'était calmée quand Martine Sanoise annonça qu'elle partait. Sans un regard en arrière, elle quitta le Centre, laissant Mélanie Trésor plus que perplexe. Cette dernière enfila son manteau et sortit dans la rue fumer une cigarette, avant que la pluie ne tombe à nouveau. La rue était déserte, la SDF avait filé Mélanie savoura sa dose de nicotine. Elle avait essayé d'arrêter mais n'avait pas tenu six mois. Certes, elle ne consommait plus qu'un paquet par jour au lieu de deux mais, au fond d'elle, elle culpabilisait. Elle aurait aimé réussir. Bien sûr, elle avait fait les choses correctement avec son médecin, des patchs, un suivi. Mais non, à croire qu'elle ne contrôlait pas complètement son corps. Mélanie s'alluma une deuxième cigarette sans s'en apercevoir. Elle repensait au tatouage de Martine. Elle ne savait pas ce qui la dérangeait le plus : les reflets surnaturels de l'encre, les mots inconnus griffés dans la peau ou ce Phoenix légèrement inquiétant. Que lui avait dit Martine à ce sujet ? Mélanie n'avait pas tout retenu. Que le tatouage représentait sa vie ? Oui, bon, toutes les personnes tatouées vous diront que leur papillon sur la cheville ou le dragon dans le cou les représentent non ? Martine avait dit bien plus que ça mais Mélanie n'arrivait pas à s'en souvenir. Elle écrasa son mégot et rentra dans l'immeuble au moment où la pluie recommençait à tomber. Et elle oublia complètement l'étrange tatouage.

Sous son parapluie, Damien Mirisse observait ses collègues travailler sur la scène du crime. Ils se trouvaient dans le petit jardin d'une maison de ville séparé des habitations mitoyennes par de hauts murs blancs. A chacun son petit coin d'intimité même si cela ne valait que pour le rez-de-chaussée. Du premier étage, on pouvait voir tout ce qui se passait à côté. C'est comme ça que Micheline Hérault, professeur à la retraite, avait vu les corps depuis sa salle de bain. Elle était restée quelques secondes à fixer les cinq cadavres avant de pouvoir réagir et appeler la police. Après avoir parlé à Damien Mirisse, la pauvre femme s'était effondrée en état de choc. Il valait mieux avoir le cœur bien accroché et l'estomac solide pour regarder le massacre sans ciller. Selon toute vraisemblance, les cinq personnes avaient été tuées à l'intérieur de la maison puis disposées en cercle dans le jardin pendant la nuit. La police scientifique faisait ses relevés sur les cinq corps protégés de la pluie par un petit barnum. Il s'agissait de la respectable famille Tennaud. Les parents étaient tous deux employés de banque dans des établissements différents. Les trois petits étaient bons élèves, ne criaient jamais trop fort, ne montaient pas le son de la télé à fond. Les cadavres étaient tous allongés sur le dos, bras le long du corps, tête au centre du cercle. Ils avaient été tous les cinq tués d'une façon différente. Alain, le père, égorgé. Corinne, la mère, multiples coups de couteaux. Samuel, douze ans, tête éclatée par un objet contondant. Sophie, cinq ans, étranglée. Théo, deux ans, empoisonné à l'aide de produits ménagers.

Quand Damien était arrivé avec ses collègues, les portes de la maison, celle donnant sur la rue et celle du jardin étaient verrouillées de l'intérieur et toutes les fenêtres étaient fermées. Le policier s'alluma une cigarette tout en regardant ses collègues travailler.

CHAPITRE 8

Jeudi midi dans le bureau de la directrice de l'école maternelle Jean Jaurès, Sonia serrait contre elle sa fille qui réprimait ses derniers sanglots. Quand l'entretien fut terminé, Sonia traina Johanna dans la cours tandis qu'elle reniflait bruyamment. Mal au ventre. Et Louis ne pouvait pas se libérer avant 15h pour garder la petite. Sonia aimait sa fille plus que tout au monde mais des fois, des fois… Mal au ventre. Johanna ne pouvait rien dire d'autre. C'était peut-être un caprice, peut-être pas. Quoi qu'il en soit, elle ne pouvait pas reprendre la classe. La seule solution était d'emmener Johanna au Centre d'accueil en attendant Louis. On lui trouverait bien un coin où patienter avec des feuilles et des crayons de couleurs. La fillette accepta toutes les conditions que sa mère posa : rester calme dans la salle d'attente, ne pas crier, ne pas courir, ne pas pleurer, ne pas déranger, rester sage à faire des dessins.

Malheureusement pour Sonia, il y avait beaucoup de monde en ce jeudi pluvieux. Mélanie, Salma et Déborah comprenaient bien la situation mais elles avaient des rendez-vous toute l'après-midi. Johanna devrait s'occuper seule jusqu'à ce que Louis vienne la chercher. Les maux de ventre avaient disparu. Sonia en prit bonne note et se promit d'en discuter avec sa fille le soir-même. Nullement impressionnée par ces inconnues qui allaient et venaient au Centre, la fillette souriait à chaque personne qui rentrait et la plupart le lui rendait.

Sonia trouva Martine Sanoise dans son bureau. Lui tournant le dos, elle était assise bien sagement et l'attendait. Sonia referma la porte, contourna la femme et s'installa derrière la table. La psychologue sortit un bloc-notes d'un tiroir ainsi que plusieurs crayons. Alors seulement, elle regarda Martine. Celle-ci avait attaché ses cheveux sales, dévoilant ainsi son visage qui portait un hématome à la joue droite. La SDF sourit à Sonia et la salua :

« Bonjour Madame St-Erme.

- Bonjour Madame Sanoise.

- Appelez-moi Martine.

- Bien, Martine. Vous n'avez pas le droit d'entrer dans les salles comme ça. Si c'est une des conseillères qui vous a dit d'entrer, elle a fait une erreur. Il faut attendre dans la salle d'attente, juste à droite de l'entrée. Retenez-le pour la prochaine fois, dit la psychologue un peu sèchement. Elle s'en voulut aussitôt. Elle prenait la mauvaise habitude de parler aux usagères comme à des enfants.

- Oui.

- Alors, de quoi souhaitez-vous parler aujourd'hui ?

- Vous savez, nous n'avions pas le droit d'avoir de contact avec les autres. Nous avions chacune une cellule qui ne servait qu'à dormir et manger le soir. Nous vivions toutes dans le Temple de la Mère. Toutes. Mais nous n'avions pas le droit d'avoir de contact entre nous, sauf pour certaines épreuves et pour la corvée des mortes. Les prêtresses n'étaient jamais loin pour nous surveiller. Il y avait des règles à respecter, vous savez. Et la première d'entre elles étaient de ne pas sortir de nos cellules la nuit. Mais encore fallait-il savoir si c'était la nuit au-dehors du Temple... »

Martine Sanoise se lança alors dans un long récit. Elle décrivit le Temple de la Mère comme un bâtiment aux dimensions titanesques mais dont elle n'avait jamais vu l'extérieur. Après son enlèvement par deux prêtresses, elle s'était réveillée dans sa cellule et n'avait jamais connu que les couloirs du Temple. Ce dernier ressemblait à une immense maison carrée en pierres tantôt noires, rouges ou marron. Aucune porte ne donnait sur l'extérieur mais il y avait des milliers de corridors, des millions de salles et de portes à la fois ouvertes et fermées. Au fur et à mesure de a description donnée par Martine, une ride se creusa entre les sourcils de Sonia. La psychologue devait faire un effort incroyable pour comprendre ce que disait la femme. Cela dépassait l'entendement et les règles les plus élémentaires de géométrie. Comment comprendre ces choses impossibles ? Martine parla ensuite de la première des règles à respecter. Elle indiqua que le seul moyen de savoir s'il faisait nuit était de se rendre au cœur du Temple. Là se trouvait une petite cour pavée sans toit, autour de laquelle tournait un couloir ouvert avec des arches de pierre. La description rappela à Sonia les cloîtres des couvents. Il était interdit d'aller dans cette cour au centre de laquelle se trouvait une trappe qui ouvrait sur l'inconnu. Mais il était permis de se pencher par-dessus la rambarde pour observer le ciel. On pouvait le voir à ce qui semblait des kilomètres de là. Selon Martine, c'était le seul moyen de savoir s'il faisait nuit ou non. Le Temple comptait des milliards de fenêtres qui montraient chacune un paysage différent et changeant. Ici, vous pouviez contempler un coucher de soleil sur l'océan, quelques mètres plus loin, vous voyiez des paysages désertiques ou des montagnes enneigées éclairées par la pleine lune. Mais tout n'était qu'illusion. La vérité se trouvait dans la cour centrale.

« Pourquoi était-il interdit de sortir la nuit ? Demanda Sonia.

- Parce qu'il rôde la nuit, répondit Martine en murmurant.

- Qui ?

- Sheab Naggath, le Mangeur de Souvenirs. Il rôde la nuit, à la recherche des imprudentes. Quand vous arrivez au cœur du Temple et que vous voyez ces myriades d'étoiles dans le ciel, alors il ne reste qu'une chose à faire : courir. Courir jusqu'à sa cellule et bien fermer la porte. Courir, sans se retourner, surtout. Celles qui sont surprises se retrouvent le matin devant votre porte, pour la corvée des mortes.

- Que fait ce Sheab...

- Sheab Naggath est une créature ancienne domptée par la Mère Première. Il n'a pas de description. On ne sait pas à quoi il ressemble. On dit qu'il vient de l'Antique Alyniah, aux confins de l'Univers et que c'est là-bas que la Mère Première a été le chercher. Il se nourrit des souvenirs qu'ils trouvent et les remplacent par vos pires cauchemars. Vous mourez, avec vos peurs pour seul horizon, la folie ronge votre cerveau jusqu'à ce que vous n'en puissiez plus. Alors vous demandez grâce, vous l'implorez de vous achever mais il vous laisse là, mourir seule dans la nuit.

- J'ai beaucoup de questions, Martine, dit la psychologue.

- Et vous aurez vos réponses. Mais chaque chose en son temps. Une seule question aujourd'hui.

- Bien, on va aller à votre rythme. »

Sonia devait revoir sa stratégie pour démêler le vrai du faux du récit de sa patiente. Cette femme paraissait si sûre d'elle quand elle entamait ses récits. La psychologue opta pour une petite provocation. On va voir si elle mord à l'hameçon...

« Ce que j'entends dans votre histoire, reprit Sonia, bien qu'elle soit très romancée, et je sais que je ne vous offense pas en disant ça, c'est que vous vous êtes retrouvée dans un endroit inconnu et effrayant. Surtout pour une fille de dix ans. Vous dites qu'il y avait d'autres filles avec vous ? Les seuls adultes étaient donc les prêtresses ?

- Non. Il y avait d'autres adultes. Nous sommes toutes recrutées jeunes mais nous sortons du Temple uniquement quand la Mère Première nous en juge capable.

- Des femmes seulement ?

- Aucun homme n'est toléré par la Mère Première. Mais cela vous fait deux questions...

- Vous m'en permettrez une troisième, dit Sonia, sans laisser le temps à son interlocutrice de refuser. Pouvez-vous me dire où se trouve ce temple ? Est-il en France ?

- Ni en France, ni ailleurs. Il n'est pas sur cette Terre. Il est le refuge de la Mère Première. Celui où elle se repose et fonde son armée. Maintenant, je dois partir. Et une dernière chose, madame Saint-Erme. Je ne romance rien. »

Martine Sanoise se leva, toujours calme, et sortit de la pièce sans plus de cérémonie. Je l'ai vexée, constata Sonia en soupirant. Elle baissa les yeux vers ses notes et eut un hoquet de surprise. Absorbée par l'histoire de Martine, elle n'avait rien noté. Cela ne lui ressemblait pas. Elle attrapa son crayon et écrivit tout ce dont elle se souvenait. Elle devrait être plus attentive à l'avenir. Dans sa carrière, Sonia n'avait encore jamais eu affaire avec un ancien adepte échappé d'une secte. Qui te dit qu'elle n'est plus dans ce culte ? dit une petite voix intérieure. C'est vrai que Martine en parlait à la fois au passé et au présent. La psychologue aurait du travail avec cette femme. Il fallait démêler les faits de la romance. Et trouver des informations sur cette secte mystérieuse.

Quelques coups frappés à la porte interrompirent les réflexions de la jeune femme. Elle leva la tête et aperçut une vieille femme qui n'osait pas entrer. Sonia lui sourit et l'invita à s'asseoir. Une nouvelle histoire commençait.

Johanna avait attendu sa mère bien sagement dans la salle de pause. Elle avait dessiné, parlé un peu avec quelques dames dont elle n'avait pas retenu les noms mais qui étaient très gentilles. Elle s'était un peu ennuyée aussi mais elle n'avait rien dit à sa mère. Elle ne lui avait pas non plus parlé de la femme bizarre. Johanna était sortie une seule fois de la petite salle pour se rendre aux toilettes. Elle connaissait le chemin et avait voulu prouver aux adultes qu'elle pouvait le faire toute seule. Pour accéder aux toilettes, Johanna n'avait que quelques mètres à faire. Au milieu de sa marche, sans savoir pourquoi, Johanna s'était arrêtée. Elle avait regardé derrière elle et vu la femme bizarre qui allait sortir de l'immeuble. Celle-ci l'avait fixée avec un drôle de regard. Cela n'avait duré que quelques secondes mais Johanna n'avait pas aimé ça. Et puis la femme était partie. Louis était venu la chercher peu après 15h. Il l'avait ramené à la maison. Comme elle s'était plainte de son ventre, Johanna n'eut pas le droit de goûter comme d'habitude. Respectant les consignes de sa mère, Louis ne lui donna que des gâteaux secs et une pomme, au lieu d'une grosse tartine de Nutella. Johanna ne bouda pas et accepta sans broncher. Après tout, c'était le prix à payer pour une fausse malade qui préférait être à la maison qu'à l'école. Elle regarda les dessins animés et fit des dessins avec Louis jusqu'à ce que sa mère revienne. Dans la soirée, la fillette fut bien obligée d'avouer la supercherie et pour punition dut aller au lit plus tôt.

Vers 3h du matin, elle se réveilla en hurlant.

Sonia mit du temps à calmer sa fille qui criait. Pendant plusieurs minutes, elle répéta inlassablement le même mot, jusqu'à ce que sa mère réussisse enfin à la calmer. « Le Phoenix !, criait la fillette, le Phoenix ! Ira et Dioltas ! »

CHAPITRE 9

Le thé au citron était absolument dégueulasse. Et le gobelet en plastique lui brûlait les doigts. Et puis, elle ne voulait pas être là. Elle ne voulait pas rentrer chez elle non plus. Heureusement que son fils était passé à la maison récupérer quelques affaires. Elle irait vivre avec lui quelques temps. Le temps que l'histoire se tasse, qu'elle puisse oublier cette vision d'horreur. Mais Micheline Hérault ne pouvait pas oublier. A l'hôpital, on lui avait prescrit des somnifères. Elle dépassait déjà les doses. Elle avait tellement peur de ses cauchemars. Micheline reprit ses esprits et but une nouvelle gorgée de l'immonde breuvage. Amatrice de thés fins et subtils, elle ne supportait pas les saloperies en sachet vendues en grande surface. Et visiblement, le budget de la police ne permettait pas d'offrir un Darjeeling digne de ce nom. Micheline était une force de la nature. Elle portait ses cheveux gris très courts, souvenir d'une chimio pour un cancer du sein, et son visage ridé n'inspirait pas la sympathie. Ses deux passions dans la vie ? Le thé, bien sûr, et Balzac. Elle était veuve depuis ses quarante ans, depuis que Jean-Michel s'était jeté dans le Luivre. Il lui avait laissé une lettre d'adieu dans laquelle il avait craché tout son mal-être. Micheline n'avait jamais compris le geste de son époux mais s'en était remise assez vite. Ancienne professeur de lettres, Micheline jouissait enfin d'une retraite. Et aujourd'hui, elle se retrouvait dans le bureau de ce policier, dont elle appréciait beaucoup la courtoisie, à devoir raconter le sinistre tableau qu'elle avait vu dans le jardin de ses voisins. La retraitée posa son gobelet sur le bureau face à elle et termina son récit :

« Et donc, c'est ainsi que je les ai vus. Tous les cinq. Je ne souhaite pas refaire une description de ce que j'ai vu, Monsieur Mirisse. Vous l'avez déjà dans ma première déposition et je ne changerai pas un mot.

- Très bien, Madame Hérault, répondit Damien Mirisse, assis en face de la témoin. D'ailleurs, je vous remercie d'avoir pris le temps de bien décrire ce que vous avez vu à mes collègues. Je sais que cela a du être très éprouvant et j'apprécie votre collaboration. Je souhaite maintenant revenir sur un point en particulier si vous le permettez.

- Allez-y.

- Dans vos premiers récits, vous nous avez parlé de cette... Juliette qui donnait des cours de soutien au plus grand, Samuel. Vous avez tout de suite pensé à elle, que nous devions la prévenir…

- Oui, Corinne m'en parlait assez souvent, dit Micheline Hérault, c'était une lycéenne qui donnait des cours de maths à son fiston. Je l'ai aperçu quelques fois mais très rapidement. Elle travaillait pour les Tennaud depuis trois ans, je crois. Peut-être moins. Les gamins l'adoraient vous savez. Ils... mon Dieu, les gamins...

La vieille femme se mit à sangloter. Elle tira un mouchoir de son sac à main et se moucha en faisant le moins de bruit possible, comme si elle avait peur de déranger. Damien attendit que la crise passe. Il admirait le sang-froid de cette femme.

- Pardonnez-moi, reprit Micheline. Juliette donc. Juliette Chancier. Vous avez réussi à la prévenir ? La pauvre gosse...

- Vous pouvez me la décrire ?, la coupa Damien.

- Euh... pas très grande et mince. De longs cheveux blonds. Un visage quelconque mais de grands yeux verts, un vert sombre et profond, vous voyez ? Elle portait des tonnes de bracelets à ses poignets. Corinne avait passé une petite annonce à la supérette et cette fille s'était présentée. Elle est au lycée Marie-Curie.

- Madame Hérault, nous avons pris le temps de contacter cette jeune fille mais il s'avère qu'il n'y a aucune Juliette Chancier au lycée Marie Curie. Il n'y a aucune personne de ce nom, ni avec cette description à Aurac. Ni ailleurs.

- Mais enfin ! Pourquoi aurait-elle menti ?, s'écria Micheline Hérault. C'est ridicule.

- Il n'y a pas de trace d'elle dans la maison. Aucune empreinte, aucun cours, rien dans les agendas des enfants ni des parents.

- Mais, mais..., bredouilla la retraitée. Enfin, c'est impossible ! Vous avez interrogé d'autres voisins, des amis de Corinne ou...

- Bien sûr, l'interrompit le policier. Effectivement, les Tennaud, parents comme enfants, ont parlé de Juliette autour d'eux. Mais à part ces témoignages et le vôtre, il n'existe aucune preuve de l'existence même de cette adolescente.

- Vous ne croyez pas que...

- A ce stade de l'enquête, nous n'avons pas grand chose, je l'avoue. La seule pièce manquante de ce puzzle est cette mystérieuse Juliette Chancier. Je ne sais pas quel rôle elle a joué dans ce meurtre mais elle n'y est pas étrangère, c'est certain, expliqua le policier. Alors si vous vous souvenez de quoi que ce soit d'autre, Madame Hérault, en particulier à propos de cette fille, il faut absolument me le dire. »

Après les formalités d'usage, Damien salua la vieille femme et demanda à un collègue de la raccompagner. Micheline Hérault allait sortir du bureau quand elle se retourna et déclara d'une traite :

« Je fais des cauchemars, Monsieur Mirisse. D'atroces cauchemars depuis que je les ai vus. Mais je ne rêve pas d'eux. Mais d'une femme, une femme puissante et ténébreuse. Je ne peux pas la voir mais je sais qu'elle est là et qu'elle se réjouit de la mort de mes voisins. Je n'ai jamais été aussi terrifiée de toute ma vie. Je vous souhaite de ne jamais rêver d'elle. »

Puis elle sortit de la pièce sans un regard en arrière, sans attendre une réponse. Le policier resta assis à son bureau quelques minutes, se demandant s'il allait joindre cette dernière déclaration à la déposition de Micheline Hérault. Le juge en charge de l'instruction serait content, tiens ! D'expérience, Damien savait que cette enquête n'aboutirait à rien. Il pouvait déjà classer l'affaire. Pour lui, il ne faisait aucun doute que Juliette était la tueuse et qu'il ne la retrouverait jamais. Comment retrouver une adolescente qui assassine une famille entière et se débrouille pour ne laisser absolument aucune trace ? Plusieurs points pouvaient être expliqués dans cette sordide histoire. L'équipe scientifique avait confirmé que le massacre avait été perpétré à l'intérieur de la maison, toutes les armes des crimes avaient été retrouvées. Rien de surnaturel. Après la tuerie, elle avait simplement traîné les corps dehors pour sa jolie mise en scène. La disposition en cercle avait bien entendu une signification mystique, restait à savoir laquelle. Cette fille avait dû y mettre du temps et de l'énergie mais elle avait pensé à tout et effacé ses traces. Un faux nom, peut-être une perruque, effacer toutes ses empreintes à chaque passage depuis trois ans... La seule question qui restait sans réponse était le fait que la maison était verrouillée de l'intérieur. Damien Mirisse n'envisageait plus qu'une solution : Juliette pouvait passer à travers les murs. Étrangement, le policier ne rejetait pas cette idée. Et on est que lundi. Putain de semaine qui commence... pensa-t-il.

« Ok, Johanna, on va reprendre doucement, d'accord ? »

On était mardi soir, il était à peine 22h et Johanna s'était réveillée en hurlant, deux heures après s'être endormie. Alerté par le tapage, le voisin du dessus était même descendu voir ce qu'il se passait. Sonia l'avait rassuré mais il avait eu du mal à bien vouloir rentrer chez lui. Son attitude était claire : Sonia pouvait bien éduquer sa fille comme elle voulait, tant qu'elle n'empêchait pas le voisinage de profiter de sa soirée télé. La jeune femme avait calmé Johanna du mieux possible et l'avait amenée sur le canapé. Après s'être emmitouflée dans une couverture et avoir bu un peu de lait chaud, la fillette avait arrêté de pleurer. Chanel avait achevé de la réconforter en venant ronronner sur ses genoux. Maintenant, il était temps d'avoir des réponses.

« Alors, tu vois, tout va bien, tu es en sécurité ici. Avec moi...

- Et Chanel ? l'interrompit Johanna. Si je le veux très fort, elle pourrait se transformer en panthère pour me protéger.

- Euh, eh bien, oui, je suppose que Chanel pourrait le faire mais se transformer doit lui prendre beaucoup d'énergie. Elle ne peut pas le faire trop de fois..., improvisa Sonia. Tu veux bien me raconter ton cauchemar maintenant ?

- Oui. Je veux bien.

- Vas-y mon poussin, je t'écoute. Quand tu as envie, tu peux t'arrêter.

- C'est le monstre. Il me poursuivait dans un couloir et après j'ai ouvert une porte et c'était ma chambre. Mais j'étais dans le lit en train de faire dodo. Alors j'ai eu très peur.

- Tu veux dire que tu t'es vue dans le lit ?

- Oui. Mais le monstre, il pouvait pas rentrer dans ma chambre alors ça va. Mais je savais pas quoi faire avec l'autre Johanna dans le lit. Alors je l'ai secouée très très fort et puis après j'ai eu mal et je me suis réveillée.

- Tu as eu mal comment ?

- Je sais pas maman. C'est juste que ça faisait mal comme plein de petites piqûres partout sur le corps.

- Et ce monstre, tu l'as vu ? demanda Sonia.

- Oui. Mais normalement je dois pas le voir. C'est comme ça.

- Tu peux me le décrire ?

- Je sais pas. Je veux pas qu'il revienne, hésita Johanna en baissant les yeux sur le chat endormi.

- Il ne peut pas revenir ici, poussin. Tu me fais confiance, non ? la rassura Sonia en souriant.

- Il est... Il est très grand, comme une montagne. Il est comme de la fumée noire et il marche sur deux grandes pattes avec des grosses griffes au bout. Mais il fait pas de bruit quand il marche. Et moi non plus, j'en faisais pas. Au début, il me voyait pas. Et puis d'un coup il a reniflé. Il s'est retourné. Et là, je l'ai vu. Il a de longs longs bras tout en fumée avec trois grandes griffes. Et son visage il est au milieu de son corps. Il a dix, non vingt, cent petits yeux tous rouges! Et au milieu des yeux, y a une bouche, comme un trou avec plein de petites dents pointues. Alors j'ai eu peur et j'ai couru. Y avait que des couloirs partout et pas de porte. Et puis il faisait noir, c'était la nuit. Et le monstre il m'a couru après. Il voulait aller dans ma tête pour me manger... »

Johanna éclata alors en sanglots et sa mère la serra contre elle. La psychologue laissa sa fille se rendormir tout doucement dans ses bras tout en regardant la télévision. Quand Sonia fut certaine que sa fille dormait à poings fermés, elle la ramena dans sa chambre. Elle laissa une veilleuse allumée et la porte entrouverte. Dans le séjour, Chanel lapait le lait qui avait refroidi sur la table basse. Sonia la chassa et emporta le bol dans l'évier. Elle se servit un grand verre de jus d'orange frais. Comment devait-elle réagir face aux cauchemars de sa fille ? Johanna avait une imagination débordante certes mais de là à créer un tel monstre ? Et se voir dormir ? Sonia avait déjà étudié ce qu'on appelait le « voyage astral », elle avait déjà reçu des patients qui disaient le pratiquer avec plus ou moins de maîtrise. Elle n'avait jamais réussi à avoir une opinion tranchée sur la question. On parlait également de « sortie du corps » ou « décorporation ». Pendant un voyage astral, l'esprit se dissocie du corps et la personne peut ainsi se promener, sous une forme dématérialisée, libérée des contraintes physiques. Le voyageur peut parcourir la réalité mais aussi d'autres « plans », d'autres dimensions dont certaines sont dangereuses. Alors en admettant que l'esprit de Johanna se soit détaché de son corps, où était-il allé ? Une créature errant dans des couloirs et qui veut manger ce qu'il y a dans la tête des gens... Un monstre qui rôde en guettant les imprudentes pour voler leurs souvenirs... Sheab-Naggath. La mère, maintenant inquiète, but une gorgée de jus d'orange et resta éveillée une bonne partie de la nuit sans savoir quoi faire.

Le lendemain, Sonia emmena sa fille chez une amie en fin de matinée. Elle discuta quelques minutes avec le père de la petite Sophia et serra très fort Johanna contre elle, comme si elle la voyait pour la dernière fois. La psychologue fila ensuite à son cabinet où elle mangea une salade froide devant son ordinateur. La vieille machine planta plusieurs fois avant d'être enfin opérationnelle. Sonia devait agir. Les cauchemars partagés avec sa fille, la résurgence de son passé et maintenant une connexion avec Martine Sanoise… Il ne fallait pas attendre plus longtemps. Et hors de question de tergiverser plusieurs jours. Sonia fut tentée de trouver de l'aide auprès de Jean. Mais face à cette situation, les conseils de son ami seraient sans doute inutiles. Sonia était assez forte pour agir seule et protéger sa fille.

Dix-huit mois plus tôt, Henri Lavenne avait poussé la porte du cabinet de Sonia. Il s'agissait d'un jeune homme d'une vingtaine d'années. Il était frêle et flottait dans des vêtements trop grands. Sa tignasse rousse lui tombait sur le visage. Henri venait d'avoir son bac et avait commencé des études d'ingénieur. Il voulait travailler dans l'aéronautique. Il était issu d'une famille nombreuse et très croyante, voire mystique. Il avait pris rendez-vous avec Sonia pour lui parler de problèmes de personnalité. Deux mois auparavant, une de ses grandes sœurs s'était suicidée et cela l'avait profondément bouleversé. Trois jours après le drame, il avait vécu une nuit cauchemardesque, au sens propre comme au figuré. Assailli par des rêves morbides, il avait capitulé à 2h du matin et bu des litres de café pour ne pas se rendormir. A l'aube, il était épuisé, luttant contre le sommeil, fiévreux et délirant. Puis le trou noir. Il s'était réveillé quelques heures plus tard, parfaitement reposé et en forme. C'est là que tout avait commencé. Henri avait raconté à Sonia qu'il lui arrivait de ne plus être lui, de sentir comme une autre personne prendre possession de son corps, jusqu'à en changer le son de sa voix, sa démarche, son attitude toute entière. La psychologue avait écouté le jeune homme pendant plusieurs séances et l'avait aidé de son mieux pour faire son deuil. La mort de sa sœur était, selon la psychologue, ce qui avait tout déclenché. Mais il fallait également travailler sur des traumatismes plus vieux et bien ancrés. Plusieurs changements de personnalité avaient eu lieu devant Sonia, Henri ne les maîtrisant absolument pas. La psychologue avait été impressionnée. Le jeune étudiant devenait vieux général bataillant sur le front ou petite fille à la recherche d'un doudou perdu. Au bout de plusieurs entretiens, Henri avait avoué à demi-mots croire que ces personnes n'étaient pas issues de son inconscient. Le jeune homme pensait qu'il était devenu médium et que des morts se servaient de son corps pour communiquer avec le monde des vivants. Sonia n'avait pas adhéré à cette explication et avait continué de voir dans les problèmes d'Henri Lavenne un désordre psychologique important. Un jour cependant, un jour de juillet particulièrement chaud, Sonia avait compris que son patient ne se trompait pas. Ce jour-là, Henri s'était assis dans le divan comme à son habitude et avait commencé la séance calmement. Au bout d'une dizaine de minutes, l'étudiant avait arrêté de parler et s'était levé. Raide comme un bâton, le regard perdu dans le vide, il avait fait face à la psychologue. Sonia n'avait rien dit et attendu qu'Henri parle de nouveau. Mais ce n'était pas lui qui avait repris la parole. L'esprit d'Henri était parti. A sa place, un adolescent s'était adressé à Sonia. Un jeune homme qu'elle avait connu et qui était mort. Il y avait très longtemps. Il lui avait parlé quelques instants. Toute mystification était impossible, Henri Lavenne ne jouait pas la comédie. Terrifiée par ce qui se déroulait, la psychologue avait jeté son carnet de notes à la figure d'Henri qui était redevenu lui-même en une seconde puis elle avait stoppé net la séance. Le jeune étudiant n'était jamais revenu.

Sonia frissonna à ce souvenir. Elle avait eu devant elle la preuve irréfutable que les morts peuvent parler. Des années plus tôt, elle avait déjà été confrontée à une situation inexpliquée et qui avait entraîné la mort d'un être cher. Alors oui, quand Damien Mirisse lui avait donné tous les détails de la mort d'Alice de Nanton, Sonia n'avait pas remis sa parole en doute et avait approuvé ses conclusions. Oui, quand le policier lui avait raconté l'histoire du rat, il avait eu une bonne intuition en la soupçonnant d'avoir déjà fait face à l'inexpliqué. Seul Jean était au courant de l'histoire d'Henri Lavenne et du douloureux passé de Sonia.

Avant que son premier patient ne vienne à 13h30, Sonia tenta de faire des recherches sur Internet : voyage astral, cauchemars, Sheab-Naggath... Elle ne trouva rien sur le monstre mais elle eut accès à des milliers de sites plus ou moins sérieux traitant du voyage astral. La psychologue n'apprit rien qui puisse l'aider. C'est bredouille et déçue qu'elle accueillit la jeune Emma et sa mère. La petite avait été agressée sexuellement par un oncle. Foutu métier, pensa Sonia, en fermant la porte de son cabinet et laissant une mère au bord des larmes dans la salle d'attente.

CHAPITRE 10

Le soir-même, Jean venait dîner à l'appartement. Sonia, qui n'aimait pas cuisiner, avait préparé des pizzas avec Johanna et sa fille avait même insisté pour faire une mousse au chocolat. La petite cuisine était devenue un champ de bataille en un rien de temps. Sonia était épuisée mais n'avait pas voulu décommander. Elle avait envie de discuter avec Jean et ne voulait pas décevoir sa fille, ravie de cette soirée qui venait bousculer le quotidien.

Quand la sonnette retentit à 19h, Johanna se précipita en hurlant vers l'interphone. Sonia la prit dans ses bras afin que la fillette puisse répondre :

« Oui ?, demanda Johanna, se voulant la plus sérieuse possible.

- Bonsoir, c'est Monsieur Mostiro, répondit la voix grésillante de Jean. »

Johanna tourna la tête vers sa mère, l'étonnement se lisait sur son visage. Pour elle, Jean n'avait pas de nom de famille. Aussi, ce nom étrange, ce « Mostiro » ne lui disait rien. Sonia éclata de rire et déposa sa fille par terre. Elle prit le relais à l'interphone et fit monter Jean à son appartement. La soirée commençait dans la bonne humeur. Jean n'avait pas menti sur les glaces au grand plaisir de Johanna. Après leur copieux repas, ce fut lui qui borda la fillette et lui raconta une histoire. Il laissa la petite à moitié endormie, alluma la veilleuse et sortit sans bruit, en laissant la porte de la chambre entrouverte. Il rejoignit Sonia qui sirotait un verre de vin dans le salon. Elle venait de mettre en route un CD de Beth Gibbons. La voix si particulière de la chanteuse avait envahi la pièce. Sonia ferma les yeux et ses lèvres formèrent sans bruit les paroles de la chanson. Ce qui n'était pas un bon présage. Jean connaissait Sonia par cœur et il pouvait interpréter le moindre de ses mouvements, traduire n'importe quelle grimace sur son visage, finir parfois certaines phrases avant elle. Plonger dans la mélancolie de Beth Gibbons était un signe de souffrance, Sonia avait besoin de s'évader. Jean fronça les sourcils et s'assit à côté de son amie. Cette dernière arrêta son play-back mais attendit quelques secondes avant de rouvrir les yeux. Jean lut l'inquiétude sur le visage de son amie mais ne lui posa aucune question. Il la connaissait bien : quand elle voudrait être aidée, elle irait vers lui. Il était inutile de chercher à lui tirer les vers du nez maintenant. Cette méthode, déjà éprouvée, était une catastrophe. Sonia se vexait et se refermait sur elle-même. Elle s'occupait alors de régler son problème seule, et bien souvent y arrivait. Il fallait lui faire confiance : Sonia était une personne qui savait très bien s'occuper d'elle-même et qui savait quand appeler au-secours. Aussi, les deux trentenaires parlèrent de tout et de rien en finissant la bouteille de vin. Jean rentra chez lui vers 23h. Sonia rangea le salon, passa à la salle de bains où elle resta un long moment à se démaquiller puis alla se coucher. Elle retrouva Chanel endormie sur son lit. La petite chatte noire s'était fait discrète toute la soirée. Elle miaula quand Sonia la dérangea en se glissant dans son lit, puis vint se rouler en boule contre le visage de sa maîtresse en ronronnant. Sonia ne mit pas dix minutes à s'endormir.

Sonia a froid. Vêtue d'une seule culotte et d'un t-shirt trop grand, elle grelotte. Plus de terre humide et glacée sous ses pieds nus mais du bois. Elle se trouve sur un petit escalier. Un vieil escalier qui n'a que trois marches et qui grince au moindre mouvement que la jeune femme fait. Sonia est au seuil d'une grande maison, le brouillard est maintenant derrière elle. Elle réalise alors où elle se trouve et prend peur. Elle veut se retourner et fuir. Hors de question de gravir les deux marches qui restent. Non, il faut fuir cette maison et retourner dans le brouillard. Vite. Sonia veut bouger mais elle se retrouve paralysée. Elle veut hurler mais un faible cri sort de sa gorge. Elle veut fermer les yeux mais elle ne contrôle plus son corps. La voilà face à la porte de la maison. Sonia sait que cette porte va s'ouvrir sans bruit. Ce n'est qu'une question de secondes. Elle va être obligée d'entrer dans la maison. La jeune femme est terrifiée. La porte va s'ouvrir. La porte va s'ouvrir. L'attente est insoutenable. Sonia voudrait pleurer mais elle n'y arrive pas. Elle est impuissante face aux événements, face à cette porte qui va s'ouvrir sur les ténèbres. Soudain, elle sent une vive douleur sur l'avant-bras. Enfin, son cri se libère. Elle hurle.

Sonia se réveilla en sursaut mais en silence. Son regard se porta immédiatement sur son bras droit et elle comprit que Chanel venait de la réveiller en la griffant. Effectivement la chatte se tenait près d'elle, les poils hérissés et les oreilles en arrière. Elle miaula puis bondit hors du lit et quitta la pièce. La psychologue se laissa quelques secondes pour émerger complètement puis sortit de sa chambre. Elle vérifia d'abord que Johanna dormait toujours puis se rendit à la salle de bain pour désinfecter la plaie. Sonia enleva son t-shirt trempé de sueur et se recoucha. Ni le sommeil ni Chanel ne revinrent cette nuit-là.

Le lendemain fut une journée particulièrement difficile pour Sonia. Elle dut annuler ses rendez-vous pour s'occuper de Johanna qui avait un début d'angine. Le temps était humide et gris. Le mois de mars semblait s'éterniser à Aurac. Fatiguée et énervée, Johanna menait la vie rude au pédiatre. Le docteur Mongeot avait fait asseoir la petite brune sur la table d'auscultation et tentait tant bien que mal de l'examiner. C'était un homme d'une cinquantaine d'années aux cheveux gris et bouclés. Il portait des lunettes rondes et dorées qui mettaient en valeur ses yeux très bleus. Sonia trouvait que c'était plutôt un bel homme et un excellent praticien. Mais elle n'adhérait pas à sa personnalité. Un peu trop intrusif, trop souriant, trop faux-cul. Mais il suivait Johanna depuis le début. Celle-ci, éternelle bavarde malgré la fatigue, était en train de raconter sa soirée pizza, quand elle déclara :

« Et plus tard, j'ai joué avec le garçon !

- Ah ? Un garçon ?, demanda le docteur intrigué. Il jeta un coup d'œil à Sonia qui était devenue blême.

- Oui, oui. C'est un ami de maman, répondit Johanna. Enfin, c'est ce qu'il dit. Mais moi je le crois. Il est très gentil mais il veut pas montrer son visage. Parfois il fait un peu peur…

- Et vous jouez à quoi ?

- Oh, euh… à cache-cache ou au loup. Mais il est trop fort. Je perds tout le temps !

- Mon poussin, n'embête pas Monsieur Mongeot avec tes histoires, intervint Sonia maladroitement. Vous la connaissez, docteur, elle a une sacrée imagination ! Cela fait quelques jours qu'elle me parle de ce garçon. Je pense que c'est un ami qu'elle s'est inventé…

- Apparemment, ce serait votre ami…, insista Mongeot.

- Oui. Ecoutez docteur, je ne pense pas que ce soit le moment de parler psychologie, improvisa Sonia. S'il s'avère que ma fille a besoin d'une thérapie, je saurai à qui m'adresser...

- Bien, vous êtes une professionnelle après tout. »

Sonia voyait bien que le pédiatre était méfiant. Elle s'en voulut d'avoir réagi aussi vite et aussi sottement aux propos de sa Johanna. Que devait donc imaginer Mongeot ? Oh, pas besoin de chercher très loin... Une mère divorcée, ça reçoit forcément des amis, hein, tard le soir. Un qui passe manger une pizza, un autre qui suit mais qui se cache. Et la pauvre petite qui devait subir tous ces pervers de passage ! Sonia sentit une boule se former dans sa gorge. Le médecin n'insista pas et prescrit des médicaments pour soigner l'angine de Johanna. La pauvre fillette somnolait et commençait à pleurer. Sonia paya le pédiatre, puis courut jusque la pharmacie qui était à une centaine de mètres, sa fille sur son dos. Heureusement, il ne pleuvait plus. Elles furent à l'appartement, dans la rue d'à côté, en un temps record. Johanna était très fatiguée et sa gorge la gênait. Sa mère la borda tant bien que mal et la petite finit par s'endormir, épuisée. Il était 10h30. Sonia était exténuée, elle sombra dans le sommeil avec sa fille dans le petit lit.

La psychologue se réveilla une heure plus tard, courbaturée. Elle passa quelques coups de fil en urgence. Louis viendrait s'occuper de Johanna dès 13h, son frère prendrait le relais toute la journée du vendredi. Sonia ne pouvait pas se permettre d'annuler trop de rendez-vous et de se payer des baby-sitter au débotté. Elle gagnait correctement sa vie, pouvait se payer des sorties et sa fille ne manquait de rien, mais quelques écarts la mettraient dans le rouge rapidement. C'est soulagée d'avoir trouvé une solution pour Johanna que Sonia put assurer sa permanence au Centre d'accueil et d'écoute.

Au sous-sol du commissariat, Damien Mirisse était plongé dans les archives. La pièce était grande, bien entretenue et permettait aux dossiers d'être bien conservés. Entre les différentes réformes, chartes, directives et autres initiatives personnelles, les dossiers étaient plus ou moins bien classés. Comme on pouvait s'y attendre, les affaires les plus récentes étaient faciles à retrouver. Pour les plus anciennes, mieux valait avoir quelques jours devant soi. Tout était archivé numériquement mais certaines fiches de renseignements étaient incomplètes ou erronées. Depuis 8h du matin, Damien épluchait des centaines de dossiers sur l'ordinateur. Il commençait à avoir mal au dos et aux fesses à cause de la chaise rustique sur laquelle il était assis. Malgré un éclairage de qualité, ses yeux se mirent à larmoyer. C'est en grognant qu'il sortit un étui de la poche revolver de sa veste. Il détestait mettre ses lunettes et ne le faisait que quand deux circonstances étaient réunies : une urgence comme celle-ci et s'il était seul. Cela lui rappelait que le temps le rattrapait mais surtout il ne se trouvait pas beau avec ces verres sur le nez. Il les avait choisies avec le plus grand soin possible, avait emmerdé l'opticien plus d'une heure, mais rien à faire, elle lui donnait un air sévère voire antipathique. Le policier les contempla longuement avant de les poser sur son nez et reprendre sa lecture. Il s'était fixé pour objectif de compiler toutes les affaires non élucidées ressemblant au meurtre des Tennaud. Rien qu'à Aurac et ses environs, il en avait trouvé une dizaine sur les cinq dernières années. Toutes comportaient trois points communs : une fille ou une femme était proche de la ou des victimes, avait disparu et le meurtre avait eu lieu sans témoin. Quelle était la connexion entre ces affaires ? L'enquêteur retrouva un dossier sur lequel une collègue avait travaillé huit mois auparavant. Un étudiant avait été retrouvé dans sa chambre en cité universitaire. Arrêt cardiaque. Les yeux tellement écarquillés et la mâchoire disloquée sur un cri éternellement silencieux. Littéralement mort de peur. La petite pièce ne comportait aucun indice : aucun objet ne manquait, les empreintes et cheveux retrouvés appartenaient tous à des personnes identifiées et avec un alibi en béton. Le jeune homme était sans histoire. La seule piste avait été une étudiante qui l'avait fréquenté quelques semaines auparavant. On avait d'elle une description et un prénom. Petite, pas forcément belle, de longs cheveux noirs, des grands ongles constamment peints en rouge vif. La vingtaine, peut-être, et répondant au nom de Salima. Soi-disant étudiante en physique. Oh bien sûr, cette jeune fille avait menti sur toute la ligne et personne ne l'avait jamais revue. Damien se rappelait le désarroi de sa collègue face à ce cas. D'ailleurs l'enquête n'était toujours pas close mais personne ne se faisait d'illusion sur son issue.

Damien regarda sa montre : 15h30. Il avait passé sa journée au sous-sol et avalé un sandwich en quatrième vitesse. Il avait bavardé dix minutes avec Lucie et convenu d'un nouveau rendez-vous le soir même dans un restaurant chic du centre-ville. Il éprouvait une certaine affection pour cette fille très intelligente mais aucun des deux n'était dupe. Ils resteraient ensemble quelques semaines tout au plus. A la fin, personne ne serait malheureux et chacun irait raconter à ses amis respectifs des détails croustillants sur leurs nuits torrides. Le policier reposa ses lunettes et se frotta les yeux. Il avait compilé des dizaines d'affaires similaires à celle de la famille Tennaud. Il devrait ensuite les analyser avec l'aide d'un ou deux collègues pour trouver… pour trouver quoi ? Damien n'en avait pas la moindre idée mais il fallait bien commencer quelque part. Il avait écarté deux affaires de sa pile : les deux seuls meurtres pour lesquels il y avait eu des témoins.

Le premier homicide avait eu lieu en campagne, à 20 km d'Aurac, cinq ans auparavant. Le facteur avait retrouvé un agriculteur, Hector Menchut, pendu par les pieds à une branche du chêne qui faisait sa fierté au centre de sa cour. Il avait été éventré encore vivant et on avait sorti ses tripes afin qu'elles forment une jolie guirlande traînant dans la poussière. Dans la grange, les policiers avaient retrouvé une voisine, Eloïse Ducamp, une fourche plantée dans le dos, sans doute tuée en s'enfuyant. Il avait fallu une force importante pour que l'outil soit planté aussi profondément dans le corps. Manquait à l'appel Gaëlle Menchut, l'épouse depuis plus de vingt ans. Disparue sans laisser de trace, rayée de la carte, comme si elle n'avait jamais existé. Quant au deuxième cas, plus récent, Damien Mirisse le connaissait bien puisqu'il était en charge de l'enquête. Sept ans plus tôt, ils avaient retrouvé le cadavre de Léonard Choges dans un pavillon de banlieue, tué par balle. A ses pieds, gisait celui de Roger Hagnerie, le voisin, qui n'était sûrement pas prévu au programme. Par contre, Damien cherchait toujours Solange Docher, la compagne de Léonard.

CHAPITRE 11

Dans son bureau, Sonia Saint-Erme faisait de nouveau face à Martine Sanoise. La psychologue avait caché ses traits tirés sous une couche indécente de fond de teint. Face à elle, la SDF offrait son visage couvert de crasse à qui voulait. Comme à son habitude, elle souriait et attendait que la psychologue engage la conversation. Ce que cette dernière avait fini par faire. Martine lui racontait depuis plusieurs minutes ce qu'elle appelait les « exercices » pratiqués au Temple de la Mère Première.

« Au réveil, nous devions vite manger et nous laver. Après les prêtresses venaient nous chercher pour nous emmener prier dans la Salle Rouge. Vous savez pourquoi on l'appelait comme ça ? Parce que les murs étaient recouverts de sang. De notre sang menstruel. Les prêtresses le recueillaient et en peignaient les murs. Imaginez, une grande salle ronde, aux dimensions prodigieuses et aux murs rouges de notre sang, célébrant ainsi notre sexe. Au plafond, il y avait des milliers de bougies rouges allumées et qui diffusaient un parfum de fleurs inconnu ici. On s'agenouillait toutes autour d'une grande statue de la Mère Première. A travers la pierre, elle nous voit, vous savez. Vous ne pouvez pas lui mentir, rien lui cacher. Oh non. Nous sommes de l'eau claire pour elle. On priait. Longtemps.

- Je me permets de revenir sur ce que vous venez de dire et en relation avec nos première conversations. Ce culte célèbre la féminité, si je comprends bien. Quelle est la définition qui était donnée à ce mot ?

- La Mère Première nous apprend que nous sommes nées femmes, femelle parmi la race humaine. Et grâce à notre nature, nous détenons les clés. Nous sommes le Savoir. Nous sommes supérieures en tout. Et le mâle nous a trahi, du moins sur cette Terre. La Mère Première nous apprend à être fière de notre condition. Nous sommes femmes, nous savons ce que les autres ne savent pas. Ce qu'ils n'atteindront jamais.

- Et vous, votre propre définition de la féminité Martine ?

- Mais, comment je pourrais en avoir une autre ?! s'indigna Martine. Vous ne pouvez pas connaître cet état de plénitude, quand enfin, nous prenons conscience de nous-même, de notre sexe, qui est notre œil véritable. Il nous fait voir le Monde dans sa crasse, dans sa bêtise la plus complète, brûlé par les hommes, détruit et corrompu, asservissant nos sœurs depuis des générations ! Un jour, ces mâles reprendront leur vraie place, celle d'esclaves ».

Martine renifla de dédain et s'enfonça sur sa chaise. Elle croisa les bras et baissa les yeux, prenant d'un seul coup l'apparence d'une petite fille boudeuse. Sonia nota quelques lignes sur son carnet puis attendit que sa patiente reprenne la parole. Devant son silence, la psychologue reprit :

« Très bien Martine. Nous allons laisser ce sujet de côté pour le moment. D'accord ? Voulez-vous me raconter la suite de vos journées ? Après la prière ?

- Les prêtresses nous emmenaient pratiquer nos exercices, bougonna Martine Sanoise. Parfois en groupe, parfois seule. On ne devait pas se parler, même si on était plusieurs. Et après, on retournait à nos chambres pour dormir.

- Combien de temps duraient ces exercices ?, demanda Sonia.

- Des heures, des jours, des semaines…, murmura Martine. Le temps n'a pas d'emprise là-bas. Ce n'est pas un concept que la Mère Première, gloire à Elle. Au contraire. Une fois que vous vous êtes libérée de cette prison que les Humains appellent « temps », alors tout est plus facile. Une heure pour vous paraît une minute pour moi, ou trois ans si cela me plaît. Nous façonnons ce temps qui s'écoule. A nous de le modeler selon nos desseins. Un mot. Une arme. Notre arme… »

Martine respirait de plus en plus vite et ses yeux s'agitaient dans tous les sens. Elle transpirait abondamment alors que son débit s'accélérait. Ses phrases n'étaient plus construites et perdaient leur sens. On aurait dit que la femme entrait en transe. Sonia la regardait sans pouvoir bouger. Elle tenta de lui parler et de lui proposer de l'eau mais Martine n'entendait rien. Son corps tremblait et elle tenait des propos sans queue ni tête, dans un langage inconnu.... Maïeh ismah, desth iné... Tuh laë Mga Mga... Sonia eut l'impression que la salle devenait plus chaude et qu'une odeur infecte montait du sol. La psychologue se sentant céder à la panique, s'obligea à se calmer. Elle se leva et s'approcha de Martine. Elle la prit dans ses bras et la serra fort contre elle, en lui murmurant de douces paroles comme à une enfant. La femme se calma rapidement.

« Nous allons nous arrêter là pour aujourd'hui, dit Sonia.

- Non !, réagit vivement Martine en se dégageant des bras de la psychologue. Je dois encore vous parler ! Je dois vous parler !

- Très bien. Sonia reprit place face à sa patiente. Alors je vous écoute.

- Posez-moi une question, répondit la femme qui avait repris un air arrogant.

Face à ce comportement, Sonia fronça les sourcils. Elle ne parvenait pas à savoir si Martine Sanoise jouait la comédie ou passait réellement d'un état à l'autre. Il fallait qu'elle fasse la lumière sur ce point rapidement. Elle allait devoir élaborer une stratégie. Il semblait assez simple de la provoquer, la pauvre femme sortait rapidement de ses gonds. Qu'elle fut encore dans ce culte ou non, on lui avait bien ancré ses idées dans le crâne. Sonia était certaine d'une chose : des séances de psychologie une fois par semaine n'aideraient pas suffisamment cette femme. Elle opta finalement pour la faire parler et collecter les faits, uniquement les faits. Pour le ressenti, il faudrait creuser plus tard. Ce n'était pas la méthode habituelle de la psychologue mais elle ne voyait pas comment aborder cette patiente autrement.

- Bien Martine, vous me parliez des exercices. Pouvez-vous m'expliquer en quoi cela consistait ?

- Le but de ces exercices était de développer nos dons naturels. Nous avions chacune une ou plusieurs facultés que nous devions travailler et maîtriser. Les prêtresses nous faisaient faire des tests, parfois seules, parfois en groupe. C'était très difficile, elles étaient très exigeantes. Il fallait parfois se concentrer intensément et utiliser toute notre énergie. Certaines ne tenaient pas, quel que soit leur âge. J'ai vu les prêtresses jeter une petite élève d'à peine cinq ans, nue, dans une pièce vide et glacée, aux murs couverts de givre, sans fenêtre ni lumière. Elles ont verrouillé la porte. La petite a crié des jours durant. J'étais là, comme tant d'autres, quand elles ont rouvert la porte, deux ans plus tard. La fille est sortie, vivante et en bonne santé. Elle n'avait pas grandi d'un centimètre. Seul son regard avait changé, passant d'un vert fade à un noir intense. Ce n'était plus une fille de cinq ans et ce n'était pas une fille de sept qui se tenait devant nous. C'était un nouvel être, une enfant qui avait un regard sans âge et qui avait usé de ses dons pour survivre. Il y a eu aussi cette jeune femme d'une vingtaine d'années, qui a craqué au bout de vingt secondes, quand une des prêtresses s'est introduite dans son esprit. J'ai vu bien des choses... Des enfants détruire des femmes, des vieilles mutiler des bébés. Pour la gloire de la Mère Première. Et moi, j'ai réussi. Tous mes exercices. Et je fus récompensée. »

Sonia avait levé son crayon et fixait Martine sans rien dire. Des patients délirants, elle en avait déjà eus. Des moins sympas que d'autres. Des qui prétendaient avoir toutes les maladies du monde, d'autres qui pensaient que leur voisin de palier conspirait contre eux, sans parler de ceux qui communiquaient avec les morts du cimetière du coin. Mais ils ne représentaient pas la moitié de sa clientèle. Sonia avait d'ailleurs remarqué que leur proportion augmentait d'année en année, signe pour elle que la société se dégradait au même rythme. La femme qu'elle avait en face d'elle était différente. Au centre, Sonia rencontrait des femmes qui avaient des addictions, qui se dépréciaient, qui avaient des problèmes d'assurance, d'attention... Des problèmes identifiables et qui pouvaient être réglés, que ce soit par elle ou un confrère. A son cabinet, au premier rendez-vous, ses patients commençaient invariablement par « je viens parce que... ». Parfois, cette raison première n'était qu'un écran de fumée, et par la suite, des causes plus profondes apparaissaient. Cela pouvait prendre du temps. Mais pour chacun de ses patients, Sonia avait noté une raison de lui parler. On n'entre pas chez un psy par hasard. Mais Martine Sanoise était différente. Et de fait, intrigante.

A la demande de Sonia, Martine lui raconta quelques bribes de son quotidien au Temple. La cellule froide et austère mais qui devenait un refuge béni quand elle pouvait s'y reposer. Cellule qui devenait un lieu maudit quand son amour pour la Mère Première prenait le dessus et qu'elle désirait plus que tout aller prier au pied de sa statue. Elle lui parla beaucoup des autres femmes qui peuplaient l'endroit, de tout âge et de tous les pays. Bien qu'il fut interdit de parler entre elles, les adeptes trouvaient toujours le moyen d'échanger quelques mots, de braver quelques interdits pour avoir un peu de compagnie. Martine avait une amie qui s'appelait Malika. La fille avait son âge et était au Temple depuis trois ans quand elles firent connaissance. Martine choisit de raconter à Sonia un exercice en groupe. Les prêtresses avaient réuni une vingtaine d'adeptes, qui avait toutes une dizaine d'années, dans une grande salle ronde aux proportions gigantesques. Le sol et les murs étaient faits d'une étrange pierre verte, légèrement luisante. La seule lumière venait de ces extraordinaires briques et du plafond. Un fin rai de lumière lunaire traversait la pièce pour mourir sur le sol. Assises en cercle, elles se faisaient toutes face en attendant les instructions. Une prêtresse s'était avancée au milieu des jeunes filles et avait déposé un objet sur le sol, au centre du rond formé par la lumière. C'était un grand couteau au manche d'ivoire gravé. Les rayons de lune qui frappaient sa lame avaient un effet hypnotisant. La forme encapuchonnée avait posé le couteau et était partie sans dire un mot. Ne sachant que faire, les filles étaient d'abord restées immobiles, attendant qu'un ordre vienne. Elles ne bougèrent pas pendant près d'une heure, fixant le couteau. Puis Malika s'était levée, avait marché lentement vers le milieu du cercle, sans faire de bruit et s'était saisi délicatement de l'objet. La lame faisait une vingtaine de centimètres de long. Malika était retournée s'asseoir. Ses camarades l'avaient toutes suivie du regard mais aucune n'avait esquissé un geste. Et puis tout s'était déclenché d'un coup. Malika avait, sans prévenir, plongé la lame dans le cœur de sa voisine de gauche. La bataille venait de commencer. Les prêtresses n'avaient pas eu besoin d'expliquer les règles du jeu. Les enfants les avaient devinées. Du haut de leurs dix ans, elles s'étaient battues à mort. Le couteau tombait, s'enfonçait dans les chairs, passait de main en main. Les poings s'abattaient, les ongles griffaient des gorges, des cheveux étaient arrachés et les dents mordaient de toutes leurs forces. Tout n'avait été que chaos pendant une bonne heure. Et à la fin, seule Martine avait survécu. Elle avait raconté cet épisode avec fierté, comme s'il s'agissait d'une partie de billes gagnée de haute lutte. Martine était redevenue, l'espace d'un instant, cette fillette d'à peine dix ans sous les yeux de la psychologue. Quant à Malika, elle l'avait tuée, bien entendu, et sans aucun scrupule. « Pour la gloire de la Mère Première, pour la nourrir ».

Après cela, l'étrange Martine s'était levée et était sortie de la pièce, refusant d'en révéler plus à la psychologue.

L'entrevue l'avait fatiguée et Sonia discuta à peine avec les autres salariées avant de rentrer chez elle. Elle s'excusa d'avoir pris autant de temps avec une seule personne mais on la rassura bien vite : aucune autre femme n'avait demandé à être reçue ce jour-là. La jeune femme rentra chez elle, paya la baby-sitter et fit un câlin à sa fille. Enfin un peu de rationnel, de la normalité, du réel. Pas de pouvoir, pas de soldates conditionnées, pas de délire. Simplement son chez-elle, sa fille, son chat, le dîner à préparer, un film à regarder et au lit. Sans cauchemars, peut-être...

CHAPITRE 12

Damien Mirisse finissait son steack avec avidité tout en écoutant Lucie d'une oreille distraite. Pour ce qu'il considérait comme leur dernier rendez-vous, il l'avait emmené déjeuner dans une brasserie chic du centre-ville. Ce samedi était marqué par un temps dégagé et ensoleillé. Après des jours d'averses incessantes, la ville semblait se réveiller : les citadins avaient envahi les rues pour profiter du beau temps. Le policier était attablé dans une véranda avec vue imprenable sur le Luivre. Le fleuve s'étirait paresseusement sous ses yeux ébahis. Dieu qu'il aimait cette ville ! Quand Lucie s'aperçut que son amant ne l'écoutait pas, elle lui prit gentiment le poignet. Damien détourna son regard du fleuve, reposa sa fourchette dans son assiette et regarda l'étudiante. Elle avait l'air vexé. Depuis combien de temps parlait-elle dans le vide ? L'homme lui adressa un petit sourire triste en guise d'excuses. Lucie lui répondit du tac-au-tac :

« Oh non, pas cette tête-là ! Oui, je sais, tu es désolé, bla bla bla. C'est dommage, il y a à peine quelques jours, on discutait à bâtons rompus.

- Oui, je sais, Lucie, enchaîna Damien. C'est juste que... Oh tu sais bien. On ne s'est rien promis.

- Ah c'est donc ça ! C'est le déjeuner d'adieu..., s'exclama la jeune fille. Sa moue boudeuse s'éclaircit avec un petit sourire. Bah, je savais qu'on n'aurait pas une grande histoire mais bon. On avait pourtant du cul et des conversations passionnantes. Faut croire que ça ne suffit pas.

- Tu le prends plutôt bien, laissa échapper Damien.

- Tu t'attendais à quoi monsieur le commissaire ?, rétorqua la jeune femme. En quelques jours tu as appris à me connaître. Je ne vais pas pleurer ni te supplier. C'est pas grave, hein ! J'aurais sans doute aimé que ça dure un peu plus longtemps. »

Lucie avait posé son visage au creux de sa main et regardait le fleuve. Damien la trouva magnifique à cet instant. Une seconde pendant laquelle la lumière était parfaite, où le visage triste et résigné de l'étudiante se mariait agréablement avec le décor. Il la regarda quelques secondes avant de reprendre la conversation :

« J'enquête sur des choses très graves et très sombres en ce moment. Peut-être que cela m'affecte plus que je ne le pense...

- Oh je t'en prie ! le coupa Lucie, l'air indigné. Je ne t'ai pas demandé de te justifier. Me fait pas ce coup-là ! C'est fini, c'est fini. Par contre, tu comprendras que je ne prenne pas de dessert. »

Elle se leva tout en délicatesse, mit sa veste et sortit du restaurant sans un regard en arrière. Damien la laissa partir sans rien dire. Il n'aimait pas ce type de rupture. Pas de larme ni de cri ni de demande d'explication. C'était fade, sans passion ni saveur. Il aurait presque aimé se prendre une claque. Mais bon sang, que quelque chose se passe ! Un peu de vie ! Le policier se resservit un verre de Bordeaux et termina son plat. Ne boudant pas son plaisir, il se prit un dessert puis un café. Dans ses tentatives d'explication à Lucie, il n'avait pas vraiment menti. Ses enquêtes occupaient une bonne partie de ses pensées. Le meurtre des Tennaud l'avait particulièrement marqué, sans compter le lien qu'il essayait de faire entre tous ces mystérieux massacres. Quelque chose les reliait, il en était certain mais il ne savait pas encore quoi. Ce qui le préoccupait était la nature de ce lien. Pour le policier, ça puait le paranormal à plein nez. Et cela l'effrayait.

Il paya l'addition et partit se perdre dans les rues commerçantes d'Aurac. La foule, la vie, voilà ce qu'il aimait. Des centaines de petites histoires se déroulaient sous ses yeux. Depuis combien de temps ce couple existait-il ? Pourquoi ce petit garçon était-il en larmes ? Quel était le parcours de cet homme se retrouvant à faire la manche ? Et celui de cette femme qui venait de lui jeter une pièce ? D'une certaine manière, tout cela le rassurait. Des vies ordinaires, normales. Sans hache pleine de sang, sans petite fille égorgée, sans sorcier transformé en rat... La sonnerie de son portable le tira de ses rêveries à temps. A l'autre bout du fil, une voix familière mais apeurée :

« Damien ? C'est Marc. Ecoute, c'est très important. Je suis en bas de chez toi. Il faut que je te parle.
- Marc ? Mais enfin...
- Discute pas, je t'attends. »

On avait raccroché. Sans hésiter, Damien prit la direction de son appartement.

Pendant qu'il courrait, Damien ne cessait de se demander pourquoi Marc se retrouvait au bas de son immeuble. Depuis combien de temps ne s'étaient-ils pas parlé ? Six mois, peut-être huit. Ils avaient fait leurs classes ensemble, commencé à patrouiller en duo avant que Marc ne quitte Aurac pour des contrées plus ensoleillées. Ils n'avaient jamais été les meilleurs amis du monde mais avec la même vision du métier, ils avaient formé un duo efficace. Ce qui les avait rapprochés ? Marc avait fait partie des rares qui avaient défendu Damien quand il prenait des insultes racistes dans la figure au sein de l'école de police. Et si Marc avait eu ce comportement, ce n'était pas qu'il aimait Damien, non, il ne supportait pas le racisme et aurait défendu son collègue de couleur même s'il avait été le dernier des gros cons. Voilà, ça c'était Marc. Les deux policiers se recroisaient lors de formations, de conventions, de soirées. S'ils ne s'aimaient pas assez pour forger une véritable amitié, ils se respectaient profondément. Et aujourd'hui, voilà que Damien recevait cet étrange coup de téléphone. Il arriva chez lui une dizaine de minutes plus tard, essoufflé et couvert de sueur.

Adossé à l'immeuble se tenait un petit homme brun à fine moustache. Il fumait une cigarette et ne cessait de regarder son téléphone portable. Il portait un blouson de cuir noir par-dessus une chemise bleue et un jeans. Damien reconnut Marc sans hésiter. C'est en s'approchant qu'il fut frappé par le visage de son ancien collègue : traits tirés, cernes, teint pâle... S'il n'avait rien dit, Damien aurait facilement deviné que quelque chose n'allait pas. Marc vint à sa rencontre et lui donna l'accolade.

« Oh putain, Damien, ce que je suis content de te voir !

- Marc, qu'est-ce qui se passe ?

- Pas ici, fais-moi monter. Il faut que je te parle... euh... C'est, putain, c'est... Montons, d'accord, et je te raconte tout. »

Les deux hommes s'engouffrèrent dans l'immeuble rapidement. C'est en silence qu'ils prirent l'ascenseur. Arrivés à l'appartement, Damien invita Marc à s'asseoir dans le salon tandis qu'il préparait du café. Quand ils furent tous deux enfin installés devant des tasses fumantes, Marc prit la parole :

« Je suis désolé de te tomber dessus comme ça. C'était quand la dernière fois qu'on s'est vus ? A ce stupide colloque... Cinq ou six mois peut-être ? Si tu savais tout ce qui s'est passé en quelques mois. C'est terrifiant, terrifiant ! Je vais essayer de faire court...

- Vas-y Marc, prends ton temps, l'encouragea Damien.

- Il y a trois mois, on a eu une sale histoire et c'est sur moi que c'est tombé. Un soir, on a un appel d'une gamine à propos de son père qui ne va pas bien. On arrive sur place assez rapidement, je dois dire. Un appartement banal dans un quartier normal, sans histoire. La porte d'entrée est entrouverte. On trouve la gosse en train de chialer dans le couloir d'entrée. Elle pleure à gros bouillons, une petite blonde, pas plus de douze ans. Avec des baskets roses, je me rappelle. Je suis sur place avec deux collègues, l'ambulance est là aussi. Au téléphone, la petite a dit s'appeler Sophie. Elle n'avait pas réussi à nous décrire ce qui se passait avec son père, si ce n'était qu'il était question de sang partout. J'avance en premier, laissant Sophie aux collègues. J'entre dans la cuisine, juste sur la droite. Au sol, il y a le père. Il est cloué au sol par des dizaines de couteaux. Il est là, devant moi, allongé sur le dos, bras et jambes écartés. Avec des manches de couteaux qui dépassent de son corps par dizaines. Il y a du sang partout. J'ai à peine posé le pied dans la pièce qu'il rend son dernier soupir. Je gueule, j'appelle les autres.

Bref, on s'occupe du bordel mais on oublie la gosse. Quand on réagit, on se rend compte qu'elle a disparu.

— Disparu ? l'interrompit Damien.

— Ouais. Elle est plus là. Personne ne l'a vraiment surveillée et comment on aurait pu penser qu'elle allait se barrer ? Putain ! On a fouillé l'appartement après. Tu vas jamais me croire. Dans la chambre de la gamine, il n'y avait plus rien. Enfin je veux dire, rien de personnel. Tout est impeccablement rangé. Les vêtements dans l'armoire, les jouets dans les coffres. Mais rien qui traînait, aucun poster au mur, pas de peluche préférée dans le lit, pas de photo... Tiens les photos, d'ailleurs! Dans l'appartement, plus aucune photo de Sophie ! Pas que les photos, hein... Plus une trace : pas d'empreintes, aucun papier ne faisant mention d'elle, ni cahier ni... rien. Comme si elle n'avait jamais vécu là.

— Et la mère ?

— Y avait plus de mère. Elle était morte trois ans auparavant dans un accident de la route. Et tu sais quoi ? La Sophie, c'était une enfant adoptée. Elle vivait avec eux depuis ses huit ans. On a retrouvé sa trace, enfin... On sait peu de choses finalement : une enfant trouvée et placée en orphelinat à l'âge de six ans. Avant ça, on ne sait rien d'elle. Et après...

— Attends, attends, intervint Damien. On trouve la gosse à six ans, elle est adoptée à huit, à neuf sa mère adoptive meurt, à douze le tour de son père et après elle disparaît.

- Exactement, acquiesça Marc en se resservant une tasse de café. Et les voisins n'ont rien entendu, vu personne... Donc mon homme est épinglé au sol de sa cuisine comme un con de papillon et la gamine, seule témoin de la scène, a disparu sans laisser de trace. Autant te dire que je piétine. Et plus je réfléchis, plus j'arrive à une sale conclusion...

- C'est Sophie qui a tué son père... Et tu te demandes même si l'accident de sa mère en était vraiment un.

- Oui. C'est ça, c'est exactement ça Damien. Putain, tu te rends compte ?

- Crois-moi, je me rends compte, répondit Damien. Tu sais, je suis en train justement de relever que pas mal de meurtres non élucidés ou qu'on croit avoir élucidé ont tous ce problème. Une fille ou une femme disparaît des lieux du crime sans laisser de trace ! Et je dis bien aucune trace ?!

- Je suis au courant pour l'affaire Tennaud. Tu te doutes bien que ça a fait le tour de la maison. C'est notamment pour ça que je suis venu te voir. Mais aussi, pour une raison plus... Enfin, je ne sais pas si je deviens fou mais je t'assure qu'il se passe des trucs bizarres. Et je sais que tu... enfin on se connaît... et l'histoire avec le rat que... enfin, je sais pas comment te dire ça.

- C'est bon, Marc. Continue.
- J'ai retrouvé la gosse.
- Quoi ?!, s'exclama Damien.
- Un hasard complet. Un putain de hasard. Il y a six jours. Je suis en ville, jour de repos. Je me baisse pour refaire mon lacet et en relevant la tête, parmi toutes ces paires de jambes, je les vois, les baskets roses. Impossible de me tromper. Et je la vois, la Sophie. La même. Avec un autre look, des cheveux courts mais elle a gardé ses baskets à la con. Je l'ai suivie jusque dans les bas-fonds de la ville et je l'ai perdue. Enfin, je devrais plutôt dire qu'elle m'a semé. Je le sais maintenant, elle m'a capté. Le soir même, ça a commencé. Des cauchemars, des sensations d'être suivi. Je crois entendre des pas derrière moi ou des rires de fille dans mon dos. Je suis certain que quelqu'un est venu dans mon appartement. Des objets ont changé de place. Et j'ai peur. La nuit, je rêve de cette femme. Une femme grande et terrifiante. Je ne peux pas bien la discerner mais je sais qu'elle est belle et diabolique. Si je suis venu te voir c'est parce que ça va trop loin.
- Dis-moi, l'encouragea Damien.
- Dans la rue, dans mon dos, je l'ai vue. Sophie. Elle me suit maintenant, elle me chasse. Je suis une proie pour elle. Elle a un regard… C'est un monstre dans le corps d'une fillette. Je ne comprends rien, Damien. Mais elle me traque.

Et elle va me tuer, elle joue avec moi mais elle va me tuer. Parce que j'en sais trop. »

A ce moment, un bruit de verre brisé se fit entendre dans la cuisine, derrière les deux hommes. Marc cria et Damien sursauta. Il se leva et passa derrière le comptoir. Il n'y avait rien. Un autre bruit se fit entendre dans la salle de bain. Damien s'y précipita : le miroir était brisé. Il laissa échapper un juron. Pendant ce temps, Marc avait remis son manteau. Il se dirigeait vers la porte de l'appartement tandis que Damien revenait dans le séjour.

« Désolé, je n'aurais pas du venir ici. Je pars, je dois lui échapper.
- Mais enfin Marc !
- Excuse-moi Damien. »

Marc sortit de l'appartement en trombe. Damien se précipita sur le balcon pour voir son ami sortir de l'immeuble. Le policier aux abois courut jusqu'au bout de la rue et disparut.

Il fallut plusieurs minutes à Damien pour se remettre de ses émotions et revenir dans le séjour. Il jeta un œil aux deux tasses de café froid posées sur la table basse et frissonna. Merde, il avait eu peur. Ses sensations ne le trompaient pas : il y avait quelque chose de surnaturel dans cette histoire. Marc était en grand danger mais comment le sauver ? Damien avait trop peu d'éléments en sa possession pour aider son collègue. Au moins cette affaire le confortait dans ses hypothèses. Il y avait bien une relation à faire entre ces meurtres. Un même schéma se répétait : une femme ou une jeune fille intégrait la vie de quelqu'un, finissait par le tuer et disparaissait sans laisser de traces. Les éventuels témoins seraient éliminés. Mais comment et pourquoi ? Marc avait parlé de cauchemars, de femme terrifiante. Mais il n'était pas le seul. Micheline Hérault, la voisine des Tennaud. Celle qui avait découvert les corps. Elle aussi avait parlé d'une femme qui la visitait dans ses rêves. Mais qui était-elle ? Damien se sentait dépourvu. Vers qui se tourner ? Où chercher des informations ? Il avait de biens maigres indices en sa possession.

La sonnerie de son portable interrompit le policier dans sa réflexion. En appuyant sur le clavier tactile pour décrocher, il sut l'objet de l'appel. Une patrouille de policiers municipaux avait retrouvé Marc Chancier sur les bords du Luivre. Il avait reçu plusieurs coups de couteau et avant d'expirer, il avait eu le temps de demander à ce qu'on prévienne Damien Mirisse de sa mort. Celui-ci parla quelques minutes avec son collègue au téléphone, assurant qu'il collaborerait à l'enquête puis raccrocha. Il prit une grande inspiration et s'installa à la grande table qui séparait la cuisine du salon. Il ouvrit son ordinateur portable et se connecta directement à Internet. Puisqu'il fallait bien commencer quelque part…

CHAPITRE 13

Ce samedi, Sonia avait rendez-vous avec Joseph Herbelin. Johanna était chez son père ce week-end là. Franck était passé prendre sa fille la veille. Le ton avait été froid mais cordial entre les deux aultes, comme d'habitude. Sonia avait prévenu son ex-mari que leur fille faisait quelques cauchemars ces derniers jours. Franck avait répondu qu'il ferait attention et qu'il avait prévenu de l'emmener au cinéma voir le dernier Disney. Il la ramènerait dimanche à 18h. Ces entrevues déchiraient le cœur de Sonia. Elle avait tellement aimé cet homme, au point de se marier et de faire un enfant avec lui. Mais cela réveillait aussi le douloureux souvenir du coup qu'il lui avait porté. Alors la tristesse et le doute devenaient colère.

Sona avait donc profité de ce week-end seule pour prendre rendez-vous avec son propre psychologue. Elle rencontrait Joseph au moins un mois sur deux, plus quand elle en ressentait le besoin. Leurs séances lui permettait d'aborder le cas de certains ses patients mais aussi ses propres problèmes. Sonia ne racontait pas tout à son psy, bien évidemment. Ses rencontres avec l'inexpliqué restaient entre elle et Jean. Cependant, Sonia se sentait en confiance avec Joseph et trouvait qu'il la cernait plutôt bien.

Elle se sentait très à l'aise avec lui. Joseph Herbelin avait installé son cabinet vingt ans auparavant en plein centre-ville d'Aurac. Agé de soixante ans, il portait un collier de barbe poivre et sel, savamment taillé. Il se fichait de son embonpoint et avait écrit plusieurs essais sur la maigreur et la pression sociétale. Bien plus grand et cossu que celui de Sonia, le cabinet offrait aux patients des fauteuils de cuir moelleux, des murs lambrissés et une lumière tamisée. La pièce baignait dans des tons chauds, marrons, réconfortants. La seule fantaisie consistait en un petit coin de mur accueillant des dessins d'enfants. Jaune, bleu, rouge... Les couleurs fusaient dans tous les sens et sur la plupart des petits chefs-d'œuvre, des lettres maladroitement tracées formaient le prénom du psychologue. Si Sonia devait confier sa fille à un psy, elle choisirait sans doute Joseph Herbelin. Mais c'était déjà le sien.

« Serai-je le confrère aujourd'hui ?

- Hmm oui et non Joseph, répondit Sonia. J'aurais besoin de vous parler d'une patiente mais de moi-même également. C'est un peu compliqué en ce moment.

- Très bien. Par quoi commençons-nous alors ?

- Par mon propre cas. Mes cauchemars ont pris une nouvelle dimension. J'ai même fait des crises de somnambulisme. Je suis toujours dans ce foutu brouillard, près de la maison familiale.

J'en ai peur mais rentrer me terrifie encore plus. Mais je me rapproche de plus en plus, et sans le vouloir, de la porte. Je préfère encore retourner dans le brouillard que de rentrer dans la maison. Comme si les cauchemars étaient plus présents, plus intenses... Je ne sais pas comment le dire. Il y a aussi autre chose : il... il est là. De dos, mais il est là.

- Alex ? »

A l'évocation de ce nom, Sonia frissonna. Elle-même refusait de le prononcer. Elle baissa la tête et se tordit les mains. Pourtant le psychologue avait raison, ce garçon avait porté ce nom, il fallait le prononcer. Il s'appelait Alex. Sonia sentit les larmes lui monter les yeux. Elle aurait aimé avoir évacué cette histoire depuis longtemps. Dans une vie normale, elle aurait pu mais Alex avait décidé de revenir la hanter. Comment dire à son psychologue qu'un fantôme la tourmentait ? A cette pensée, Sonia sourit intérieurement. Et toi, combien de patients t'ont parlé de fantômes, dis-moi ? Beaucoup. Pour certains, « fantômes » était égal à « souvenirs ». Pour d'autres, les revenants étaient bien réels et refusaient de les laisser tranquilles. Elle aurait pu écrire une thèse sur le sujet.

« Oui, répondit simplement la jeune femme.

- Mais il est déjà venu dans vos cauchemars, Sonia, non ?

- Oui, oui. Mais là, c'est autre chose. Il est différent et surtout, il est accompagné de Johanna.

- Votre fille est présente dans ces rêves ?

- Oui, depuis peu. Elle est avec lui. Mais elle est bien de face. Elle ne sait pas qui il est. Je ne lui ai jamais raconté ça. Pourtant elle dit qu'elle rêve d'un garçon aussi et elle a demandé à voir ses grands-parents maternels ! Elle parle de choses dont elle n'est pas censée connaître l'existence. Je suis dépassée parce que je ne comprends pas comment j'ai pu lui transmettre tout ça. A mon insu.

- Est-ce que vous pourriez me dire ce qui vous préoccupe le plus ?

- Je ne sais pas. C'est assez confus. J'ai beaucoup de sentiments en même temps. Je suis inquiète pour moi car je ne comprends pas pourquoi mes cauchemars prennent ce tournant. Et je suis perdue concernant ma fille et… oui je me sens coupable car je vois qu'elle ne va pas très bien et c'est de ma faute. Mes soucis profonds déteignent sur elle alors que je fais tout pour garder ça pour moi. Sans compter qu'à chaque fois que je vois Franck, je me reprends notre histoire en pleine gueule…

- Vous vous êtes confiée à des amis à ce sujet ?

- Oui, oui. A Jean, bien sûr. Mais il pense que Johanna a du surprendre des conversations qui ne lui étaient pas destinées. Il n'a peut-être pas tort... J'en sais rien, en fait.

- Est-ce que vous pouvez rattacher tout ça à un événement précis, récent ?

- Euh... Je n'ai pas l'impression.

- Pas uniquement dans votre vie personnelle. Cela peut aussi venir de votre vie professionnelle. Vous le savez très bien : tous ces patients que nous rencontrons, toutes ces vies que nous voyons défiler, souvent brisées, tristes... Tout cela nous marque, nous l'emmagasinons. C'est bien pour ça que nous devons nous confier à des collègues de temps en temps. Sinon, c'est l'explosion. Vous avez peut-être eu un cas qui vous a marqué récemment, non ?

- Eh bien, j'ai eu une patiente qui s'est suicidée. Je sais que je ne dois pas culpabiliser, je le sais, je reste professionnelle. Mais cela veut quand même dire que j'ai laissé passer quelque chose. Et puis... non, ce n'est pas ça qui... Il y a une autre personne qui me prend beaucoup de temps en ce moment. Pas au cabinet mais au Centre d'accueil et d'écoute.

- Parlez-moi de cette personne.

- C'est une SDF. Elle s'appelle Martine. Elle est... étrange. En fait, elle ne paye pas de mine comme ça mais elle cache beaucoup de choses. Depuis qu'on s'est rencontrées, elle vient souvent, elle me parle beaucoup. Elle est née d'un inceste et son discours est très glauque, très teinté de mystique aussi. Elle a fait ou fait partie d'une secte fondée sur une doctrine matriarcale très forte, qui méprise les hommes. C'est extrêmement violent.

- C'est la première fois dans votre carrière que vous faites face à un patient issu d'une secte ?

- Oui et c'est déstabilisant. D'autant qu'elle ne fait pas partie de quelque chose de connue comme la Scientologie par exemple. Je n'ai pas de... de base, disons. Rien sur quoi m'appuyer. Je ne connais rien au culte dont elle me parle. Mais sous une couche d'affabulation, on discerne pourtant des faits. Des choses exploitables pour la thérapie.

- Ce cas ne vous effraie pas ? demanda Joseph Herbelin, soudain tendu. Une chose me choque dans votre discours : on reçoit des anciens adeptes en thérapie. La personne est sortie de la secte et doit se reconstruire. Par contre, qu'un adepte encore dans son culte soit demandeur de soins, voilà qui me paraît très étrange ! La... religion, dirons-nous, dont cette femme vous parle, existe-t-elle vraiment ? Vous me parlez de faits exploitables, très bien, je vous crois. L'inceste est très certainement un événement qui est arrivé. Mais quels éléments vous a-t-elle donné sur la secte ? Avez-vous bien interprété ses dires ?

- Oui, répondit Sonia déconcertée et vexée par les remarques du médecin. Oui, elle m'a décrit ce qu'elle appelle le Temple de la Mère Première qui est la déesse vénérée, d'adeptes uniquement féminins. Il y a une hiérarchie avec des prêtresses qui dirigent tout…

- Mais dans ce discours, avez-vous discerné des choses qui peuvent être vérifiables ? Des lieux, des noms ? Etes-vous certaine qu'il n'y a aucune incohérence dans son récit ? Je vous parle en tant que confrère, Sonia : vous me semblez peu rigoureuse sur ce cas. Vous semblez vous lancer tête baissée, cela ne vous ressemble pas. Du moins, dans votre travail, ajouta-t-il en souriant. Une personne sans-abri arguant faire partie d'un culte secret vient expressément vous parler ? Vraiment ?

- Martine n'est pas une mythomane. Elle est… tellement… Je veux dire, elle n'est pas très agréable comme personne. Cependant, elle dit des choses assez incroyables ! »

A ce moment, Sonia dut s'interrompre. Pourquoi défendait-elle Martine si férocement ? Et comment continuer cette discussion ? Elle ne pouvait pas parler de Sheab-Naggath ni du voyage astral supposé de Johanna. Elle avait déjà laissé entendre à son psychologue qu'elle ne rejetait pas le paranormal. Quelques silences, des sous-entendus, des plaisanteries qui n'en étaient pas vraiment… Mais elle n'avait jamais osé aller plus loin. Joseph Herbelin connaissait l'histoire d'Alex. Les faits. Mais rien de plus. Sonia avait caché beaucoup de choses. Elle soupçonnait son psychologue de ne pas être dupe mais leur duo fonctionnait ainsi depuis des années. Et il fonctionnait plutôt bien.

« Je souhaite la garder comme patiente, reprit Sonia. Martine est une personne en grande détresse. Complexe, oui, c'est évident mais blessée.

- Elle vient donc souvent au Centre?
- Oui, pour me voir.
- Vous avez pu observer son comportement avec les conseillères ?
- Eh bien… non pas vraiment. Mais elle n'a pas l'air d'être bien appréciée, sourit Sonia malgré elle.
- Sonia, je vais vous dire ce que je pense. Premièrement, nous avons déjà parlé et très longuement de votre permanence dans ce Centre. Je vous le redis, de professionnel à professionnel, c'est juste du bricolage. Il me semble difficile voire impossible d'aider des personnes en situation de précarité dans ces conditions. Deuxièmement, vous êtes en train de vous voir vous-mêmes les limites de l'exercice ! Impossible de voire cette patiente régulièrement comme ce serait le cas dans votre propre cabinet. Vous la laissez parler mais l'écoutez-vous ? Vous comprenez ce que je vous dis Sonia ? Si ne voulez pas orienter… Martine… vers un confrère expérimenté, vous allez droit dans le mur. Vous vous êtes laissée embarquer. Je ne vous blâme pas, cela nous est tous arrivé. Mais il faut savoir réagir vite. Je vous mets en garde

mais vous ne voulez pas l'entendre. Expliquez-moi donc pourquoi une personne enrôlée dans une secte viendrait d'un seul coup vider son sac à une psychologue tout en étant toujours dans ce culte ? Quel serait son intérêt ? »

Sonia sortit une demi-heure plus tard de sa séance. Elle serrait les poings. Elle détestait qu'on la fasse se sentir comme une petite fille, prise la main dans le pot de confiture. Oui, Martine Sanoise était quelqu'un d'étrange mais Sonia avait la conviction qu'elle n'avait rien d'une affabulatrice. La psychologue décida de traîner en ville. Elle sortit son téléphone portable de son sac et fit défiler ses contacts. Qui allait-elle appeler ? Jean, évidemment. Elle n'avait que lui. Au moment du divorce, les amis s'étaient ralliés à Franck, après tout c'est Sonia qui partait avec la petite sous le bras. C'était elle la méchante de l'histoire. Jean ne répondit pas à l'appel et Sonia lui laissa un message confus. Elle aurait aimé hurler, pleurer. Mais elle ne put que passer de boutique en boutique sans jamais rien acheter avant de rentrer dans son petit appartement. Elle s'endormit sur le canapé, Chanel roulée en boule contre elle, l'apaisant de ses ronronnements.

De nouveau devant la maison. Devant la porte. Sonia est terrifiée. La porte est maintenant entrebâillée. Elle ne comprend pas ce qu'elle fait là. Elle voudrait se réveiller, courir loin. Elle est sur le point d'exploser. Elle ne veut pas rentrer dans cette maison, elle sait ce qui l'attend à l'intérieur. Elle ne veut pas retourner dans sa chambre. Il y a quelqu'un derrière elle. Sonia se retourne. Le garçon est là. De dos, évidemment. Sonia a maintenant tout le loisir de le détailler. C'est un adolescent. Il porte des sneakers, des Stan Smith, un jean ajusté et une chemise noire. Il a les cheveux blonds coupés courts. A son poignet gauche, Sonia voit un bracelet de cuir usé. Elle réprime alors un sanglot et baisse les yeux sur son poignet droit. Mais son propre bracelet n'est plus là. Elle l'a enterré derrière la maison, se promettant un jour de revenir le chercher. La jeune femme regarde l'apparition. Elle aimerait que le garçon se retourne, mais ignorant ce qu'elle pourrait découvrir, cela lui fait également peur. Sonia sent des larmes perler aux coins de ses yeux. Elle se sent projetée des années en arrière, dans une autre vie. Alex, murmure-t-elle. Rien ne se passe. Le temps s'est figé dans son cauchemar. Le brouillard ne danse plus, les marches de bois ne font aucun bruit quand Sonia descend le petit escalier. Alex, répète-t-elle.

« Je ne peux pas me retourner, répond le garçon, d'une voix lointaine. Sonia hoquète de surprise. Il a toujours la même voix.

- Je ne comprends rien, dit Sonia, impuissante.

- C'est plus simple quand ta fille est là. Elle m'aide.

- Mais comment, mais ?

- Je n'ai pas beaucoup de temps ni d'énergie, So.

Il n'y a que lui qui l'ait jamais appelé comme ça. Sonia sent maintenant les larmes rouler sur ses joues. Ces retrouvailles, elle les avait espérées depuis si longtemps. Elle a tant de questions à lui poser, tant de choses à lui dire. A cet instant précis, elle voudrait tout oublier, retrouver ses quinze ans, prendre la main d'Alex et partir avec lui, loin, dans ce brouillard où ils pourraient se cacher tous les deux.

- Non, arrête de penser ça, dit Alex. Tu ne dois pas... ne tente pas... Sans Johanna, je n'y arriverai pas. Je suis désolée, So. Tu vas te réveiller.

- Alex ! », crie Sonia.

Elle ouvrit les yeux. Elle était le canapé. Chanel était montée sur la table basse, les poils hérissés. La chatte cracha puis s'enfuit. Sonia reprit son souffle, comme si elle remontait d'une plongée en apnée. Elle ferma les yeux quelques secondes, retrouva un rythme de respiration lent, détendit ses muscles. Il lui fallut plusieurs minutes pour se raccrocher à la réalité. Alors enfin, elle se découvrit seule dans son appartement. Du coin de l'œil, elle aperçut une petite lumière sur son téléphone portable clignoter. Jean avait essayé de la joindre pour boire un verre. Sonia réalisa alors l'heure tardive. 20h. Combien de temps tout cela avait-il duré ? Il lui avait pourtant semblé que l'échange n'avait duré que quelques minutes ! Elle se mit à frissonner, voulut appeler sa fille. Mais il était convenu que ce soit elle qui l'appelle quand elle résidait chez son père. La jeune femme envoya un texto à son ami et se précipita dans la salle de bains. Elle n'avait que peu de temps pour se préparer. Dans sa tête, tout se bousculait.

CHAPITRE 14

Sonia s'engouffra dans un taxi qui l'emmena en centre-ville. Devant leur bar habituel, Jean terminait une cigarette. Lorsqu'il vit son amie sortir de la berline, il ne put s'empêcher de sourire. Sonia était une très belle femme. Comme à chaque sortie, elle avait misé sur une robe noire. Tout résidait dans son maquillage et ses bijoux. Il la trouvait coquette, parfois trop, mais c'était sa meilleure amie et la plus belle femme qu'il connaissait. Quand ils s'étaient rencontrés et avaient appris à se connaître, il y avait eu quelques moments de flottement. Sonia savait que Jean était homosexuel mais elle avait tout de même essayé d'instaurer un jeu de séduction entre eux. Il avait fallu plusieurs recadrages pour qu'ils trouvent enfin l'équilibre qui était le leur aujourd'hui. Jean ferait n'importe quoi pour Sonia et inversement. Ils se comprenaient, se taquinaient, se reprochaient des choses et se disputaient parfois mais pour mieux se retrouver. Jean se sentait chanceux de l'avoir trouvée.

Sonia paya le taxi et tomba sur Jean en se retournant. Il avait un grand sourire. Elle lui rendit aussitôt et se jeta dans ses bras. Elle le serra fort contre lui et apprécia de longs moments cette sensation de réel, de sentir un corps chaud contre le sien. La jeune femme sentait le bitume sous ses talons, entendait la musique sortir du bar. Enfin, cette bonne vieille réalité.

« Alors Sonia, ça ne va pas ? murmura Jean à son oreille.

- Ça va mieux, maintenant, répondit-elle. Enfin, je crois. J'ai besoin d'un truc fort.

- Alors allons boire comme deux vieilles poches, si tu le veux bien… »

Le Complexe était un mélange de pub, de bar lounge et de boîte de nuit. Et de fait, portait bien son nom. Il accueillait une clientèle plutôt huppée, cadres ou étudiants embourgeoisés. Les banquettes de cuir rouge étaient confortables, la musique assurée par un DJ qui choisissait avec soin les morceaux selon l'affluence et l'heure. Les prix n'avaient cessé de grimper au fil des ans mais Jean et Sonia venaient ici depuis des années. Elle se commanda une vodka-orange et lui un martini. Face à face dans un coin de la salle, ils étaient dans leur bulle.

« Il faut que je te parle, Jean, commença Sonia. Il faut que je te raconte. Je ne sais pas si je dois être heureuse ou terrifiée. La jeune femme prit une gorgée et laisse passer quelques secondes de silence. Puis elle se lança. J'ai revu Alex.

- Pardon ?! demanda Jean.

- J'ai revu Alex. En rêve. Tu sais, mon cauchemar récurrent. Avec le brouillard et la maison de mes parents. Il était là. C'est lui qui était avec Johanna, c'est lui qu'elle dessine maintenant j'en suis sûre. Je me suis endormie cet après-midi. Et dans le cauchemar, il était là et il m'a parlé.

- Tu es sûre que c'était lui ? Tu l'as vu ?

- Il est resté de dos mais c'était ses fringues, et il avait son bracelet. C'était sa voix. Putain, Jean, c'était sa voix, celle qu'il avait à quinze ans ! Il m'a appelé « So ».

- Et pour toi, ce n'est pas juste un rêve...

- Non, c'est clairement autre chose. C'est bizarre mais j'ai vraiment senti que ce n'était pas un rêve. J'étais à deux mètres de lui. Putain, Jean ! J'aurais pu le toucher ! Il était si près. Il m'a parlé. Il m'a dit que c'était plus facile quand Johanna était là et qu'il avait peu de temps.

- Quelle est le lien entre ta fille et lui ?

- Je ne sais pas trop. Enfin, je crois que je commence à rassembler les pièces du puzzle mais... c'est trop tôt pour te dire ce que je pense. Mais je te jure, Jean, je te jure que ce n'est pas sorti de mon imagination. C'était Alex. Il faut que je le revoie, que je lui parle... Depuis quinze ans, j'ai les mêmes questions en tête. Il faut que je sache ce qu'il s'est passé ce jour-là. »

Sonia vida son verre et fit signe à un serveur de la resservir aussitôt. Jean sirotait son verre et la regardait de travers.

« Tu ne sais pas quoi penser... reprit Sonia dans un sourire.

- Non je... c'est juste que... pourquoi maintenant, tant d'années après ? Et que vient faire Johanna là-dedans ? Il y a pas mal de questions. Et si c'est vraiment lui qui revient te voir, je ne sais pas quel terme employer, pour quelles raisons ?

- Parce qu'il est parti trop tôt ! Il est mort trop tôt. Il ne devait pas partir comme ça. Parce qu'on ne sait pas pourquoi...

- Tu m'as tellement parlé de lui, tu sais. Depuis qu'on se connaît, tu me parles de lui.

- S'il n'était pas mort, ma vie serait toute différente.

- Différente au point qu'on ne serait peut-être jamais rencontrés toi et moi. Et Johanna ne serait jamais née. Tu y as déjà pensé à tout ça ? hasarda Jean.

- Oui. Des milliers de fois. C'est étrange parce que je ne peux pas imaginer ma vie sans ma fille. Sonia fit tourner la vodka dans son verre, songeuse. C'est bizarre. Quand tu regardes en arrière, tu t'aperçois qu'il y a des dizaines de choses que tu aurais pu faire autrement. Tu aurais pu prendre à gauche ce jour-là, choisir de t'inscrire à tel cours plutôt qu'un autre, te battre contre cette fille, réussir ce concours... Et alors quelle serait ta vie aujourd'hui ? Et ça concerne aussi tes mauvais choix, tes erreurs, tes actes manqués. Quelle serait ta vie aujourd'hui sans eux ? Est-ce que tu serais une meilleure personne ? Les erreurs aussi nous forgent. Parfois il faut en passer par là. Alors oui, si Alex n'était pas mort si jeune, ma vie aurait été toute autre. Une vie sans Johanna ? Je ne peux pas me l'imaginer. Et si je sais que si j'avais eu un enfant avec Alex, il aurait été une différente personne. Johanna est la fille de Franck. Et parfois quand je pense à tout ça, mon cerveau essaie de faire des cabrioles, des nœuds pour que tout s'imbrique mais c'est impossible. Comme si j'essayais d''assembler les pièces de plusieurs puzzles différents. Voilà, ma vie est telle qu'elle est maintenant. C'est tout.

- Dis donc, tu es bien philosophe. Va falloir qu'on boive plus que ça ! rit Jean.

- Tu ne te dis jamais ça ?

- Oh, si, peut-être. Enfin, disons que je ne pousse pas la réflexion jusque-là. Peut-être que ma vie a été moins complexe que la tienne. J'ai toujours eu la chance de faire ce que je voulais, au jour le jour. Malgré quelques galères. Et je n'ai pas perdu mon grand amour. Je suis en plein dedans et j'espère qu'il durera. Bon, dis-moi. Maintenant que tu es persuadée qu'Alex est revenu te hanter, tu vas faire quoi ?

- Déjà, dis-moi toi, est-ce que tu y crois ?

- Aux fantômes ? Je n'ai jamais remis en cause tout ce que tu m'as raconté Sonia. Jamais. Et c'est pas maintenant que je vais le faire. Je n'ai jamais eu à faire face à quoi que ce soit de paranormal dans ma vie. Ça ne veut pas dire que ça n'existe pas. Toi, toi, tu l'as vécu. Et je sais que tu ne racontes pas de conneries. Alors oui, je te crois. Déjà la première fois, je ne savais pas si je devais me réjouir pour toi, quand Alex a parlé par la bouche d'un de tes patients. Tu étais tellement choquée… Ce n'est pas un bon souvenir en fait. Là, c'est encore autre chose. Et je ne sais pas ce que ça veut dire, où ça va te mener. Si c'est bien ou non. »

Jean prit les mains de son amie dans les siennes. Autour d'eux, le bar se remplissait.

« Que comptes-tu faire ? reprit Jean.

- Rien. Du moins, je vais voir la suite, tu sais. S'il revient. Il dit avoir besoin de Johanna. Alors je vais voir… je vais voir. »

Les deux amis se turent, le regard plongé dans leurs verres. Chacun réfléchissait de son côté. Une voix masculine les interrompit :

« Permettez que je me joigne à vous ? demanda Damien Mirisse.

- Oh, bien sûr, dit Jean. Je vous en prie. Il jeta un regard en coin à Sonia qui lui sourit, approuvant par là sa réponse au policier. Ce dernier emprunta une chaise à la table voisine et s'installa.

- Sonia, comment allez-vous ? demanda Damien.

- Oh, tutoyons-nous, répondit la jeune femme. Je vais bien merci. Vous buvez quelque chose ?

- Oui, j'ai une bière qui doit arriver d'une seconde à l'autre. Vous êtes donc tout le temps ici ?

- Souvent, dit Jean. Alors sur quoi enquêtez-vous ?

- Oh, je ne préfère pas parler de boulot ici. Je suis dans des choses assez glauques et tenus au secret professionnel. Non, ayons le cœur léger ce soir ! Aidez-moi à me trouver une nouvelle copine ! »

Sonia se réveilla vers midi avec une gueule de bois atroce. Le policier était reparti célibataire mais Sonia avait l'impression de s'être fait un nouvel ami. Avec Jean, ils avaient ri et bu jusque 3h du matin. A croire qu'ils avaient tous besoin de décompresser. Le sang de Sonia battait à ses tempes. Elle quitta son lit et se traîna jusque la cuisine prendre une aspirine puis retourna se coucher. Au moins, elle avait juste mal au crâne, elle ne vomissait jamais et avait une certaine résistance à l'alcool. Elle s'écroula et dormit d'un sommeil sans rêve jusque 14h.

Franck ramena Johanna à l'heure prévue. Il ne peut s'empêcher de faire une remarque à Sonia, en voyant sa tête de lendemain de soirée. Son ex-femme lui rétorqua sèchement que cela ne le regardait pas. Elle lui dit plus fort qu'elle ne l'aurait voulu. Sonia avait envie de tout sauf de commencer une dispute. Surtout pour un motif aussi dérisoire. Un instant, elle se remémora la gifle et sentit son ventre se nouer. Elle regarda Franck et son physique de rugbyman. Elle regarda sa main droite. Celle qui l'avait frappée. Franck surprit le coup d'œil mais ne bougea pas. Il s'en fut bien vite. C'est soulagée que Sonia referma la porte puis courut aux toilettes pour vomir. Elle entendit sa fille l'appeler du salon : « Maman ? T'es malade ?! ». Des larmes lui montèrent aux yeux. La jeune femme répondit à sa fille que maman allait bien, tira la chasse d'eau et respira profondément. Elle resta assise quelques secondes, le temps de se calmer puis passa par la salle de bain avant de rejoindre Johanna. Dans le salon, la petite brune était assise dans le canapé, Chanel ronronnant sur ses genoux. Son regard était perdu dans le vide. Droite comme un i, elle était parfaitement immobile. Sonia se précipita sur sa fille et la prit par les épaules. Le chat s'en alla sans demander son reste. Johanna ne réagit pas aux cris de sa mère pendant plusieurs minutes. Puis son regard se ranima enfin. Elle cligna des yeux, bailla et s'étira.

« Oh mon Dieu ! Johanna, j'ai eu tellement peur ! s'écria Sonia en serrant sa fille contre elle.

- Oh maman... Ne t'inquiète pas, des fois ça arrive.

- Depuis quand ça arrive ? Qu'est-ce qui arrive ?

- Ben, je pars. Mais plus la nuit maintenant. Des fois, je pars le jour aussi.

- Tu pars ? Mais tu pars où ?

- Euh... ben, ailleurs. J'ai vu la salle rouge maman. C'est tellement grand ! Mais j'aime pas trop la statue au milieu. Elle... elle me fait peur.

- Quelle statue ? Expliquez-moi ! insistait Sonia qui se sentait démunie.

- La grande dame. Mais je veux pas trop en parler. Johanna se détacha de sa mère et prit une mine renfrognée. Je voudrais aller faire pipi. Tu me laisses ? »

Sonia fit signe à sa fille qu'elle pouvait y aller et s'affala sur le canapé. Elle ne comprenait rien à ce qu'il venait de se passer. Ou du moins, elle préférait rester dans l'ignorance. Surtout, ne pas chercher à savoir. Ce serait tellement plus simple. Tard cette nuit-là, avant de s'endormir, Sonia pleura beaucoup et en silence.

CHAPITRE 15

Sonia ne fut pas étonnée de voir Martine Sanoise entrer dans son bureau sans frapper et s'installer face à elle sans même dire bonjour. La psychologue jeta un œil à l'horloge murale accrochée au-dessus de la porte. Aucun patient qu'elle recevait au Centre d'accueil et d'écoute ne pouvait la voir ni soupçonner son existence. A son cabinet, la psychologue avait également dissimulé des horloges qu'elle seule pouvait voir. Ainsi, elle contrôlait le temps sans que les patients ne s'en aperçoivent. Il était 13h35.

« Les prêtresses m'ont emmenée dans une ruelle sombre, une impasse, commença la sans-abri sans prévenir. Elles m'ont encadrée, elles ont chacune pris une de mes mains et on s'est enfoncées dans un coin. A l'angle que formaient le sol et le mur. On a été aspirées toutes les trois. J'ai fermé les yeux très fort parce que j'avais peur à l'époque. J'ai senti du froid autour de moi, des choses me caresser les cheveux et les jambes, comme des serpents de glace cherchant à s'enrouler autour de mes chevilles. Je ne sentais plus le sol sous mes pieds. Et puis d'un coup, je me suis sentie ailleurs. Il y avait de la pierre sous mes chaussures et plus aucun courant d'air. J'ai ouvert les yeux. Les prêtresses avaient lâché mes mains et se tenaient devant moi. Toujours encapuchonnées, je ne pouvais pas distinguer leurs visages. Elles me parlaient directement dans ma tête. On était dans un couloir. Elles ont désigné une porte à ma gauche et m'ont dit que dorénavant je vivrai là. J'ai ouvert la porte et découvert ma cellule. J'avais un peu peur mais en même temps, je sentais que je me trouvais à ma place. C'était là que je devais être. J'ai dû retirer mes habits et rester nue. Les prêtresses m'ont repris la main et m'ont fait marcher des kilomètres de couloirs. Elles m'ont ordonné de pas parler alors je n'ai posé aucune question. Mais des millions me torturaient. J'ai vu d'autres portes s'ouvrir et des femmes et des petites filles comme moi, nues, encadrées par des prêtresses. On allait toutes au même endroit. On est arrivées à la Salle Rouge. Quand je suis entrée la première fois, j'ai ressenti des frissons. D'abord au bout des doigts, puis dans tout le corps. C'était effrayant et beau à la fois. Les prêtresses m'ont expliqué avec quoi les murs étaient peints. Comme je n'étais pas encore réglée et que ma mère n'avait jamais abordé le sujet, j'ai d'abord eu très peur. Je ne voulais pas que du sang sorte de mon sexe ! Mais elles m'ont rassurée. Elles étaient très gentilles.

On était des dizaines dans la salle. On a chacune été obligée de s'asseoir à une place désignée, par terre, en tailleur. A côté de moi, il y avait une dame avec les plus gros seins que j'ai jamais vus ! Elle aussi m'a regardé mais l'air mauvais. Alors j'ai détourné les yeux. Et là, face à moi, je l'ai vu, enfin. Immense. Une statue tellement grande et majestueuse, lisse et d'un blanc immaculé ! Une femme grande et élancée, dont le corps était moulé dans une longue robe aux manches larges qui recouvrait la moitié de ses mains. De jolies mains fines dont les ongles sont tranchants comme des griffes. Les hanches larges, une taille si fine que je pourrais en faire le tour avec un seul bras et des seins parfaits. Un cou fin comme un col de cygne... Son visage était caché par un masque : une face lisse avec deux fentes noires à la place des yeux. Et au coin de chaque œil, une larme noire. Sa tête était encadrée par des cheveux lisses et fins, descendants jusqu'à terre. Vous auriez vu la finesse des détails... On aurait pu s'attendre à ce qu'elle descende de son piédestal et marche jusqu'à nous. Mais elle restait immobile, debout, les bras ouverts, pour nous accueillir, nous, qui allions devenir ses filles. Elle était là, devant nous, la Mère Première.

La salle entière était silencieuse. Et toutes, toutes, sans exception, nous la regardions, dans toute sa majesté. Dans nos têtes, les prêtresses ont parlé d'une seule et même voix. Ce n'était plus la leur, chaude et douce. Non, elles se sont toutes rassemblées pour permettre à la Mère Première de parler. Une voix puissante et froide. Elle nous a ordonné de fermer les yeux. Et alors, on pouvait la voir. A la place de la statue, c'était elle. Sa robe était noire comme la plus noire des nuits, le masque de son visage blanc et ses cheveux blonds lui tombaient aux chevilles. Elle avait toujours les bras ouverts. Elle nous a souhaité la bienvenue. Et la voir, l'entendre, dépassait l'entendement. Je sentais mon esprit se tordre dans tous les sens, comme si mon cerveau voulait s'enfuir de ma tête. Mais je résistais le plus possible. Ça faisait mal mais la perspective de découvrir la Mère Première, de venir à elle, était tellement irrésistible ! Elle nous a expliqué son dessein et ce qu'elle attendait de nous. Elle nous a montré la Vérité. Elle nous a montré Ses souffrances. Sa Colère. Iä, Iä, n'goseth, imgar phgl n'ami... »

Martine Sanoise avait fermé les yeux et commencé à psalmodier une étrange prière tout en se balançant d'avant en arrière sur sa chaise. Elle transpirait à grosses gouttes. Sonia tendit la main et la blonde rouvrit les yeux. La psychologue crut un instant qu'ils étaient devenus dorés comme ceux d'un chat mais l'impression ne dura même pas un quart de seconde. Martine planta son regard dans le sien puis reprit son récit, haletante :

« Nous devrions toutes recevoir sa Vision et sa Bénédiction. Si vous saviez ! Elle nous a appris que nous les femmes sont les êtres spoliés de cette Terre. Que nous devons nous battre pour retrouver nos droits usurpés. C'est Elle qui nous conduira à la victoire. C'est Elle que nous devons servir. Gloire à Elle ! Quand j'ai rouvert les yeux, j'ai vu que certaines n'avaient pas résisté. Il y avait des femmes et des filles qui convulsaient, d'autres étaient mortes. A côté de moi, la femme aux gros seins était affalée par terre, les yeux révulsés et l'écume aux lèvres. Alors les prêtresses nous ont demandé d'achever celles qui étaient devenues folles. Puis de tuer celles qui refuseraient de le faire. Nous n'avions pas d'armes. Alors on a toutes fait ce qu'on pouvait avec nos dents et nos ongles. J'ai d'abord tué une fille qui n'était pas loin de moi. Elle était restée assise et hurlait en essayant de s'arracher les yeux. Je suis arrivée derrière elle et je l'ai étranglée. Elle avait le cou si petit. Je pouvais presque faire le tour avec mes mains. Quand la tuerie fut finie, on était plus qu'une vingtaine. Dans nos têtes, la Mère Première nous a de nouveau parlé. Elle nous a remerciées de l'avoir nourrie. Puis les prêtresses nous ont reprise chacune par la main pour sortir de la Salle Rouge. De nouveau, nous avons marché, toutes dans la même direction. Nous ne disions rien, car telle était la règle. Je sentais la pierre froide sous mes pieds mais je n'avais pas froid. Je sentais le sang des autres, poisseux sur ma poitrine, son goût cuivré dans ma bouche, mais cela ne me gênait pas. J'avançais comme les autres, confiante.

On est entrées dans une nouvelle salle. Une petite pièce sombre, éclairée par de grandes torches accrochées aux murs. Au milieu, il y avait un puits rempli de braises. On en sentait la chaleur, à peine entrées. Il y avait deux nouvelles prêtresses qui nous attendaient. On devait avancer, rester debout face au puits. Il faisait tellement chaud, j'ai cru que ma peau allait éclater. Une des prêtresses m'a pris le poignet gauche et l'a retourné pour voir l'intérieur de mon bras. Elle avait de grandes mains fines et délicates. Elle a mis une de ses mains au cœur du brasier puis l'a appliqué sur ma peau quelques secondes. La douleur était horrible, je sais que j'ai hurlé. L'autre a extrait sa main de sa longue manche. Elle avait de longues griffes à chaque doigt. Dans un mouvement extraordinairement rapide, elle a tracé des mots sur mon poignet. Une autre douleur. Comme un tatouage au fer rouge. A ma grande honte, je me suis évanouie. Quand je j'ai repris conscience, j'étais dans ma cellule. Allongée dans mon petit lit, vêtue d'une robe de coton blanche. J'ai regardé mon bras qui me faisait mal et là, je l'ai vu. Le Signe de mon appartenance à la Mère Première. Gravé à jamais dans ma peau. Regardez ! »

Martine remonta alors sa manche et se pencha au-dessus du bureau de la psychologue. Elle obligea Sonia à regarder son poignet. Cette dernière vit deux mots dans une langue qu'elle ne connaissait pas encadrant un étrange tatouage. Un phoenix noir prisonnier d'un hexagone, lui-même entouré d'un cercle, la fixait avec colère et défi. Tandis que Sonia se perdait dans la contemplation du tatouage, à l'autre bout de la ville, Johanna sentit un frisson glacé parcourir son dos. Elle cessa d'écouter son professeur et murmura comme un avertissement : « Le Phoenix, maman, le Phoenix ! ».

Sonia cligna des yeux comme si elle se réveillait. Devant elle, Martine Sanoise la regardait d'un air interrogateur. Les mains sagement posées sur les genoux, elle semblait attendre que la psychologue prenne la parole. Celle-ci se racla la gorge et jeta un œil discret à la pendule. Il était presque 15h. Son prochain rendez-vous était programmé à 16h. Sonia chassa ces pensées et regarda de nouveau Martine. Celle-ci n'avait pas bougé d'un cil et attendait toujours. La psychologue regarda son carnet de notes. Il était vierge une fois de plus. Heureusement elle se souvenait d'une partie de la conversation : l'enlèvement, la présentation au gourou qui était donc une femme et la mort d'autres adeptes. Quelle était la part de réalité dans ce récit ?

« Tout ceci s'est passé dès votre arrivée ? demanda Sonia.

- Oui, madame. Tout.

- Pouvez-vous me parler maintenant de votre ressenti face à ces événements ?

- Au début, j'ai eu peur, quand les Prêtresses m'ont fait traverser. Mais après, je me suis sentie bien, à ma place. J'avais l'impression d'être chez moi.

- Dites-moi Martine, est-ce que vous faites toujours partie de ce culte ?

- On ne peut en sortir, madame Saint-Erme. On ne veut pas en sortir. C'est inconcevable. Et si jamais quelqu'un voulait en partir, il vaudrait mieux prier une mort rapide que d'être retrouvé par les prêtresses.

- Donc, vous pouvez sortir du Temple à votre guise ? Les autres savent que vous venez me voir ?

- Ce n'est pas aussi simple. Il me faudrait plus de temps pour vous parler.

- C'est pour ça que vous êtes venue ici ? Pour trouver quelqu'un à qui parler ?

- Il faut que je vous parle.

- Alors Martine, je vais vous proposer quelque chose. Je travaille ici le jeudi après-midi mais je possède un cabinet en ville où je reçois mes patients toute la semaine. Je peux vous proposer de venir me voir là-bas. Nous nous fixerons des rendez-vous régulièrement. Mais il faudra les honorer. On va faire un essai. Etes-vous d'accord ?

- Je n'ai pas les moyens de vous payer !

- Oh... Sonia venait de réaliser qu'elle n'avait pas réfléchi à cet aspect. Eh bien, nous allons d'abord faire une ou deux séances gracieuses puis si ça marche bien, nous trouverons un arrangement. Et vous pouvez avoir des aides financières. Vous pouvez vous adresser à mes collègues ici. Qu'en pensez-vous ?

- Cela me convient, répondit Martine, un grand sourire aux lèvres. »

Les deux femmes fixèrent un rendez-vous pour le lundi matin puis Martine repartit.

Déborah prenait un café quand elle vit sortir Martine Sanoise du Centre. Elle ne profita pour toquer à la porte du bureau de Sonia. Les deux femmes échangèrent quelques banalités mais Déborah sentait bien que quelque chose ne tournait pas rond.

Comme d'habitude, Johanna était la dernière élève à quitter l'accueil périscolaire. Sa mère arrivait toujours juste à l'heure à 18h15. Parfois elle était même en retard et les dames de l'école n'étaient pas très contentes. Ce jeudi-là, la petite fille n'avait pas voulu se mêler à ses camarades. Elle en avait un peu marre de faire des colliers et de la pâte à sel avec des fleurs pour sa maman. Elle préférait s'isoler et dessiner. Elle avait bien conscience d'être différente des autres enfants. On aurait dit qu'elle était la seule à partir ailleurs ou voir des choses étranges. Parfois elle essayait de raconter tout ça aux filles de sa classe mais elle ne récoltait que des regards méfiants voire apeurés. Depuis que Johanna avait pris le parti de se taire et de dessiner dans son coin, sa vie sociale était plus tranquille. Elle avait des amies qui ignoraient tout d'elle, certes, mais qui ne la rejetaient pas. La petite brune ne racontait que certaines choses à sa mère. Mais depuis quelques temps, elle sentait une certaine gêne dans les conversations. Peut-être valait-il mieux se taire là encore ? En parler à son père ne lui était jamais venu à l'esprit. Ni même à Jean ou Louis. Johanna regarda par la fenêtre. Sur le muret qui séparait la cour de récréation de l'habitation voisine, deux chats se touchaient du bout de la truffe. La fillette se demanda combien de personnes à part elle savait que les deux animaux avaient une conversation très importante à propos d'Ulthar. Tout le monde croyait qu'ils se faisaient des câlins. Evidemment. Avec qui pourrait-elle partager tout ça ? Son attention se reporta sur son dessin. Johanna fit la moue. Elle n'avait pas très bien réussi les yeux noirs de la Grande Dame. Celle qui contrôlait le monstre des couloirs. Elle froissa la feuille et alla la jeter dans une corbeille. C'est à ce moment que sa mère arriva enfin.

CHAPITRE 16

Mélanie Trésor verrouilla la porte du Centre d'accueil et d'écoute d'Aurac à 18h15. Elle partait toujours après ses collègues qui avaient tendance à se précipiter vers la sortie à 18h tapante. Elle ne leur en voulait pas. A chacun sa conception des horaires. Mélanie préférait prendre le temps de ranger son bureau avant de partir. Alors qu'elle se dirigeait vers sa voiture, elle aperçut une ombre au coin de la rue. Elle ne sut pas pourquoi, appelons ça une intuition, mais le comportement de cette personne lui parut suspect. La personne s'accroupissait puis se relevait. Elle fit ce mouvement plusieurs fois de suite. Mélanie ouvrit sa voiture tout en continuant à observer l'étrange manège. Elle mit le cartable qui contenait ses dossiers à l'arrière, referma la portière à clé et se dirigea avec prudence vers l'angle de la rue. La conseillère crut reconnaître Martine Sanoise. Que faisait-elle ici ? Mélanie se maudit aussitôt de s'être posée la question et d'être aussi suspicieuse. Si cette femme n'avait pas de logement, il n'était pas étonnant de la retrouver près de la seule structure qui avait daigné l'accueillir, ne serait-ce que pour parler. Avant de partir, Sonia Saint-Erme avait avoué à demi-mots avoir proposé à la sans-abri de venir la consulter à son cabinet privé. La confession avait déclenché une belle dispute.

Déborah, Salma et Mélanie avait bien fait comprendre à la psychologue qu'elles n'approuvaient pas la décision. Le centre d'accueil n'était pas un vivier à clients ! Mélanie avait été très étonnée de cette décision. Cela ne ressemblait en rien à Sonia et malheureusement ce qu'elle avait fait devait être signalé à la hiérarchie. S'approchant encore un peu, Mélanie reconnut formellement Martine. Celle-ci ne l'avait pas vu. Elle arrêta ses génuflexions et fila dans une rue perpendiculaire. Martine décida de la suivre, ne sachant pas où tout cela la mènerait mais l'arrivée de cette femme au Centre avait changé les choses. Il fallait qu'elle découvre qui était réellement Martine Sanoise.

Vendredi matin, Sonia eut envie de tout envoyer promener, ce qui n'était pas dans ses habitudes. Ses nuits étaient de plus en plus courtes et le manque de sommeil agissait sur ses nerfs. Johanna s'était de nouveau réveillée en hurlant, sans pouvoir décrire le cauchemar qui l'avait terrifiée. Chanel était nerveuse elle aussi et multipliait les bêtises. Elle avait renversé des bibelots deux fois et vomi sur le tapis du salon. Quant à Sonia… Elle ne savait plus si elle redoutait ses rêves ou les attendait avec impatience. Alex l'avait contactée et cela la rendait heureuse. Mais d'un autre côté, elle sentait une terreur indicible se lover dans ces cauchemars, quelque chose de mauvais y couvait, attendant son heure. La jeune femme devait également faire face à toutes les questions que cette situation posaient. Seule dans son cabinet, elle s'étendit sur un des canapés et fixa le plafond. Elle fit craquer ses doigts, ce que son ex-mari lui avait toujours interdit de faire, puis croisa ses mains sur son ventre. Son amour d'adolescence mort une quinzaine d'années plus tôt dans des circonstances étranges lui parlait dans ses rêves. Ok pour les faits. Elle ne pouvait pas les nier, elle l'avait vécu, tout comme elle l'avait entendu parler à travers la bouche d'un de ses patients. Qu'est-ce que cela voulait dire ? Il y avait donc un autre monde après la mort ? Quel était-il ? Où était-il ? Qu'y faisaient les âmes des disparus ? Sonia n'arrivait pas à réfléchir. Le concept d'âme lui avait toujours été étranger. Vraiment ? Tu as déjà vu des choses extraordinaires, rappelle-toi... Oh, ce n'était pas difficile de s'en souvenir ! Que dire de Nicole Haubert qui se sentait constamment épiée et lui avait montré des marques de morsures dans le dos alors qu'elle vivait seule ? De Blaise, ce petit garçon de six ans, qui parfois décrivait Paris en pleine Révolution Française comme s'il l'avait vécue ? Et Alice de Nanton, bien sûr. Et bien d'autres. Sonia avait essayé de les ranger dans des cases, celle qu'on lui avait enseignées à la fac. Traumatisme, autisme, schizophrénie, paranoïa... Mais il fallait bien reconnaître que certains de ses patients ne rentraient dans aucune de ces petites boîtes. Sonia n'avait pas pu tout expliquer. Dans sa tête, elle les voyait défiler et se sentait coupable de ne pas avoir pu les aider correctement. Tous ces gens, toutes ces vies brisées. Et sa fille dans tout ça ? Quel était le rôle de Johanna ? Son lien avec Alex ? Tout à coup, Sonia remarqua le silence qui régnait dans la pièce. Il devint pesant. Elle garda les yeux rivés vers le plafond, n'osant les poser ailleurs dans la pièce. Remue-toi ma vieille ! Il n'y a personne d'autre dans ton bureau, bordel ! C'était ridicule. Il fallait qu'elle se lève et mette de côté toutes ses réflexions. Il fallait qu'elle soit forte pour aider les patients du jour, ils comptaient sur elle. Avec lenteur, la psychologue s'assit sur le canapé et osa regarder la salle. Evidemment, elle était vide. Sonia comprit d'un coup pourquoi le silence l'avait gêné : le discret tic-tac de son horloge avait disparu. Elle examina alors montres et pendules : toutes s'étaient arrêtés à la même heure. Sonia sentit ses poils se hérisser sur sa peau. Quand la sonnette du cabinet retentit, elle sursauta et réprima un cri. Il lui fallut un petit moment pour que les battements de son cœur se calment. La patiente insista et sonna plusieurs fois. La psychologue se fit violence, souffla plusieurs fois, se baffa en esprit et alla ouvrir à la cinquantenaire nerveuse qu'elle recevait tous les vendredis. Rongée par un cancer des ovaires, terrifiée à l'idée de mourir sans avoir réalisé tous ses rêves, Françoise Billet pénétra dans le cabinet en tremblant. Comme tous les vendredis.

Pour Damien Mirisse, l'heure n'était pas à la réflexion. Aurac était d'ordinaire une ville tranquille avec son lot de vols, de femmes battues, d'agressions... mais les meurtres demeuraient rares. Il fallait croire que le vent avait tourné. En combien de temps ? Etait-ce quinze jours ou trois semaines ? Damien perdait le rythme. Il se trouvait sur une troisième scène de crime, après le quintuple meurtre de la famille Tennaud et celui de son ami Marc. Des étudiantes avaient appelé la police après la découverte du corps d'une femme sur le campus, au nord de la ville. Damien était arrivé sur les lieux rapidement et avait investi la place avec ses collègues. Il était à peine 10h du matin, la pluie qui menaçait depuis l'aube avait finalement décidé de tomber en fines gouttes froides. L'université d'Aurac n'était pas très grande. Rattachée à celle de Savanches, la grosse ville du département, elle proposait seulement des cours en sciences humaines : psychologie, sociologie, sciences de l'enseignement... Damien ne comprenait pas comment on pouvait s'engluer dans de telles études, avec des débouchés aussi peu garantis. Le campus était un vaste rectangle au nord du Luivre. Il comprenait trois grands bâtiments gris et tombant en ruines, une grande place pavée sur laquelle il était impossible de marcher en plein hiver sans tomber et une pelouse qui descendait en pente douce vers le fleuve. L'université ne payait pas de mine et comme rien n'était fait pour attirer de nouveaux étudiants, elle agonisait depuis quelques années. Le but de l'administration était bien sûr de rapatrier tout le monde à Savanches. Damien avait passé une année sur les bancs de cette fac avant de se rendre compte que cela ne le mènerait à rien et que tous ses camarades de classe étaient des crétins finis. Il y avait déjà remis les pieds pour des petits trafics et pour des agressions mais c'était la première fois qu'il venait y chercher un cadavre. Ce dernier se trouvait au milieu de la pelouse et malgré la pluie, une petite foule se massait déjà pour assister au triste spectacle. Les collègues du policier étaient en train de dresser une tente pour protéger le corps et le tenir à l'écart des regards indiscrets. Mais il était déjà trop tard : les smartphones avaient déjà été dégainés. Damien passa le cordon de sécurité et engueula au passage quelques jeunes en jetant leurs téléphones portables au sol. Il se dirigea vers la tente la tête basse.

On lui avait brièvement décrit la situation au téléphone mais il redoutait d'assister à la scène. La femme était allongée sur le dos, bras et jambes écartés. Sa bouche était grande ouverte sur un cri silencieux. Ses orbites étaient vides, ses yeux dans ses mains. Ses courts cheveux noirs trempés encadraient son visage ensanglanté. Damien soupira.

CHAPITRE 17

Chanel ouvrit ses yeux de chat et ses oreilles se dressèrent. Alors qu'elle dormait paisiblement au pied du lit de Johanna, quelque chose l'avait réveillée. Une odeur infime dans l'air, que seul un chat pourrait percevoir. Une différence de pression également. Ses poils se hérissèrent et sa queue se gonfla. Elle sortit ses griffes, resta un instant immobile puis inspecta la chambre, les sens en alerte. Dans son lit, la fille gémit et fit voler ses couvertures. La chatte évita de peu de se retrouver ensevelie. Johanna se tournait et se retournait tout en gémissant. Chanel n'aimait pas l'ambiance malsaine qui régnait soudain dans la pièce et s'enfuit. Après avoir trotté dans le salon, elle tenta sa chance dans la chambre de Sonia. Là, l'air était plus frais. L'animal grimpa d'un bond sur le lit et vit que la femme avait les yeux ouverts et fixait le plafond. Sonia vit la chatte et l'appela doucement. Chanel ne se fit pas prier et alla frotter son museau contre le visage de sa maîtresse tout en ronronnant. La jeune femme lui gratta la tête et soupira. Le réveil indiquait 2h du matin. Techniquement, on était déjà dimanche. Le week-end passait vite. Le samedi avait été consacré aux courses alimentaires et aux nouveaux vêtements dont Johanna avait besoin. Au moins, sa fille avait été sage dans les magasins. La virée shopping n'avait pas été une corvée. Mais Sonia ne pouvait plus regarder Johanna comme avant. Quelque chose d'étrange était en train de se passer et la petite fille en faisait partie. Mais il manquait encore trop d'éléments et Sonia ne comprenait pas où tout cela menait. Cela lui faisait peur. Il fallait se rendre à l'évidence, elle ne pourrait pas démêler ça toute seule. Elle devait en parler à Jean. Elle lui avait déjà fait part du fantôme d'Alex mais elle devait aussi lui confier ses craintes au sujet de Johanna. Peut-être qu'il l'aiderait à voir plus clair... Sonia fut interrompue dans ses réflexions par du bruit provenant de la chambre voisine. Sans hésiter une seconde, elle repoussa la couette sans égard pour Chanel et se précipita au chevet de sa fille. Johanna était toujours au lit mais se tortillait dans tous les sens. Ses draps étaient par terre. Elle donnait, sans le vouloir, des coups dans le mur avec ses pieds ou ses poings. La petite fille était en sueur, son visage grimaçait et sa bouche s'ouvrait sur des mots inaudibles. Sonia prit sa fille par les épaules et la secoua en criant son nom mais la petite ne se réveillait pas. Les secondes devenaient des minutes. Sonia sentit qu'elle perdait son sang-froid, les larmes lui montèrent aux yeux tandis qu'elle tentait de réveiller Johanna. Elle ne voulait pas perdre sa fille.

Johanna lutte de toutes ses forces mais le garçon la serre fort contre elle. Elle veut s'enfuir mais il est bien trop fort. La terre humide s'accroche à ses pieds nus et elle sent son corps s'enfoncer dans le sol.

Elle venait à peine de s'endormir quand elle avait senti son esprit tomber vers le bas. Ce n'était pas comme quand elle voyageait dans des endroits bizarres. Non, dans ces cas-là elle avait plutôt une sensation d'envol. Là c'était différent, c'était un voyage « vers le bas ». Quand le garçon l'appelait. C'était lui qui la faisait venir dans son monde. Et son monde se résumait à cette terre poisseuse, ce brouillard et la devanture de la maison de ses grands-parents. C'était l'endroit où sa mère se perdait aussi parfois. Le garçon l'avait donc appelé une fois de plus. Il voulait que Sonia vienne aussi mais Johanna ne savait pas comment la faire venir. Sa mère ne dormait pas, elle ne pouvait donc pas les rejoindre. Le garçon s'était énervé. Il se montrait toujours de dos mais Johanna n'avait pas compris comment il avait pu l'entourer de ses bras et la serrer contre lui sans lui faire face. D'habitude il est gentil mais cette fois-là, Johanna sent sa colère irradier. Et elle sent mauvais. On dirait des œufs pourris ou la litière de Chanel quand maman oublie de la changer. Le garçon la maintient toujours fermement mais lui dit de se calmer, qu'il ne lui fera pas de mal, qu'il a besoin d'elle. Johanna essaye de l'écouter, de se calmer mais cette odeur lui monte à la tête, et ses pieds sont englués dans le sol. Elle veut partir, retourner dans son lit. De nouveau le garçon lui parle doucement, s'excuse et relâche peu à peu son étreinte. Fatiguée, la petite fille sent ses forces l'abandonner. Elle ne peut plus lutter. La colère du garçon se calme et la terreur de la fillette également. Johanna se laisse tomber sur le sol. Dans son dos, elle entend le garçon pleurer.

Sonia pleurait maintenant à chaudes larmes devant le corps torturé de sa fille. N'ayant pas réussi à la sortir de sa torpeur, elle s'apprêtait à appeler les secours. Soudain Johanna poussa un grand soupir, se cambra puis son corps retomba mollement. Son visage s'adoucit et sa respiration se fit profonde et régulière. Elle resta quelques secondes les yeux fermés puis les ouvrit et regarda sa mère. « Il est désolé et il dit qu'il t'aime », dit la petite brune avant de se rendormir. Sa mère la prit dans ses bras et la serra contre elle, heureuse de sentir sa chaleur, ses cheveux dans lesquels elle enfouit son visage. Elle resta ainsi de longues minutes, savourant cet instant de bonheur pur, de soulagement et sut qu'elle ne pourrait jamais vivre sans sa fille.

Lundi, 11h. Sonia était assise à son bureau, dans son cabinet. Elle attendait. Elle attendait Martine Sanoise. A quel moment avait-elle fixé ce rendez-vous ? Sonia ne se souvenait plus mais il était bien présent dans son agenda. Tu perds la tête ! Oh bien sûr que ses collègues du Centre d'accueil et d'écoute n'avaient pas apprécié ce qu'elle avait fait. Et bien sûr qu'elle s'en voulait un peu. Mais c'était plus fort qu'elle, elle devait aller au bout de cette histoire. Plus ses collègues avaient montré de la suspicion envers cette femme, plus son propre psychologue l'avait mise en garde, plus Sonia avait eu envie de leur montrer à tous qu'elle pourrait aider Martine. La psychologue était quelqu'un qui pouvait s'avérer être une vraie tête de mule. Quitte à faire des erreurs mais au moins, elle aurait été jusqu'au bout de ses principes. Pas question de reculer. Et merde pour les autres ! Martine allait venir, elle en était certaine. A 11h10, personne n'avait sonné. Or il fallait passer par un interphone pour entrer dans l'immeuble puis sonner une nouvelle fois à la porte du cabinet au premier étage pour pouvoir entrer dans la salle d'attente. C'est à ce moment que la psychologue se rendit compte que le silence régnait. Normalement, elle aurait dû entendre, même faiblement, la musique classique provenant de l'autre côté de la porte. La jeune femme se rendit dans la salle d'attente. La chaîne hi-fi était éteinte et Martine était assise dans un des canapés. Ses vêtements étaient mouillés tout comme ses longs cheveux qu'elle avait laissé libres dans son dos. La femme tourna lentement son visage vers Sonia et lui sourit. Elle hocha la tête, se leva et entra dans le cabinet en frôlant la psychologue. Martine prit place dans le grand canapé, comme si elle connaissait déjà les lieux. Sonia referma la porte et commença la séance.

« Quel était le but de votre... Mère Première ? Pourquoi rassembler tant de femmes en cet endroit ?

C'était la troisième question que Sonia posait à sa patiente. Mais celle-ci n'avait toujours pas décroché un mot. Elle attendait que la psychologue pose la bonne question, qu'elle trouve la bonne clé pour entrer. Sonia retenta sa chance pour la quatrième fois :

- Vous étiez toutes en compétition entre... femmes ?

Un nouveau silence.

- Vous m'avez dit que vous deviez obéir à des règles très strictes. Y avait-il un système de punition ?

- Il était interdit de se parler entre élues. Les seules paroles que nous devions entendre étaient celles des prêtresses ou de la Mère Première. C'étaient les prêtresses qui nous guidaient dans nos journées, nous disaient quand nous lever, quand manger, quand tuer, quand dormir. Et nous n'avions pas le droit de faire un pas sans qu'elles ne soient au courant. C'était la seule règle. Nous pouvions nous déplacer à nos risques et périls dans le Temple. Eviter la nuit et Sheab-Naggath. Contourner la salle à la porte bleue au troisième étage. Fermer les yeux devant le couloir qui n'existe pas dans les sous-sols et se boucher les oreilles si des cris d'oiseaux en sortaient. Tout ça, je l'ai appris par expérience mais aussi parce qu'on arrivait à se parler entre appelées. On se cachait des prêtresses. Je pense qu'elles le soupçonnaient mais tant qu'on ne se faisait pas prendre, on ne risquait rien. On apprenait à être discrètes. Mais certaines n'ont pas réussi. Une nuit, une des filles s'est glissée dans ma cellule. Je ne sais plus comment elle s'appelait. C'était une petite blonde, c'était une adulte mais elle était si petite ! Elle avait peur. Elle a passé la nuit avec moi puis s'est éclipsée avant que les prêtresses viennent me réveiller. Je ne l'ai jamais revue. Elle a du se faire surprendre. C'est qu'elle n'était pas assez forte pour servir la Mère Première. Une fois, nous avons toutes été convoquées dans la Salle Rouge. Au pied de la statue de la Mère Première, il y avait une adolescente. Elle était recroquevillée sur elle-même et pleurait très fort. Elle était terrifiée. Nous avons dû toutes nous asseoir face à elle. Et la Mère Première nous a parlé. Sa voix froide nous pénétrait jusqu'à l'os et glaçait toutes nos pensées. « Voyez la pècheresse qui se tortille à mes pieds. Voyez comme elle se repend. Mais il est trop tard. Elle s'est aventurée là où elle ne devait pas. Elle a cru pouvoir me défier, me braver. Ce n'est pas votre Sœur, c'est une traîtresse. Elle a été choisie pour remplir une mission et l'a refusée. Elle va payer cet affront ». La fille n'arrêtait pas de pleurer mais elle n'essayait pas de s'enfuir. Toute la pièce baignait dans une lumière rouge. On n'entendait plus que ses sanglots. D'un seul coup, son corps s'est élevé dans les airs. Elle s'est mise à hurler. Elle s'est retrouvée au-dessus de la statue de la Mère Première, complètement nue, bras et jambes écartés. Elle hurlait, elle hurlait ! Et dans ma main, j'ai senti quelque chose de lourd. Une pierre noire et polie était apparue dans ma paume. Nous nous sommes toutes regardées, et toutes nous avions une pierre dans notre main. La première pierre a été lancée. Elle a atteint la fille au ventre. Puis la deuxième pierre. Et enfin une vraie pluie. Et il y avait toujours une pierre dans notre main. Et nous les avons lancées, encore et encore en criant notre rage et notre dégoût. Nos cris recouvraient ceux de celle qu'on lapidait. On riait toutes, à gorge déployée tandis que son corps se couvrait de bleus et saignait. Quand elle s'est tu, plus aucune pierre n'est apparue. Le silence est revenu. La Mère Première a achevé la fille : son corps s'est embrasé alors qu'elle vivait encore. Nous l'avons regardé brûler en silence tandis qu'elle hurlait de douleur. C'était un spectacle fascinant. Même ses os ont fondu et elle s'est évaporée dans les airs. A la fin, il ne restait plus rien d'elle. Les prêtresses nous ont ramené dans nos cellules. Pendant une éternité, je suis restée seule dans ma petite chambre. Personne n'est venu me chercher et je n'ai pas osé sortir sans autorisation. J'ai attendu seule dans le silence, sans manger ni boire ni même dormir. La Mère Première venait de nous montrer qu'il n'y avait pas de retour possible. Nous étions là par sa seule volonté et c'était un honneur de la servir. »

A la fin de la journée, Sonia se sentait épuisée. Elle avait salué son dernier patient puis s'était enfermée dans son cabinet. Elle avait retiré ses escarpins et s'était affalée dans un des canapés. Elle avait désespérément envie d'une cigarette. Sa dernière clope remontait à… six ans environ. Arrêter avait été très compliqué mais Sonia avait réussi à force de volonté. Et accessoirement parce que Franck l'avait encouragée et bien épaulée, elle devait lui reconnaître ça. Et voilà qu'aujourd'hui, l'envie avait fini par revenir, plus forte que jamais. Sonia avait l'impression que les choses lui échappaient. Le temps filait s'en qu'elle puisse faire quoi que ce soit. Johanna s'enfuyait dans un monde étrange, Martine Sanoise devenait une obsession, Alex la hantait, et Jean s'éloignait… Jean… Elle devait avoir une discussion avec lui. Il fallait parfois accepter un peu d'aide. La jeune femme avait besoin de parler, de tout sortir, de ne rien cacher à la personne qui était la plus proche d'elle. Sonia sortit son téléphone portable de la poche de son jean et appela son ami. Il décrocha immédiatement, à son grand soulagement.

« Jean, c'est Sonia. Je ne te dérange pas ?

- Non, qu'est-ce qu'il y a ? ça n'a pas l'air d'aller…

- Pas trop… Tu as un peu de temps là ? Je peux te parler ? J'ai un moment avant d'aller chercher Johanna à l'école.

- Oui, dis-moi.

- Je crois que je perds un peu pieds en ce moment Jean. Je t'ai parlé d'Alex et Johanna… Mais avec Johanna, ça devient vraiment compliqué. Et puis, il y a cette nouvelle patiente que j'ai rencontrée au Centre d'accueil et d'écoute. Elle me raconte des choses en plus en plus étranges. Je crois qu'elle fait partie d'une secte mais c'est bizarre… »

Jean écouta patiemment son amie en l'interrompant rarement. Il était ravi que Sonia se décide enfin à lui parler mais plus son récit avançait, plus il se sentait inquiet pour elle.

CHAPITRE 18

Mardi midi, le portable de Sonia sonna plusieurs fois alors qu'elle était en pleine séance. Elle sentit vibrer le téléphone dans sa poche, encore et encore. Elle se maudit de l'avoir oublié là au lieu de le poser près d'elle et en silencieux. Elle n'aimait pas rater les coups de fil, répondait dans la minute aux textos et ne supportait pas que les autres ne fassent pas de même. Elle ne laissait jamais de messages sur les répondeurs, sauf à ses patients en cas de changement dans leur planning. Vers 13h, elle put enfin connaître l'identité de son harceleur. Il s'agissait de Damien Mirisse. Aucun message mais huit appels manqués. Intriguée, Sonia allait le rappeler mais il fut plus rapide qu'elle.

« Sonia ? C'est Damien, Damien Mirisse. J'ai essayé de vous joindre mais…

- Mais j'étais en pleine séance, le coupa-t-elle. Que se passe-t-il ?

- Oh Sonia, je suis désolé, je vous appelle pour… une autre mauvaise nouvelle. J'ai tenu à vous prévenir moi-même. Est-ce que je peux venir à votre bureau ?

- Non, dites-moi maintenant ! s'écria Sonia.

- Je suis sincèrement désolé, mais votre collègue Mélanie Trésor est morte.

- Mais... mais... comment ? Sonia avait du mal à respirer. Son cœur battait la chamade.

- Son corps a été retrouvé sur le campus. Quand nous l'avons identifiée et que j'ai vu votre nom dans l'affaire, j'ai préféré vous prévenir moi-même.

Il y eut un silence. Sonia ne savait que dire. Quand le policier lui avait parlé de « mauvaise nouvelle », elle avait tout de suite pensé à sa fille. L'annonce de la mort de Mélanie l'avait soulagée, l'espace d'une seconde peut-être, mais c'était suffisant pour que la psychologue culpabilise.

- Sonia, vous êtes là ? reprit Damien.

- Oui pardon... Je ne sais pas quoi dire.

- Est-ce que vous êtes libre ce soir ? Nous pourrions parler de tout ça tranquillement.

- Je suppose. Vous n'avez qu'à venir chez moi, je vous envoie mon adresse. Vers 21h ? J'aurais mis la petite à dormir, je ne veux pas qu'elle entende ce genre de conversation. »

Après avoir raccroché, Sonia appela directement Jean pour lui annoncer la triste nouvelle. Il lui promit de venir dîner chez elle. La jeune femme ne mangea pas ce midi là mais s'arrêta au bureau de tabac. Elle acheta un paquet de Camel et un briquet rouge. La première bouffée la fit tousser mais la deuxième fut exquise. C'est dans un état quasi second qu'elle reçut ses patients l'après-midi.

Comme toujours, Jean ne venait jamais les mains vides. Il avait ramené des plats indiens et le petit appartement embaumait le curry. Ce que n'appréciait pas trop Chanel qui s'était réfugiée dans la chambre de Sonia. Le dîner avait été rapide et Jean s'était occupé de coucher Johanna. La petite fille avait des cernes noires sous les yeux et s'était endormie en cinq petites minutes. Pendant ce temps, Sonia s'était allumé une cigarette à la fenêtre de la cuisine. L'odeur rentrait malgré tout dans la pièce. Jean avait désapprouvé pour la forme mais ne voulait pas plus accabler Sonia. Damien Mirisse était arrivé à 21h pile. Les trois adultes s'étaient assis autour de la table basse et d'un café bien chaud. Dehors, le vent et la pluie se déchaînaient. La conversation avait timidement commencé, chacun ne sachant pas comment aborder le sujet. C'est Damien Mirisse qui avait crevé l'abcès :

« Il faut que je vous parle de Mélanie Trésor. Son corps a été retrouvé sur le campus vendredi matin. Elle était allongée dans l'herbe, près du fleuve. Elle n'a aucune blessure apparente, tous ses papiers étaient sur elle. Son visage était... Je suis désolé Sonia mais votre collègue a été énucléée. Ses yeux étaient posées dans ses mains.

- Vous avez une piste ? demanda Jean.

- Pour l'instant, rien de probant. Sa voiture a été retrouvée devant le Centre d'accueil et d'écoute. Elle est allée à pieds du Centre à l'université mais on ne sait pas pourquoi encore.

- Vous… tu… On peut se tutoyer pour de bon ? intervint Sonia. Damien acquiesça. Tu veux dire qu'elle a fait tout ce trajet et qu'elle a été tuée là-bas ?

- Ce serait le plus probable. Mais si elle avait pris le chemin le plus court pour se rendre à la fac, cela lui aurait pris une grosse demi-heure maximum, et encore parce qu'elle portait des escarpins ! Elle quitté le Centre jeudi soir, après vous, n'est-ce pas ? Nous avons parlé à tes autres collègues. Oui je sais, ce n'est pas très orthodoxe de vous parler de l'enquête ainsi à tous les deux…

Sonia réussit à sourire. Damien reprit :

- Mais comme nous nous connaissons… Enfin bref. Si elle est partie vers 18h15 ou 18h30, elle aurait dû arriver à l'endroit où nous avons trouvé son corps vers 19h. Or selon le légiste, sa mort a eu lieu vers 2h du matin. Que s'est-il passé pendant ce laps de temps ? Nous l'ignorons encore. C'est une question cruciale, tout comme l'objet de sa venue à l'université.

- Qui peut faire un truc pareil ? demanda Sonia. Et je ne vois pas ce qu'elle pouvait faire là-bas, dit Sonia. Je ne comprends pas… Est-ce que quelqu'un aurait pu la forcer à y aller ? Je veux dire : nous recevons des femmes en grande détresse au Centre et parfois, voire souvent, des femmes en situation de maltraitance conjugale. Nous avons eu quelques soucis récemment avec un mari violent. C'est possible qu'un de ces connards ait attendu qu'elle sorte et l'ai forcé à l'accompagner !

- C'est possible, oui, à ce stade... éluda Damien.

- J'ai besoin d'une cigarette, dit Sonia en se levant. Elle retourna à la fenêtre de la cuisine.

Pendant ce temps, les deux hommes parlèrent de tout et de rien. Jean présenta à Damien l'entreprise qu'il essayait de monter. Il était encore et surtout dans la paperasse mais avait déjà trouvé deux artisans dont il admirait le travail pour sa première collection. Le jeune homme avait une idée précise de ce qu'il voulait faire : des chaussures sur mesure, destinées à une clientèle de luxe. Des produits soignés, parfaits, un marketing bien rodé... Il avait confiance en lui, était certain que son idée était viable. Damien admirait l'enthousiasme de Jean. Il l'enviait presque. Il se sentait bien ici, dans cet appartement, avec des gens intéressants, du bon café, une conversation à bâtons rompus. Le policier savoura ces quelques minutes de plénitude. Seule ombre au tableau : la jeune femme qui fumait à quelques mètres. Damien jeta un coup d'œil. Elle luttait pour ne pas faire entrer la fumée de cigarette ni la pluie dans la pièce. Quand elle revint dans le salon, il hasarda :

« Je ne savais pas que tu fumais.

- Je viens de reprendre, avoua la jeune femme. Je suis un peu... stressée en ce moment.

Ma fille me mène la vie dure. Et puis la mort de Mélanie, maintenant...

- Tu devrais lui parler de ta patiente, l'interrompit Jean. Il peut peut-être t'aider...

- Jean ! le rabroua Sonia. Mais celui-ci planta son regard dans le sien et ne lâcha pas prise. La psychologue sut rapidement qu'elle avait perdu la partie et se retourna vers Damien. Bon, ok. Voilà, j'ai une patiente qui s'est présentée au Centre d'accueil et d'écoute il y a quelques semaines. Je n'ai que son nom : Martine Sanoise. Elle ne parle qu'à moi et ne veut pas d'aide sociale. Mais elle vit à la rue, c'est certain. Tout porte à croire qu'elle a fait ou fait encore partie d'une secte.

- Tu veux que je me renseigne sur le mouvement dont elle fait partie ?

- A vrai dire, je ne sais pas de quelle secte il s'agit. Elle me raconte sa vie par bribes et des fois c'est assez... En fait, il semble qu'elle ait été enlevée à dix ans par un culte uniquement composée de femmes. Ces femmes vénèrent la Mère Première. Elles vivent toutes dans une grande bâtisse. Et si j'ai bien compris, c'est un culte assez guerrier : les adeptes vivent dans la peur constante, on les oblige à sa battre entre elles... Malheureusement c'est tout ce que j'ai.

- C'est à la fois beaucoup mais pas assez pour que je puisse trouver des informations. A part peut-être cette Mère Première.... Réfléchit Damien.

- Il y a aussi une partie plus extraordinaire, intervint Jean. Je suis désolée Sonia mais c'est le moment de tout dire. Tu ne peux pas t'arrêter là. Cette femme lui a dit que le bâtiment où elle vivait était hors du temps, qu'il n'était pas sur Terre. Elle a aussi parlé d'un monstre qui rôde la nuit et qui vole les souvenirs des gens. Et d'autres choses encore. Et puis il y a Johanna dans tout ça…

- Jean ! Cria Sonia. Bordel, c'est moi que ça concerne ça ! Tu te prends pour qui à parler à ma place ?!

- Mais putain Sonia ! Je veux juste aider ta fille ! Ouvre un peu les yeux ! Je te connais, tu ne vas rien dire et essayer de régler ça par toi-même mais tu dois admettre que tout ça te dépasse. Damien peut peut-être nous aider, tu ne crois pas ? Je sais que tu es une grande fille, tu n'as pas besoin d'un chevalier blanc mais je suis ton ami. T'es tout pour moi, et la petite aussi… Alors s'il-te-plaît, laisse-moi t'aider. Je ne vais pas divulguer tous tes secrets, rassure-toi. »

Sonia ne répondit rien. Jean avait les joues rouges et les larmes aux yeux. La jeune femme déglutit. Jean venait de lui faire la promesse implicite de ne pas parler d'Alex. Il était allé trop loin de toute façon, autant finir l'histoire. Sonia hocha la tête en signe d'acquiescement et entreprit d'expliquer à Damien le lien entre Martine Sanoise et Johanna. Après tout, un flic qui croit au paranormal, on en croisait pas à chaque coin de rue.

Damien quitta ses hôtes vers 1h du matin. Après le café, ils avaient finalement ouvert une bouteille de vin. Quand Jean voulut prendre congés à son tour, il hésita. Sonia le regardait, les lèvres pincées, les mains derrière le dos. Soudain, elle n'y tint plus, éclata en sanglots et se réfugia contre son ami. Elle pleura de tout son saoul, répétant le nom de Mélanie entre deux sanglots. Quand enfin elle s'apaisa, Jean lui proposa de rester dormir avec elle. Sonia fut soulagée qu'il lui propose, elle était trop fière pour lui demander de passer la nuit avec elle. Elle s'endormit contre lui, rassurée, et ne fit pas de cauchemar cette nuit-là.

CHAPITRE 19

Ce jeudi, le Centre d'Accueil et d'Ecoute d'Aurac n'ouvrit pas ses portes au public. Cependant, Sonia, Salma et Déborah décidèrent de s'y retrouver. Autour d'un café, dans le bureau de Mélanie, elles discutèrent, évoquèrent les incohérences, l'absurdité de cette mort et la personnalité de leur défunte collègue. Déborah avait pris une petite dose de Lexomil et semblait partir dans son monde à elle toutes les cinq minutes. Sonia ne se fit pas prier pour fumer à l'intérieur du bâtiment. Quant à Salma, elle avait le visage fatigué et les cheveux attachés à la va-vite, ce qui ne lui ressemblait pas. Sonia leur avait caché que Damien Mirisse était venu la voir personnellement et se contenta de partager des informations qu'elles toutes connaissaient déjà.

« Ils vont embaucher quelqu'un d'autre ? demanda Sonia.

- Ce n'est pas encore clair, répondit Salma. Il est possible qu'ils mutent quelqu'un ici. Ou alors que je reprenne les responsabilités de Mélanie et dans ce cas, on embaucherait une nouvelle personne à ma place. Plusieurs pistes à l'étude… Après, tu sais ce que c'est. Ils vont faire trainer, ce sera toujours un salaire de moins à verser.

- Ce que tu es cynique ! la rabroua Déborah.

- Pourtant c'est la vérité et faut faire avec ! dit Salma en haussant le ton.

- Putain mais je comprends pas, je comprends pas, répondait Sonia. Rien ne va pas dans cette histoire !

- Si on avait plus de moyens on... commença Salma.

- Oh merde Salma ! Merde ! intervint la juriste, sortie de son passage à vide. Je veux dire, Mélanie est morte. Tu crois que c'est le moment pour parler politique ou quoi ? Tu veux pas mettre ça de côté un peu ?! »

Cette dernière marque de tension fut suivie d'un lourd silence. Au bout de quelques minutes, Déborah décida de partir. Les deux autres femmes décidèrent de la suivre et elles se séparèrent sur le trottoir. Sonia se retrouva désemparée. Le temps était maussade, elle frissonna sous sa veste bien trop légère pour la saison. Finalement, elle décida de traîner en centre-ville avant d'aller cherche sa fille. Elle décommanda la baby-sitter qui devait récupérer la petite fille et sourit. Voilà une surprise qui ferait plaisir à Johanna. Et de fait, quand celle-ci vit sa mère à la grille, elle courut se jeter dans ses bras. Elles goûtèrent, regardèrent un bon vieux Disney et passèrent du bon temps ensemble. Mais Sonia redoutait l'heure du coucher. Qui sait ce qui allait se passer dans les rêves de sa fille ?

Johanna est de nouveau avec le garçon. Plus elle vient dans ce monde, plus elle en apprivoise l'atmosphère, plus ses sens cachés se développent. Elle sent qu'elle est dans un endroit particulier. La petite fille sent que quelque chose ne va pas. Le garçon est devant elle, toujours de dos, toujours habillé de la même façon. Il fait sombre. Johanna lève la tête et découvre au-dessus d'elle un ciel noir fait de nuages verts et gris qui ne se cessent de se déchirer et de se reformer, encore plus menaçants. Cela lui fait peur, alors elle reporte son attention sur le garçon et l'appelle :

« Alex…

- Je sais que je te fais encore venir ici, Johanna mais j'ai besoin de toi. Pour ta mère, je te l'ai dit.

- Oui, mais tu m'as fait peur la dernière fois. Et t'étais plus gentil avant. Je sais plus si je veux jouer avec toi.

- Je m'énerve parce que… le temps presse. Pour ta mère. Elle est en danger et je voudrais la protéger, tu comprends ?

- Je crois. Mais je sais pas trop qui tu es. Et c'est toi qui m'appelles et ça me fait aller vers le bas, ici. Et j'aime pas ici. Enfin, si j'aimais bien avant, avec la maison, et tu jouais avec moi. Mais maintenant, je veux plus. »

Johanna prend un air boudeur et croise les bras. Elle ne veut plus être dans cet étrange univers où elle ne contrôle quasiment rien. C'est Alex qui fait tout ici, c'est chez lui. Il essaye pourtant de lui expliquer les choses mais elle se sent parfois trop petite pour comprendre. C'est un truc de grandes personnes et la fillette est dépassée. Le garçon ne lui répond pas mais des ondes mauvaises émanent de tout son corps. Ses poings se serrent. Johanna sent soudain la peur étreindre sa poitrine. Elle fait un pas en arrière, elle veut s'enfuir mais Alex reprend enfin :

« Ecoute, ta mère est en danger et je dois l'aider. Parce que je l'aime. Et j'ai besoin de toi pour parler à Sonia dans ses rêves. Parce que tu es... comme un pont.

- Ah..., dit Johanna en faisant un second pas en arrière.

- Tu es une fille extraordinaire mais je n'hésiterai pas à te faire du mal si tu refuses de m'aider. Imagine si ta maman apprenait que tu as refusé de m'aider ? Imagine qu'il arrive malheur à ta maman, ce serait ta faute. Tu comprends ça ?

- Je sais pas trop... dit la fille en sanglotant.

- Il faut que tu m'aides. Je veux sauver Sonia.

- Mais je sais pas comment faire ! Et puis je sais pas qui tu es ! Je veux rentrer chez moi !

crit la petite brune entre deux sanglots. Elle pleure maintenant à chaudes larmes.

- Tu vas faire ce que je te dis ! rugit Alex qui se retourne. »

Johanna veut hurler mais son cri reste coincé dans sa gorge. La face cachée d'Alex est une vision de cauchemar. Son jean est déchiré à de multiples endroits et les trous dans le tissu imbibé de sang laissent apparaître d'horribles blessures. Son t-shirt est dans le même état lamentable, Johanna peut voir sa peau déchirée et suintante sous les lambeaux de tissu. Les bras nus de l'adolescent n'ont plus de chair à certains endroits et laissent entrevoir ses os. Mais plus que tout, c'est le visage d'Alex qui effraye la petite fille. La majeure partie de son visage est écorchée, il lui manque un morceau de lèvre inférieure et son œil gauche sans paupière semble prêt à jaillir de son orbite. Alex s'avance vers Johanna, bras tendus. La fillette recule et ferma les yeux. Sans savoir vraiment ce qu'elle fait, elle tend ses propres mains vers l'horreur qui se tient à présent devant elle et crie de toutes ses forces pour la repousser. Son hurlement est perçant, comme si tout en elle s'y déverse, comme si elle se vomit elle-même. Tout à coup, son corps est vide mais la sensation ne dure que l'espace d'une seconde. Johanna ouvre à nouveau les yeux. Tout autour d'elle n'est plus que lumière aveuglante.

Soudain, elle se sentit aspirée vers le haut et se retrouva empêtrée dans ses draps. La veilleuse près de sa table de chevet brillait faiblement et sa mère se tenait à genoux, au pied de son lit. Elle la regardait en tremblant, et Johanna crut discerner de la peur dans ce regard. Elle se jeta malgré tout dans les bras de Sonia en pleurant.

Quand sa mère vint la réveiller le lendemain pour aller à l'école, Johanna se leva sans rechigner. Elle n'était pas fatiguée, elle se sentait même bien, reposée, vidée. Si elle avait connu ce mot, elle se serait définie comme « sereine » mais ce concept lui était encore étranger. Cependant, elle ressentit une pointe d'inquiétude pour sa mère qui avait les traits tirés. Elle devait lui parler du garçon mais préféra enfouir cette vision de cauchemars au plus profond d'elle-même. Quand sa mère la déposa à l'école, elle lui fuit un énorme baiser mouillé et lui adressa un grand sourire. Ne t'inquiète pas maman, tu peux dormir maintenant... Sonia lui sourit à son tour.

Le temps était nuageux mais au moins il ne pleuvait pas. Sonia en profita pour ouvrir les fenêtres de son cabinet et aérer la pièce. Elle retourna dans la salle d'attente et alluma la chaîne hi-fi. La jeune femme était fatiguée. Encore une fois, elle avait eu peur pour sa fille qui n'avait cessé de gémir et de faire des grimaces pendant son sommeil. Heureusement qu'elle avait l'air reposée et souriante au matin.

Ce qui est tout à fait normal, tu en conviendras... Non, bien sûr que ça ne l'était pas ! Mais Sonia mit cette pensée de côté, en se promettant d'y revenir plus tard. Le plus important était que Johanna aille bien ce matin. Sonia attacha ses cheveux en chignon, alluma son ordinateur et jeta un œil à une des horloges cachées. Bientôt 9h. Son premier patient allait arriver. Le jeune Stéphane avait fait des progrès depuis le début de leurs entretiens. Il lui manquait encore de la confiance en lui mais Sonia ne doutait pas qu'il allait vite trouver cette assurance qui lui faisait défaut. La psychologue fut tirée de ses pensées par la sonnerie de son téléphone portable. Le texto était signé de Stéphane : il devait annuler son rendez-vous à la dernière minute, il en était désolé. L'interphone retentit et fit sursauter Sonia. Elle se précipita vers le boîtier accroché au mur d'en face pour faire taire la sonnerie stridente et savoir qui se permettait d'insister autant. Elle appuya sur le bouton :

« Oui ?

- Madame Saint-Erme ? Vous êtes là ? demanda une petite reconnaissable entre toutes. Je passais là et je me disais... peut-être que je pouvais venir vous parler ?

- Montez, répondit Sonia en déverrouillant la porte. »

CHAPITRE 20

Martine Sanoise se mordillait les lèvres et ses yeux parcouraient la pièce sans s'arrêter. Elle était enfoncée dans un des canapés, face à la psychologue. Ses cheveux étaient lâchés et lui tombaient dans les yeux mais elle ne s'en souciait pas. Elle avait remonté ses pieds sur les coussins et après avoir essayé plusieurs positions, avait fini par s'asseoir en tailleur après avoir retiré ses chaussures dans un geste théâtral. Sonia la regardait sans rien dire. Que voulait cette femme ? Sonia décida d'attaquer de front :

« Qu'avez-vous dit à Stéphane ? »

Martine fit mine de ne pas entendre la question. Ses yeux balayaient maintenant le plafond, lui donnant des airs de petite fille perdue.

« Martine, je vous ai posé une question. Je veux comprendre ce que vous me voulez. »

La colère empourprait les joues de Sonia.

« Martine, si vous ne répondez pas, je vais être obligée de vous demander de partir. »

La psychologue s'en voulut aussitôt d'avoir été aussi polie. Devant un nouveau silence, elle se leva et se planta devant la femme. Les mains sur les hanches, elle lui ordonna de quitter la pièce. Comme Martine ne bougeait pas, elle prit son téléphone et annonça qu'elle appelait la police. Alors, enfin, la blonde réagit :

« Non ! cria-t-elle. Non, ne faites pas ça !

- Alors répondez à ma question ou allez-vous en !

- Je ne vais pas partir. Et je ne vais pas répondre à votre question, répondit Martine en souriant. Je dois vous parler, c'est important. C'est pour la Mère Première.

A ces mots, Sonia fut tentée de revenir sur ses menaces. Non, le piège était grossier. Il fallait que cette femme s'en aille. Mais tant de questions resteraient alors sans réponses... Comme son lien avec sa fille. Sonia déglutit.

- Non Martine, ça suffit. Il ne faut pas me prendre pour une imbécile. Je ne sais pas ce que vous voulez et... je ne veux pas le savoir.

- Vraiment ? Moi je crois que si, vous avez besoin de réponses. Je les ai. Vous-ai-je parlé des prêtresses ? Vous ne voulez pas savoir ce qui se cache sous leur grande robe ? Vous ne voulez pas m'aider ?

- Vous n'êtes pas ici pour que je vous aide. Je ne sais pas ce que...

- Si je pars, alors vous ne saurez pas ce qui attend Johanna, l'interrompit Martine, toujours en souriant.

- Ne touchez pas à ma fille !

- Je n'en ai pas l'intention. C'est vous qui m'intéressez. C'est à vous que je veux parler. Laissez-moi vous parler encore un peu. »

Sonia était furieuse mais Martine avait raison. Elle menait la danse, elle pouvait faire d'elle ce qu'elle voulait. Maintenant que Johanna était clairement dans le jeu, la psychologue ne pouvait plus reculer. Elle souffla, chassa l'envie impérieuse d'une cigarette et se rassit. Elle attrapa un bloc-notes et un stylo, croisa les jambes puis planta son regard dans celui de sa patiente.

« Allez-y, racontez-moi, lança-t-elle d'une voix qu'elle voulut glaciale.

- Je dois vous parler des prêtresses, les servantes de la Mère Première. Ce sont elles qui viennent nous chercher, qui parcourent le temps et l'espace pour nous emmener jusqu'au Temple de la déesse. Elles sont ses âmes damnées, des créatures qui lui sont entièrement dévouées. Elles se cachent sous de grandes robes pourpres à capuche et ne parlent que dans votre tête. Elles ne se cachent pas par honte mais parce qu'à la vue de leur nature, beaucoup sombreraient dans la folie. J'ai eu l'occasion d'en voir une sans sa robe, madame Saint-Erme, et je jure par toutes les déesses d'Ishtar que j'aimerais effacer cette vision de mes souvenirs. Ces créatures mesurent deux mètres de haut, elles ont un corps humain mais leurs longues jambes se terminent par des sabots. Elles ont un très petit torse, une taille si fine ! Et de très petits seins, à peine nés. Au bout de leurs longs bras, elles ont des mains dont les doigts peuvent être des griffes tranchantes. Leur peau est blanche comme la neige. Leur tête est nue, elles n'ont pas de cheveux, ni d'oreilles, ni de nez, leur tête est lisse et parfaite. Mais à la place de la bouche, il y a certes des lèvres... mais pas celles qu'on s'attend à voir. A la place de la bouche, il y a un sexe de femme, mais à l'horizontal, vous voyez ? Et entre leurs cuisses pâles, au milieu d'un triangle de poils noirs, il y a un œil qui vous regarde. Un œil noir toujours ouvert. Qui regarde. Cet œil m'a vu et je me suis enfuie. Je suis retournée jusqu'à ma cellule. Je n'ai pas dormi pendant plusieurs jours. »

Sonia fixait son interlocutrice sans mot dire. Elle baissa les yeux et vit qu'elle avait essayé de dessiner une des prêtresses dans son carnet. Le résultat la fit frémir. Comment une chose pareille pouvait-elle exister ? Elle rapporta son attention sur Martine Sanoise. Celle-ci avait changé de position et serrait ses genoux contre sa poitrine, visiblement choquée par son propre récit. Quand elle vit que la psychologue était perturbée par la description qu'elle venait de faire, elle sourit et se détendit.

« Il est difficile d'imaginer de telles créatures, n'est-ce pas madame Saint-Erme ? Pourtant elles existent. Il y a plusieurs histoires qui courent à leur sujet. J'ai entendu dire qu'elles venaient d'une contrée infernale où nul humain ne peut entrer, loin par-delà les vastes univers. Certaines racontent que les Prêtresses étaient des femmes que la Mère Première a transformées en servantes. Il y a tant de secrets... Tellement de choses à savoir et d'autres à ignorer... M'lehy Iä Rlor... »

Martine s'était mise à psalmodier dans cette langue incompréhensible. Sonia refit sa queue de cheval, glissa quelques mèches de cheveux derrière ses oreilles et prit une grande inspiration. L'air de la pièce était lourd. Le silence régnait. La jeune femme s'aperçut avec effroi que les pendules s'étaient de nouveau toutes arrêtées. Martine continuait de réciter ses prières tout en se balançant. Les murs semblaient se rapprocher. Sonia déglutit. Elle manquait d'air ! Elle suffoquait ! N'y tenant plus, elle bondit de son siège et gifla sa patiente du plus fort qu'elle put. Le charme se brisa. Sonia aspira tout l'air qu'elle put tandis que Martine se frottait la joue en la fixant d'un regard noir.

« Maintenant, sortez ! ordonna la psychologue.

- Je reviendrais, vous le savez. Vous avez besoin de moi.

- Sortez ! répéta-t-elle plus bas. Sortez, tout de suite ! »

Martine se leva, remit ses chaussures et prit son temps pour quitter le cabinet de Sonia. Une fois seule, Sonia s'effondra. Dieu qu'elle avait eu peur !

Johanna attendait patiemment que sa mère vienne la chercher à l'école. Le vendredi, c'était elle qui venait. Mais ce jour-là, elle était en retard. La fillette jouait distraitement à empiler des cubes avec une de ses camarades. Mais ce jeu qui l'amusait la veille, l'ennuyait maintenant mortellement. Elle regarda l'ensemble de la salle et étudia les autres enfants. Elle se sentait à la fois proche et éloignée d'eux, comme si elle savait un secret que personne d'autre ne connaissait et qui la rendait… supérieure. Quand enfin sa mère fit son apparition, elle courut se jeter dans ses bras. Sonia la serra fort contre elle et la ramena sans dire un mot à l'appartement. Elle avait l'air préoccupée. Johanna lui raconta néanmoins sa journée avec entrain. Comme toujours. Après avoir goûté, Sonia demanda à sa fille de s'asseoir avec elle sur le canapé. Dans ses mains, elle avait une pile de feuilles. Johanna reconnut ses dessins. Ceux qu'elle avait cachés sous son lit.

« Mon poussin, tout d'abord, je ne vais pas te mentir : je suis allée dans ta chambre et j'ai fouillé dans tes affaires. Oui, je sais, je t'ai interdit de fouiller dans les miennes et moi… Je l'ai fait parce que j'étais inquiète. Tu comprends ?

- Je crois, dit Johanna, prudente mais choquée que sa mère ait transgressé une de ses propres règles.

- J'ai vu que depuis quelques temps, tu dessinais des choses un peu étranges, pas comme d'habitude. Pour appuyer ses propos, Sonia étala les dessins sur la table basse. Chanel en profita pour venir voir ce qu'il se passait et sauta sur la table. Elle en fut vite chassée par sa maîtresse. Regarde, sur celui-là, tu as dessiné des fenêtres ouvertes et fermées en même temps. Là, des yeux noirs, juste des yeux noirs qui ont l'air méchant. Et sur celui-ci, le garçon de tes cauchemars toujours de dos…

- Il viendra plus maman, je te promets ! intervint Johanna. Il m'a fait peur alors je lui ai dit de partir. Tu peux faire dodo maintenant. C'est vrai, je te jure maman ! »

A ces mots, Sonia se raidit. Que voulait-elle dire ? Qu'en était-il d'Alex ? C'était une autre histoire, elle devait se concentrer sur le lien qui unissait sa fille à Martine Sanoise. Elle reprit :

« Et regarde, là, tu as dessiné ce drôle d'oiseau…

- Un phoenix.

- Tu sais ce que c'est ?

- Non.

- Alors comment as-tu pu le dessiner ? Et comment tu connais ce nom ? Tu peux me dire mon poussin, tu peux me raconter.

- Ben, c'est juste que ça vient comme ça. Des fois je me promène ailleurs. Mais je sais que tu ne peux pas bien comprendre. C'est juste pour moi. Je peux pas t'emmener.

- M'emmener où ?

- Ben ailleurs. Dans le ailleurs du haut. Parce que le bas, c'était Alex qui... Johanna frémit et chassa bien vite de son esprit le visage ensanglanté du garçon. Mais lui, il pourra plus venir me chercher. Et toi non plus, il ne pourra plus venir te chercher. Sinon je vais vers le haut. Après je suis ailleurs. Je peux pas te dire plus. Je peux aller jouer dans ma chambre, maintenant ? S'il-te-plaît maman ? Je peux ? »

Sonia sut qu'elle ne tirerait rien de plus de sa fille et la laissa partir. Le chat réapparut et s'installa sur les feuilles étalées sur la petite table, tout en regardant sa maîtresse d'un air de défi. Sonia la gratouilla entre les oreilles et alluma la télé. Elle était confuse. Elle avait envie d'une cigarette mais se retint tant que Johanna était réveillée.

Cette nuit-là, Sonia ne fit aucun rêve. Quand elle se réveilla, elle fut prise d'un étrange sentiment. Il y avait un vide. Alors ainsi, c'était fini ? Elle ne verrait plus Alex ? Elle l'avait perdu encore une fois ? Encore une fois...

CHAPITRE 21

Jean passa samedi midi. Il n'avait pas prévenu Sonia et celle-ci fut surprise de le voir débarquer en plein week-end. Installés tous les deux autour d'un café, pendant que Johanna faisait une sieste, il lui exposa le but de sa visite :

« J'ai parlé de ton histoire à mon amoureux.

- De quelle histoire ?

- Celle de Martine, de la secte bizarre. Je sais que tu te débrouilles très bien toute seule mais j'ai peur pour toi et pour Johanna. Alors j'ai voulu t'aider à ma façon. J'ai parlé avec lui, comme il a des contacts, j'ai pensé qu'il pouvait peut-être aider.

- C'est le Ministre de l'Intérieur ?! s'exclama Sonia.

- Non, souffla Jean, exaspéré. Mais il a déjà bossé là-bas et il se trouve qu'il connaît quelqu'un qui a fait partie de la Miviludes, tu sais, l'organisation du gouvernement qui surveille les sectes ? Alors ce mec-là connaît une nana qui pourrait nous être super utile.

- Explique-moi, l'encouragea Sonia.

- C'est une vieille prof d'Histoire un peu... Enfin les gens disent qu'elle est un peu sur la lune, tu vois ce que je veux dire. Mais c'est une sommité dans le domaine des sectes, même si on se fout d'elle dans son dos parce qu'elle fait un peu mamie gâteau. Il s'agit du Professeure Alicia Herbert. Elle habite à Paris. Elle peut nous recevoir dès mardi.

- Oh putain, Jean ! T'es génial !

- J'ai déjà pris deux billets de train, on doit être chez elle à 10h. Je suis désolé, tu vas sûrement devoir annuler des rendez-vous et Louis pourra récupérer Johanna après la classe. J'ai tout arrangé, conclut le jeune homme fièrement.

- Je ne sais pas quoi te dire… murmura Sonia. Elle le serra fort contre elle. Je t'aime tellement, tu sais. Par contre, je voudrais que Damien vienne avec nous.

- Pourquoi ?

- Parce qu'il fait partie de l'histoire et on a besoin de tous les cerveaux disponibles. Il faut que je te raconte ce qui s'est passé hier. J'ai revu Martine. »

Sonia raconte à son ami les événements de la veille. Quand Johanna se réveilla, ils décidèrent de se promener tous les trois. Le temps était sec quoique couvert. Sonia regardait sa fille jouer dans le parc avec anxiété. Jean le remarqua mais ne dit rien. Lui aussi avait noté un changement de comportement chez la petite brune. Imperceptible pour le commun des mortels mais pour lui qui la connaissait depuis sa naissance, ce changement le choquait. Il n'aurait pu définir ce que c'était. Johanna était juste... différente.

Le voyage en train fut silencieux. Chacun était plongé dans ses pensées. Après 90 minutes de trajet et dix minutes de métro, ils se retrouvèrent devant l'immeuble du Professeure Herbert. Il faisait plus chaud qu'à Aurac et si Jean avait l'air de se sentir à son aise dans la capitale, Sonia et Damien étaient plus réservés. La professeure habitait au deuxième étage d'un immeuble de type haussmannien, très bien placé dans Paris. Les escaliers étaient recouverts d'une moquette rouge très bien entretenue et les appartements se cachaient derrière de grosses portes de bois vernies. C'est Jean qui avait appuyé sur l'interphone. Personne n'avait répondu mais on leur avait ouvert la porte. Ils étaient maintenant tous les trois assis dans des vieux fauteuils dépareillés dans un grand salon haut de plafond qui donnait sur la rue. Deux des murs étaient pris par des étagères vitrées abritant des centaines de livres. Sur le troisième, peint en blanc, on avait accroché une toile de Chagall. Ce n'était pas une reproduction. En face d'eux, Alicia Herbert était avachie dans un canapé rouge. Habillée strictement d'un tailleur-pantalon gris, elle portait des perles à son cou et à ses oreilles. Ses cheveux gris voire blancs étaient courts, coiffés à la garçonne. Ils s'étaient tous présentés quand une seconde femme revint de la cuisine, avec un plateau chargé de tasses de café fumant et de petits gâteaux. Ses pieds nus faisaient craquer le parquet. Vêtue d'une robe noire très simple, sa tenue devenait singulière grâce à d'innombrables accessoires dorés. Ses longs cheveux gris étaient remontés en chignon sur le haut de sa tête. Elle déposa le plateau sur une petite table basse en bois brut et prit place aux côtés d'Alicia Herbert. Celle-ci prit la parole d'une voix douce mais ferme :

« Servez-vous, je vous en prie. Nathalie fait le café comme personne !

- Merci de nous recevoir professeur, dit Jean avant de prendre une tasse.

- Oh, j'essaie toujours de rendre service aux vieux amis. Je n'ai jamais fait partie de la Miviludes mais ils m'ont contacté très souvent. Laissez-moi deviner, on vous a dit que j'étais un peu excentrique ou un peu fofolle, non ? demanda-t-elle avec un sourire en coin. Il suffit d'une ou deux personnes bien placées assez rétrogrades pour vous fermer les portes. Heureusement que j'ai toujours eu quelques amis dans la place quand même… Mais comme vous pouvez le constater, ça ne m'a pas empêché de faire mon petit bonhomme de chemin.

- Je pense qu'on ne vous pas dit qu'elle était surtout bavarde, intervint Nathalie.

- Oh je t'en prie ! Mais tu as raison ma belle, je parle trop. Bien, les présentations sont faites maintenant. Alors parlons du sujet qui nous préoccupe. Je ne vous cache pas qu'on m'a dit très peu de choses mais si vous voulez bien reprendre votre histoire depuis le début… Je sens que ça va être très intéressant. »

Sonia raconta tout : l'apparition de Martine, le Temple, l'histoire de sa mère, le tatouage, les adeptes poussées à s'entre-tuer, la Mère Première, les prêtresses, Sheab-Naggath… La psychologue insista sur le comportement étrange de Martine et s'avoua perdue quant aux buts de cette femme. Pendant son monologue, Alicia Herbert avait pris quelques notes et tout enregistré sur un petit magnétophone. Quand Sonia eut terminé, les tasses étaient vides tout comme la boîte de gâteaux. Alicia invita Sonia à fumer sur le balcon, arguant qu'après un tel récit, une pause ferait sûrement du bien à tout le monde. Pendant ce temps, Nathalie débarrassa la table et retourna en cuisine préparer des sandwichs. Elle refusa l'aide des deux hommes, prétextant que les invités n'avaient à toucher à rien et les poussa à regarder les ouvrages rares que sa compagne collectionnait derrière les vitres de sa bibliothèque.

Quand ils furent tous revenus à leurs places, Alicia Herbert prit la parole.

« Madame Saint-Erme, vous n'avez pas idée de l'importance du témoignage que vous venez d'apporter. Je m'explique. Comme vous le savez, je suis professeure d'Histoire mais mon sujet de prédilection, ce sont les cultes secrets européens à travers les âges. Je m'intéresse de très près aux cultes féminins, aux sorcières. Et nous avons affaire ici à la plus puissante d'entre toutes. Tout d'abord, sachez que pendant mes premières années de recherche, j'étais quelqu'un de rationnel mais plusieurs événements dans ma vie m'ont convaincue qu'il existe des choses que la science ne peut pas expliquer. Les sorcières existent, leur pouvoir n'est pas juste une légende pour se faire peur au coin du feu. Et Nathalie partage cette vision des choses. Elle-même pratique un peu de magie. Les choses sont claires. Je vais maintenant pouvoir vous parler de la Mère Première. Ce nom ne m'est pas inconnu, au contraire. Elle n'est pas connue du grand public par contre, elle a toujours réussi à être discrète. Il m'a fallu des années pour réunir le peu de choses que je sais sur elle. Elle a traversé les siècles sous plusieurs noms : la Mère Première donc mais on la retrouve aussi sous ce qui pourrait être son véritable nom : Ambrosia. Elle a d'autres pseudonymes : la Marraine des Cauchemars, Insilia la Déesse Noire, la Grande Sorcière, Mère des Démons... Elle fait sa première apparition en Irlande au XIIe siècle. Je suis sûre qu'elle n'est pas plus vieille que ça. Mais j'ai des doutes sur certaines pierres très anciennes exhumées au Tibet... Enfin bref. Ambrosia est au départ une humaine comme vous et moi, mais qui posséde un talent naturel pour la magie. Elle l'a bien entretenu et travaillé, croyez-moi. Elle a très tôt fixé son objectif : dépasser son humanité, devenir une déesse. Evidemment, ça ne se fait pas du jour au lendemain. Elle a poursuivi ce but pendant des siècles ! Elle a réuni autour d'elle des serviteurs, mais surtout des servantes. Je ne sais pas encore pourquoi mais Ambrosia a développé une haine des hommes, du sexe masculin. Partout en Europe, il y a eu des meurtres d'hommes et de garçons liés à elle. Laissez-moi vous donner deux exemples. En 1892, dans un petit village perdu au milieu de la Bretagne, les femmes et les filles ont massacré tous les hommes du village en une nuit : époux, pères, amis, fils, frères... Elles ont ensuite réuni les corps sur la place du village et les ont fait brûler. On dit qu'une femme cachée sous une grande cape dorée les a ensuite toutes menées dans la forêt où elles ont disparu. Plus près de nous, en 1997, à Paris même, on a arrêté un garçon d'à peine quinze ans qui a essayé de tuer ses camarades de classe. Il a seulement pu nous dire qu'une grande femme portant un masque blanc venait lui parler dans ses cauchemars et lui avait ordonné de tuer ses amis. Il est toujours interné à l'heure qu'il est. Ce que je vais vous dire est très intéressant maintenant : on perd la trace d'Ambrosia à la fin des années 80. Il n'est plus fait mention d'elle comme une personne physique, vous voyez ? Plus de témoignage direct. Elle apparaît uniquement par l'entremise des rêves. Pourquoi un tel changement ? A-t-elle réussi à devenir une déesse ? Ou au contraire, a-t-elle échoué, perdue dans d'autres mondes et essayant de revenir ? Je ne suis pas encore certaine. Mais la connaissant, je pencherai pour la seconde option. Si je recoupe tous mes renseignements, je pense qu'il existe un culte qui lui est dédié, qui est très actif. Qui tue pour elle.

- Qui tue pour elle ? l'interrompit Damien.
- Ah je vois que monsieur le policier se réveille, le taquina Alicia. Je collecte mes informations à plusieurs sources. Il y a les ouvrages, plus ou moins anciens, plus ou moins rares voire interdits... Mais je consulte aussi beaucoup de magazines, de tabloïds qui rapportent des faits divers, des phénomènes inexpliqués, des sites Internet, des forums... J'ai monté un réseau d'une dizaine de personnes éparpillées dans le monde qui m'aident dans mon travail. Sans compter, mais c'est vraiment très rare, les témoignages directs comme celui que vous m'apportez aujourd'hui. Je peux ainsi mettre en relation des dizaines voire des centaines de meurtres soi-disant élucidés, d'accidents... C'est un travail de titan, j'en conviens. Mais il faudrait être aveugle pour ne pas arriver à de telles conclusions, quand on a cette masse de preuves sous les yeux ! »

Alicia Herbert s'interrompit et s'enfonça dans son canapé. Son regard pétillait tant elle prenait de plaisir à disserter sur son sujet favori. Alicia Herbert avait une voix posée et un ton dynamique qui captivait son auditoire. Mais il n'était pas facile pour tout le monde d'accepter un tel discours. Damien était le plus réceptif aux dimensions paranormales du récit, Sonia savait au fond d'elle-même que la professeure n'était pas une affabulatrice. Quant à Jean, il regardait ses mains sans prononcer un mot. Bien sûr, il n'avait jamais remis en cause les histoires de Sonia et d'Alex mais là, c'était différent. Peut-être avait-il accepté les récits paranormaux de son amie sans chercher à comprendre, en se disant au fond de lui qu'un jour ils en riraient tous les deux. Sonia se demanderait comment elle avait pu croire en tout cela... Jean se rendit compte qu'il n'avait pas été si sincère avec elle.

CHAPITRE 22

« Comment savez-vous tout ça ?

La question brisa le silence qui s'était installé dans le salon parisien. Tous se retournèrent vers Sonia. Elle parlait d'une voix très calme.

- Vous nous avez expliqué : vos recherches depuis des années, les livres, votre réseau d'informateurs... Je trouve ça incroyable que vous ayez relié des faits qui n'avaient rien à voir entre eux et découvert l'existence de cette Ambrosia. Mais d'un autre côté, j'ai l'impression qu'il s'agit plutôt de suppositions. Le danger, c'est que vous vous soyez forgé une hypothèse et que vous interprétiez tout ce qui vous tombe sous la main de façon à ce que ça aille dans votre sens. Alors que vous devriez faire l'inverse. Je sais que je dois être offensante... Mais je vous crois sans y croire... Je ne sais pas quoi penser.

- Alors vous essayez de rationnaliser la chose, continua Alicia Herbert. Je viens de vous faire un condensé de ce que je sais. Je pourrais vous parler plus en détails de la Mère des Démons. La moitié de ma bibliothèque lui est consacrée et Nathalie m'a remonté les bretelles plus d'une fois quand elle jugeait que l'intérêt devenait addiction. Il y a la sorcière, ce côté magique et mystérieux bien sûr mais il y a aussi la femme : son caractère, son indépendance, sa force et sa haine des hommes. Je ne partage pas cette rage qu'elle a en elle mais j'aimerais la comprendre. Sans doute mon côté féministe, rit Alicia.

- Ce qu'il vous faut comprendre, intervint Nathalie, c'est que les recherches d'Alicia sur cette femme sont le travail de toute une vie. Oui, elle pourrait se laisser emporter mais je suis son garde-fou. J'ai toujours un œil sur ses travaux et je vous assure qu'elle n'exagère en rien. Vous avez fait face au paranormal, tout comme Damien Mirisse. Je le sais. Alicia vous l'a dit, je pratique un peu de magie. J'ai quelques dons de voyance, qui ne sont pas très développés certes mais ils me permettent d'avoir des intuitions, des rêves prémonitoires… Ce que vous nous racontez aujourd'hui est d'une importance capitale. La Mère Première est dangereuse.

- Vous semblez en avoir vraiment peur, remarqua Damien devant la pâleur soudaine de son interlocutrice.

- Oui, j'ai peur. J'ai rencontré la Mère Première. En rêve. Je me souviens seulement d'une silhouette féminine et d'un masque blanc. Et d'une terreur sans nom… Je ne souhaite pas évoquer de nouveau ce cauchemar.

- Attendez ! cria Damien. Une femme m'a également raconté ça… Une témoin dans une affaire de meurtres. C'est elle qui a découvert les corps de ses voisins, tous tués d'une horrible façon. Toutes les portes et fenêtres étaient verrouillées de l'intérieur, les corps étaient dans le jardin. Et il manque la baby-sitter qui travaillait sous une fausse identité. La voisine, lors de sa déposition, m'a dit avoir rêvé d'une femme qui l'a terrifiée. Si vous saviez, j'en ai recensé des meurtres non élucidés ou bizarres impliquant une femme qui a disparu. J'essaie de faire le lien mais des choses m'échappent encore.

- Il y a un lien et je suis heureuse que vous ayez travaillé dessus, reprit Alicia Herbert. Quand je parlais tout à l'heure d'un culte prêt à tuer pour elle, je ne plaisantais pas. Et je compte parmi mes relations des personnes bien placées dans la police et les renseignements généraux. Comme vous, Monsieur Mirisse, nous avons identifié plusieurs morts étranges liées à des femmes depuis disparues. Je suis persuadée mais là, je vous l'accorde il s'agit d'une hypothèse, que ces morts servent la cause d'Ambrosia. Elle n'a plus d'enveloppe physique ou terrestre dirons-nous, et ce sang versé est pour elle. Pourquoi ? La première réponse qui me vient à l'esprit est que ce sang est une nourriture. »

La conversation fut interrompue par la sonnerie du portable de Jean. Celui-ci s'éloigna de ses compagnons pour décrocher. A l'autre bout du téléphone, son frère essayait d'expliquer les choses calmement.

Quand Louis raccrocha, il se sentit enfin soulagé mais pas encore en sécurité. Damien Mirisse lui avait promis qu'un collègue allait arriver très vite et rester avec lui jusqu'à ce qu'ils rentrent de Paris. Cela ne rassurait Louis que partiellement. Il se demandait vraiment ce qu'un policier pourrait faire contre ces choses-là. Ils les avaient à peine entraperçues mais il fallait admettre qu'elles n'avaient rien d'humain. Le jeune homme quitta le canapé du salon et retourna dans la chambre de la petite fille. Johanna était toujours dans son lit, serrant ses peluches contre elles. Louis reconnut le lion que Jean avait offert à sa naissance et dont la fillette ne se séparait jamais. Cela le fit sourire. Johanna le regarda. Elle avait des cernes et les yeux rouges d'avoir trop pleuré.

« C'est bon, ta maman va revenir très vite ma choupinette.

- Je voulais lui parler ! protesta Johanna.

- Je suis désolé, j'ai été un peu vite mais ils vont prendre un train et rentrer rapidement. Et puis, il y a un policier qui va venir te protéger aussi. Tu as besoin de quelque chose ? Je te refais un autre chocolat chaud ? On peut regarder des dessins animés aussi...

- Je veux ma maman, sanglota Johanna.

- Je sais Johanna, dit Louis en la prenant dans ses bras. Bientôt, je te promets, bientôt... Tu veux pas essayer de dormir un peu ?

- Non, j'ai peur de dormir. Elles vont me retrouver.

- Je te promets que non, répondit Louis en serrant un plus la fillette contre lui. Il avait peur de ne pas pouvoir tenir cette promesse. »

En sortant de ses cours, il avait pris le bus qui devait le déposer non loin de l'école de Johanna. Malheureusement des travaux avaient rallongé le trajet et il s'était présenté en retard à l'école. Les enseignantes présentes à la grille de l'établissement lui avaient affirmé que deux tantes de Johanna étaient venues la chercher, comme prévu. Les deux maîtresses semblaient confuses et n'avaient pas réussi à décrire les fameuses tantes en question. Louis avait alors couru dans tous les sens, à la recherche de Johanna. Il l'avait retrouvée dans une rue perpendiculaire. Alors qu'il courrait, il avait aperçu un mouvement du coin de l'œil. Il était alors revenu sur ses pas pour découvrir une impasse qu'il n'avait pourtant pas vue en passant la première fois. Dans un coin sombre Johanna se laissait entraîner par deux formes encapuchonnées vers un mur de briques. La petite brune avait tourné la tête et crié son nom en le voyant. Ce qui avait donné le courage nécessaire à Louis pour se jeter sur les kidnappeurs de la fillette. Ensuite... ensuite, il s'était retrouvé dans la rue principale avec Johanna dans ses bras. Envolée la ruelle, envolées les formes sombres. Tout ce dont Louis se souvenait, c'était de griffes démesurées et impossibles émergeant des larges manches des ravisseuses. Etait-ce des femmes ? Louis n'en savait rien mais il était persuadé que ces créatures étaient féminines. Et non humaines. Ou alors c'était le choc. Il ne savait plus très bien. Il avait ramené Johanna chez elle. Il était repassé devant l'école rapidement pour faire signe aux enseignantes que tout allait bien mais celles-ci avaient toujours l'air dans le brouillard.

Pendant le trajet, Louis avait tenu à porter Johanna, de peur qu'elle lui échappe à nouveau. La fille avait sangloté contre lui et n'avait réussi à parler qu'une fois à l'appartement. Elle avait assuré à Louis que « les prêtresses » étaient venues la chercher. Puis elle avait pleuré en réclamant sa mère. Sonia serait rentrée dans deux bonnes heures.

Celle-ci avait quitté l'appartement d'Alicia et de Nathalie en trombes avec Damien et Jean. Juste avant de partir, Nathalie lui avait glissé un objet dans sa poche de sa veste en lui demandant de ne jamais s'en séparer. Maintenant qu'ils étaient dans le train, Sonia prit le temps d'observer ce que Nathalie lui avait laissé. Il s'agissait d'une pierre noire, polie, presque luisante. Elle tenait dans le creux de sa main. Des centaines de minuscules petits signes y étaient gravés. Il aurait été impossible de les décrire sans les observer à l'aide d'une loupe. Sonia serra la pierre dans sa paume puis la mit dans la poche de son jean. Assis à côté d'elle,

Jean lui prit la main. Elle le laissa faire sans réagir et regarda le paysage qui défilait. Avec beaucoup de chance le taxi dans lequel ils étaient grimpés les avait déposés une petite minute avant le départ du TGV. Tous les trois avaient couru à travers la gare et sauté dans le premier wagon. L'insigne de Damien Mirisse avait tenu les contrôleurs à l'écart. Ce dernier était assis en face, le regard perdu dans les champs qui défilaient de l'autre côté de la fenêtre. Ne sachant pas pourquoi, Sonia prit une grande inspiration et se mit à parler :

« A mon tour de te raconter une histoire, Damien. J'avais treize ans quand Alex est entré dans ma vie. C'était un garçon qui venait de s'installer dans le petit village où j'habitais avec mes parents. On est devenus amis très vite, il y avait une vraie connexion entre nous. Il est né le même jour que moi, trois heures plus tard, à l'autre bout du pays. Nous avons échangé notre premier baiser à quinze ans. Nous étions deux ados amoureux, persuadés qu'ils allaient passer leur vie ensemble, imaginant les prénoms de leurs futurs enfants. On avait décidé d'avoir deux garçons et une fille : Paul, Martin et Amélie. On aimait jouer aux jeux vidéo ensemble, courir dans les champs, grimper dans les arbres, lire des poèmes et des histoires qui font peur. Des fois, on essayait même d'appeler les esprits. On traçait un pentacle à la craie sur le parquet dans mon grenier, on allumait des bougies et on se tenait les mains en invoquant qui voulait se manifester. On avait des projets. Tellement de rêves à réaliser. Nous avons eu notre bac et... tout a basculé cet été là. Alex m'avait acheté un vieux collier sur une brocante quelques semaines auparavant. C'était un petit cœur en argent monté en pendentif sur une chaîne très fine. Le cœur ne devait pas faire plus de trois centimètres de haut, il était tout lisse et paraissait très ancien. Je le portais tout le temps. Ce jour-là, dans ma chambre, on chahutait. On imaginait l'histoire de ce collier, et j'ai proposé à Alex d'appeler les esprits pour savoir si son ancienne propriétaire était morte. C'était de la pure plaisanterie. Nous n'y croyions pas et quand on jouait avec notre pentacle, il ne se passait jamais rien, on jouait juste à se faire peur. Nous sommes restés dans ma chambre, nous avons accompli notre petit rituel. J'avais placé le cœur au centre du pentacle. Il a fait soudain très froid et le pendentif s'est mis à bouger tout seul. J'ai pris peur et j'ai tout arrêté. J'ai supplié Alex de reprendre le collier. Il est rentré chez lui. Le soir même, nous avions rendez-vous. Je l'ai attendu près d'un petit bois où on avait l'habitude de se retrouver. Il n'est pas venu. Un camion l'avait renversé sur le chemin. Le choc l'a projeté tête la première dix mètres plus loin. Quand je suis arrivée sur place, il était trop tard : il était mort sur le coup. J'ai vu son corps, inerte, étendu face contre sol. Après l'enterrement, ses parents m'ont donné le collier, il l'avait sur lui quand il est mort. Il avait gravé nos initiales sur le cœur. Je l'ai mis dans ma chambre, dans un tiroir mais je n'y ai plus jamais touché. Inutile de vous dire que sa mort m'a traumatisée. J'ai essayé de refaire surface mais c'était trop dur. Alors dès que j'ai pu, je suis partie. Il y avait trop de souvenirs dans ce village, dans cette maison, cette chambre, dans le visage même de mes parents. J'ai tout coupé et je suis venue ici faire mes études. J'ai rencontré Franck et nous avons eu Johanna ensemble. Mais j'ai toujours fait des cauchemars au sujet de la mort d'Alex. Il y a quelques temps, un patient m'a affirmé que des défunts parlaient par sa bouche. Alex s'est manifesté. J'ai eu peur. Et depuis quelques semaines, il est venu hanter mes rêves. Nous avons même discuté. Il a aussi approché Johanna. Je crois qu'il avait besoin d'elle mais je n'ai pas bien compris pourquoi. Ou du moins, je n'ai pas cherché à comprendre. Et finalement, il a de nouveau disparu. Je ne rêve plus de lui. Je crois que c'est parce que ma fille l'en empêche. Je ne sais pas de quel don ou de quelle malédiction Johanna a hérité. »

Sonia arrêta là son récit. Des larmes coulaient le long de ses joues et sa main serrait celle de Jean le plus fort possible.

CHAPITRE 23

Sonia entra dans son appartement comme une furie, suivie par Jean tandis que Damien fermait la marche. Louis était sur le canapé, regardant distraitement la télévision. Sonia ne lui accorda pas un regard et fila dans la chambre de sa fille. Johanna y dormait paisiblement. Sa mère n'osa pas la réveiller et s'assit par terre près du lit. Elle caressa le petit bras nu qui dépassait des couvertures. Chanel émit un petit miaulement pour annoncer sa présence, roulée en boule contre la fillette. Sonia sentit les larmes lui monter aux yeux. Elle resta près de sa fille quelques minutes, ravalant son chagrin, puis rejoignit ses amis. Louis et Damien étaient assis sur le canapé tandis que Jean préparait du café dans la petite cuisine. Le policier faisait répéter à Louis ce qu'il s'était passé. Auparavant, il avait renvoyé son collègue qui faisait le planton au bas de l'immeuble, devant la seule entrée possible. « Possible pour nous peut-être mais pour ces choses... » avait-il pensé avant de le regretter et de décider de garder cette réflexion lugubre pour lui. A l'arrivée de Sonia, Louis se leva et se confondit en excuses. Mais loin de le blâmer, elle le serra contre lui. Elle ne lui en voulait pas, au moins avait-il eu le courage de se jeter dans la bataille pour empêcher l'enlèvement de Johanna. Quand tout le monde fut installé avec une tasse de café chaud, Louis raconta une fois de plus tous les détails dont il se souvenait. Il y eut un moment de flottement avant que Sonia ne prenne la parole :

« Bien… Je ne sais pas pourquoi elles en veulent à ma fille mais ça ne va pas se passer comme ça ! Cette Martine s'est servie de moi pour prendre Johanna. Je vais…

- Tu ne vas rien du tout, l'interrompit Jean. Et tu le sais. On doit la coincer. Il faut que Damien l'arrête, qu'elle s'explique, qu'elle soit jugée.

- Alors premièrement, tu ne me dis pas ce que je dois faire. Deuxièmement, tu crois que c'est aussi simple ? Je n'ai aucun contact avec elle. C'est elle qui décide quand elle vient me voir et si ça tombe ce n'est pas son vrai nom ! Qu'est-ce que je raconte ?! Ce n'est pas son vrai nom, évidemment ! Et tu crois qu'elle se laisserait prendre comme ça ? Arrêtée et jugée comme tout le monde ? On parle de magie là, de choses extraordinaires, paranormales. Tout ce qu'elle m'a raconté est vrai ! »

Sonia parlait de plus en plus fort mais sa voix restait ferme. Son discours tenait plus de réflexions prononcés à haute voix que d'une vraie conversation. La jeune femme avait eu peur pour sa fille, elle en ressentait le contrecoup : ses muscles étaient tendus, elle avait les nerfs à vif et avait l'impression qu'elle s'effondrerait comme une poupée de chiffon à la première seconde où elle se relâcherait. Il n'était pas question de réfléchir pendant des jours, elle protégerait Johanna coûte que coûte et avec l'aide de ses amis. Les événements s'étaient précipités et Sonia réalisait ce qui était en train de se passer. Elle quitta le salon pour fumer une cigarette à la fenêtre de la cuisine américaine.

« Je les ai vues, reprit Louis. Je vous assure. Ces deux horribles silhouettes...

- Nous te croyons tous, répondit Damien d'une voix qu'il voulut rassurante.

- Et tu as fait ce qu'il fallait. Tu as sauvé ma fille, Louis. Je ne sais pas comment je peux te remercier, intervint Sonia de la cuisine. Franchement, je ne sais pas... Que veux-tu ? Je te pose sérieusement la question.

- Rien, rien, balbutia Louis, visiblement mal à l'aise. Ecoutez, je vais rentrer. Je ne comprends rien à ce qu'il se passe. Jean m'a juste dit que vous alliez à Paris pour un truc en rapport avec ton boulot. Je crois que je ne veux pas savoir. Moins j'en saurai, mieux ce sera. Je vais rentrer. Si Johanna va bien, c'est tout ce qui m'importe.

- Tu veux dormir à l'appart ? proposa son frère.

- C'est gentil mais je vais allez chez Naomi.

- Tu ne me l'as pas encore présentée celle-ci, le taquina Jean.

- Peut-être... Celle-ci, peut-être... »

Louis rassembla ses affaires, fit un détour par la chambre de Johanna puis salua l'assemblée avant de s'éclipser. La peur transpirait par tous les pores de sa peau. Personne ne lui reprocha son départ. En effet, mieux valait qu'il en sache le moins possible, mieux valait pour lui ne pas connaître les détails de cette histoire de fou. Jean s'installa en cuisine pour préparer un repas sommaire malgré les protestations de Sonia. Ils mangèrent tous les trois dans le salon puis Damien prit également congés. Il fut décidé que Jean resterait dormir avec son amie. Ils se glissèrent tous les deux sous la couette vers 23h mais aucun d'eux n'avait sommeil. Pourtant ils se sentaient las et apeurés. Sonia se retenait de ne pas surveiller sa fille qui dormait dans la pièce voisine. Les yeux rivés au plafond, elle se mit à parler :

« Jean, tu dors ?

- Non. Je n'ai pas sommeil. J'ai les muscles endoloris, la tête lourde mais ça vient pas.

- Moi non plus. Je crois que c'est la peur qui m'empêche de dormir.

- Tu y comprends quelque chose à cette histoire ?

- J'essaie de rassembler tous les éléments du puzzle. Et j'essaie d'accepter pleinement tout ce que ça implique. Martine Sanoise n'est pas une menteuse. Je pense qu'elle est toujours dans le Culte de la Mère Première. D'après le professeur, elle serait donc une tueuse. Peut-être que me raconter son histoire n'est qu'une diversion pour pouvoir faire du mal à ma fille…

- Sacré diversion que de te dire tout ça non ? Comme dans les James Bond, quand le super méchant dévoile tout son plan.

- Ça te paraît grotesque mais peut-être qu'elle en retire une certaine fierté. Elle a besoin de me dire tout ça pour que j'accepte sa réalité, que j'accepte l'existence d'Ambrosia.

- Non, ça ne tient pas la route, la coupa Jean. Si elles voulaient faire du mal à Johanna, elles auraient des moyens plus simples, tu ne crois pas ? Si elles ont ces pouvoirs, elles auraient pu t'endormir, je sais pas, t'embrouiller comme elles l'ont fait avec les enseignantes et enlever ta fille. Ou elles auraient pu l'enlever un week-end où elle aurait été avec Franck. En fait, je ne comprends pas ce que tu viens faire au milieu de tout ça.

- Hum, c'est vrai, tu as raison. Elles auraient pu faire tout ça. Mais pourquoi ne l'ont-elles pas fait alors ? Quel est l'intérêt pour Martine de venir me trouver ? Il faut que je la revoie, que je comprenne. J'ai besoin d'elle alors qu'elle est une menace.

- C'est une histoire de dingue.

- Je suis contente que tu sois là, Jean.

- C'est normal, tu es ma meilleure pote. Jamais je ne te laisserai tomber. Sans moi, tu t'en sortirais comme une chef mais je peux te donner un petit coup de pouce si je peux.

- Toi et ton frère, vous êtes les meilleurs.
- Allez viens là... »

Sonia se lova dans les bras de son ami. Elle aurait pu s'endormir à l'instant. Son corps et son esprit lâchaient enfin prise. Mais un cri dans la chambre de sa fille la fit bondir hors de son lit.

Le spectacle qui s'offrait à Sonia la fit se reculer. Assise sur son lit, droite comme un I, Johanna tremblait de tous ses membres. Elle pleurait et parlait en même temps, ses propos n'avaient ni queue ni tête. Chanel était en bas du lit, les poils hérissés, les oreilles couchées et l'animal crachait contre sa jeune maîtresse. La fillette avait les yeux fermés mais des larmes ne cessaient d'en couler.

« Je ne veux pas, je ne veux pas... » répétait-elle. Ce fut Jean qui la prit dans ses bras et la calma. Alors Sonia sortit de sa torpeur et rejoignit sa fille. A son tour, elle la serra contre elle tout en murmurant des paroles rassurantes.

« Maman, maman, sanglota la petite brune.

- Je suis là mon poussin, je suis là. C'est fini maintenant...

- Je ne veux pas qu'elles m'emmènent, je veux pas, maman.

- Personne ne te prendra, je te le jure, personne. Sonia retenait ses propres larmes.

- Les méchantes prêtresses voulaient m'emmener avec elles.

- Je sais, Johanna, je sais. Mais je te le promets, elles ne te feront plus jamais peur. Maintenant je suis là et je suis avec toi. Il ne t'arrivera rien.

- J'ai peur maman, j'ai peur. »

Jean s'était éclipsé sans dire un mot et revint quelques minutes plus tard avec une tasse de lait chaud. Johanna avait fini par se calmer et accepta le breuvage de bon cœur. Ses yeux rougis et ses cernes firent de la peine à Sonia qui se sentait bien incapable de protéger sa fille de ses cauchemars. La petite avait été traumatisée. Sa mère serra les poings, maudissant cette maudite femme qui était entrée dans sa vie pour la foutre en l'air. Quand, enfin, Johanna fut rendormie, Sonia retrouva Jean dans le salon. La chatte noire ronronnait sur ses genoux tandis qu'il la caressait distraitement. Sur la table basse devant lui, deux autres tasses de lait attendaient qu'on les boive. Sonia se laissa tomber dans le canapé.

« Tu ne veux rien lui donner pour qu'elle dorme ? demanda Jean.

- J'y ai pensé. Je pourrais lui donner un somnifère à toute petite dose mais Johanna n'est pas une fille comme les autres et j'ai peur des conséquences que ça pourrait avoir. Je ne sais pas…

- Je vais rester auprès d'elle pendant que tu dors.

- Hors de question ! répliqua la jeune femme.

- Demain, tu as des patients qui comptent sur toi. Moi, je peux décaler des rendez-vous... Le monde tourne encore Sonia, on ne peut pas l'oublier.

- Comment tu peux rester aussi rationnel ?

- Si je ne le suis pas, je sombre. Je veux dire, j'ai ma vie avec mon amoureux, mon projet professionnel, mon appartement, Aurac, les potes, toi. Tout ça, c'est du concret, c'est du vrai, c'est palpable, c'est normal. Et puis tout d'un coup je tombe dans cette histoire si... incroyable. Je sais que si plonge la tête la première dedans, si j'oublie Mar... mon amour qui m'attend à Paris, mes pompes, si j'oublie tout ça alors j'ai peur de ne plus pouvoir me raccrocher à rien.

- Je comprends. Moi, je n'arrive pas à faire ça.

- Parce que tu es au cœur de l'histoire, Sonia.

- C'est toi qui devrais être psy. Je suis complètement dépassée. Je voudrais être rationnelle, réfléchir comme toi mais je n'y arrive pas. J'ai l'impression d'être une boule d'émotions, d'émotions fortes et négatives : colère, peur, impuissance... Il y a Johanna bien sûr mais la mort de Mélanie me touche beaucoup aussi. Et puis Alex... Je voudrais juste retrouver Martine Sanoise et lui faire tout cracher. Je ne pense pas à mes patients du matin, ni à la réouverture du Centre d'accueil l'après-midi. Ni à mettre le réveil pour amener Johanna à l'école. Enfin si, j'y pense mais dans un coin de ma tête, un petit coin sombre à oublier. J'aimerais que Johanna dorme cette nuit et ne cauchemarde plus.

- Tu veux vraiment la mettre en classe demain ?

- Non... mais où la laisser alors si je dois annuler mes rendez-vous avec mes patients ?

- Eh bien, comme je te l'ai dit, je vais décaler les rendez-vous que j'avais prévus, c'est tout.

- J'appellerai Franck pour qu'il la prenne avec lui dès que possible. C'est mieux qu'elle s'éloigne de moi, qu'elle soit en sécurité. »

Le lendemain, Sonia passa quelques coups de téléphone. Le premier fut pour l'école, le second pour son ex-mari. Elle aurait aimé trouvé une bonne excuse pour Franck mais ne put que lui inventer des tonnes de travail, Johanna malade et le besoin de se poser seule un week-end. Ravi de voir sa fille plus tôt que prévu, Franck râla tout de même par principe. Ne supportant pas l'improvisation de Sonia, il lui fit la leçon sur les modes de garde, les repères de l'enfant et le respect des emplois du temps. Ne pouvant supporter de telles remontrances, Sonia éleva le ton et la conversation se termina en dispute. Franck récupérerait sa fille à l'appartement aux heures du midi et la déposerait dimanche soir. Voilà qui fut réglé. Sonia eut du mal à laisser sa fille dans les bras de Jean mais se rendit tout de même à son cabinet, la boule au ventre.

Dans la salle d'attente, Martine Sanoise l'attendait.

CHAPITRE 24

Sonia resta interdite sur le pas de la porte, la main toujours sur clés qui venaient de faire jouer la serrure. Martine Sanoise était assise sur un des canapés, ses mains sales croisées sur les genoux. La psychologue se retint de se jeter sur la femme pour lui arracher les cheveux. Elle prit sur elle, remit les clés dans son sac à main et referma la porte. Sans un regard pour la blonde qui ne bougeait pas, Sonia entra dans son cabinet et laissa la porte ouverte. Elle se débarrassa de son manteau, rangea son sac et alluma son ordinateur. La machine ronronna un instant, brisant le silence qui régnait dans le cabinet de la psychologue. Sonia serrait les dents. Ses horloges s'étaient toutes arrêtées de nouveau. Idem pour son portable et la montre qu'elle portait. L'ordinateur indiquait lui-même 00h00. On frappa trois petits coups à la porte. Martine Sanoise n'attendit pas que la psychologue lui donne la permission d'entrer et s'assit à la même place que lors de son dernier passage. Sonia se racla la gorge. Elle avait envie d'une cigarette. Elle prit son bloc et son crayon et s'assit face à son étrange patiente.

« Oh vous m'en voulez, je le vois, commença Martine. Mais vous comprenez aussi que vous n'avez pas le choix, vous devez m'écouter... C'est intéressant, vous ne trouvez pas ? Moi, je dirai même que c'est grisant. Enfin, de mon point de vue... »

La sans-abri au regard si doux avait disparu. Dans la saleté de son visage, Martine affichait un sourire cruel et ses yeux brillaient d'excitation. Sonia en frémit. Elle ne reconnaissait pas la patiente qui était venue au Centre d'accueil et d'écoute.

« Alors, continuons, Madame Saint-Erme... Ah je dois dire que c'est même jouissif de vous voir ainsi face à moi, obligée d'entendre ce que j'ai envie de vous dire. Et moi, moi, je sais où nous allons vous et moi. Je sais pourquoi que je suis venue vous trouver dans ce centre merdique où vous croyez sauver des femmes. D'ailleurs, il paraît qu'il y en a une que vous n'avez pas réussi à secourir récemment... Oh restez assise ! Et détendez-moi ces petits poings. Vous finirez par tout comprendre, ça, je vous le promets. C'est le contrat que je passe avec vous. Laissez-moi encore vous parler et je vous promets que tout s'éclairera. Vous êtes d'accord ?

- Je suppose que je n'ai pas le choix. Je ne comprends pas à quoi rime cette mascarade !

- J'aimerais vous le dire mais il est encore trop tôt.

- Qu'est-ce que ma fille...

- Oh non. Pas maintenant. Allons écoutez-moi. Vous voyez, je suis dans une position de force, j'ai le pouvoir sur vous, sur votre vie.

Voilà ce que nous offre la Mère Première au bout d'années d'entraînement et de sacrifice. Voilà ma récompense aujourd'hui. Mais je m'éloigne du sujet. Alors reprenons mon histoire. Je vous ai parlé de la corvée des mortes ? C'est un rituel très important. Fondateur. La première fois, je vous avoue que ça m'a secouée. Toutes ne survivent pas au Temple de la Mère Première, toutes ne sont pas dignes de son apprentissage et de sa générosité. Les plus faibles meurent. Et que fait-on des cadavres ? Il arrivait que nous en trouvions un devant la porte de notre cellule certains matins. Je crois que je n'avais pas douze ans quand j'ai ouvert ma porte, à l'appel d'une Prêtresse, pour manquer de trébucher sur un corps. C'était une fille plus jeune que moi. D'origine asiatique. Elle avait de longs cheveux noirs mais il en manquait beaucoup sur son crâne à moitié fracassé. Elle était nue et couvertes de bleus. Il lui manquait trois doigts à sa main droite. Elle était là, allongée sur le dos, les yeux grands ouverts et injectés de sang. Surprise, morte de peur, plus que du coup reçu à la tête. La Prêtresse qui m'avait appelée était là, dans le couloir. Elle m'a guidée pour ma première corvée. Je ne voulais pas toucher le corps de la fillette au début mais on ne m'a pas laissé le choix. Si je ne le faisais pas, alors c'est moi qui me retrouverais devant la porte d'une camarade le lendemain. J'ai d'abord essayé de la soulever pour la porter dans mes bras mais je n'ai pas réussi. Son corps pesait son poids tout de même… J'ai ensuite voulu la hisser sur mon dos. Elle était froide, figée, presque gelée. Et ses yeux me fixaient. J'ai attrapé ses poignets et je l'ai tiré à travers les couloirs en suivant les indications de la Prêtresse. La peau de ce cadavre faisait un bruit effroyable contre la pierre. Un bruit particulier, unique. Je suis arrivée dans une grande salle sombre avec des dizaines de trappes au sol. La pièce puait horriblement. Il y avait d'autres filles comme moi, chargée de la corvée des mortes. Nous devions ouvrir une trappe et y laisser tomber le corps qu'on nous avait confié. Je n'ai jamais su ce qu'il y avait au fond de l'abîme qui accueillait les mortes mais ça riait. Un rire humain, un rire de dément. Et puis après, des cris de joie démesurés. Des bruits de mastication, d'os qui se brisent, de chair arrachée. Je ne sais pas que ce que nous nourrissions. Et il vaut mieux ne pas le savoir. Au risque d'en faire des cauchemars.

- Et pour vous, ces années d'horreur en valent la peine ? demanda Sonia qui regretta aussitôt sa question. Elle rentrait ainsi dans son jeu.

- Bien sûr. J'y trouve un intérêt personnel et je sers le dessein de la Mère Première. Ce que j'éprouve, là, maintenant, cette sensation de pouvoir… vous la connaissez Madame Saint-Erme. Vous y goûtez chaque jour quand vous recevez un patient ici, à ma place. Quand une personne rentre dans votre cabinet, se met à nu devant vous, vous dévoile ses peurs, ses rêves, ses vices, que ressentez-vous ? Au fond de votre esprit, il y a cette toute petite étincelle de puissance qui vous ronge petit à petit. Vous avez le contrôle sur vos patients, vous pouvez les enfoncer dans leurs névroses ou les en faire sortir. Ils peuvent vous détester, pleurer toutes les larmes de leurs corps mais ils reviendront la semaine suivante, parce que tout le monde leur dit : c'est pour ton bien. Et bien moi, cette petite étincelle est un brasier, un incendie qui brûle au fond de moi. Il me réchauffe et réchauffe la Mère Première. »

Sonia resta muette face à ce discours. Martine Sanoise se leva, satisfaite de son effet et quitta la pièce sans un regard en arrière. La psychologue se mit alors à trembler. Il lui fallut plusieurs minutes pour se calmer. Elle regarda son bloc-notes mais celui-ci était resté vierge. De rage, elle le lança contre un mur.

Au Centre d'accueil et d'écoute, Sonia fut reçue avec froideur par ses collègues. La récupération de Martine Sanoise comme patiente à titre privé passait très mal. Sonia hésita à leur raconter toute l'histoire mais renonça aussitôt. Qu'y comprendraient-elles ? Elles ne la croiraient pas, de toute façon. Autant faire profil bas et attendre que l'orage passe. La psychologue avait deux rendez-vous de programmés cet après-midi là. Elle reçut d'abord une étudiante sans revenus qui voulait rompre avec son petit-ami. Mais elle vivait chez lui. Et il avait un salaire, lui payait le gîte et le couvert, les fringues, les sorties... Les premières disputes avaient tourné à l'orage et les coups pleuvaient maintenant presque chaque jour. Mais où irait-elle une fois à la rue, avec sa maigre bourse pour vivre ? Parfois, elle entendait des voix dans sa tête lui murmurer de le tuer et de se tuer aussi, pour que tout s'arrête. Enfin. Sonia avait écouté cette histoire d'une oreille distraite. Parce qu'elle était obsédée par Martine. Parce que cette histoire, elle l'avait déjà entendu des centaines de fois, seul le visage face à elle changeait. Et encore, elle pouvait y voir à chaque fois ce même désespoir au fond des yeux de ses patientes. Non, ce monde ne tournait pas rond. Quant à l'autre jeune femme qu'elle reçut ensuite, Sonia dut affronter ses cernes de jeune mère, s'occupant d'un bébé non désiré. Fatiguée, dépassée, déprimée, au bord de l'asphyxie. Le coup de grâce fut apporté par Salma qui frappa timidement à la porte de son bureau. Elle s'effondra ensuite dans ses bras, en larmes. Parce que Mélanie n'était pas aujourd'hui, parce qu'elle ne serait plus jamais là. Parce que Mélanie Trésor était morte.

A 18h, Sonia appela son ex-époux pour prendre des nouvelles de Johanna. Après avoir parlé brièvement avec sa fille, elle dut subir une conversation pénible avec Franck. La fillette s'était plainte de maux de ventre à l'école. Et puis elle était fatiguée, non mais tu as vu les cernes qu'elle a ? Elle est grognon, elle fait la tête, elle est limite insolente ! Elle a besoin d'un environnement plus calme, elle ne peut pas vivre correctement comme ça entre une mère prise par son boulot et ses amis toujours à l'appartement ! Sonia finit par lui raccrocher au nez. Elle appela aussitôt son propre psychologue et put obtenir un rendez-vous pour le vendredi soir. Il fallait ouvrir un peu les vannes.

Joseph Herbelin accueillit Sonia à 19h ce vendredi soir. Un rapide coup d'œil suffisait à deviner la détresse de sa patiente et collègue. Il sentit bien au fil de la conversation que Sonia Saint-Erme ne lui disait pas tout. C'était ainsi, elle avait sa part de secrets, et peut-être un jour en parlerait-elle mais certainement pas à lui. Elle avait donc continué à recevoir cette Martine malgré ses mises en garde et une de ses collègues était morte dans d'étranges circonstances. Sans compter que Johanna avait failli être enlevée. Sonia ne fit aucun lien entre ces trois éléments mais il aurait fallu être sourd et aveugle pour ne pas les relier tous ensemble. Le psychologue essaya d'amener Sonia à cette conclusion tout en subtilité mais elle s'y refusa. Joseph Herbelin en conclut que Sonia adoptait une posture avec lui. Bien sûr que toutes ces histoires s'imbriquaient mais elle ne voulait pas l'évoquer. Pour quelles raisons ? Il n'en tirerait rien ce soir-là. Finalement, ils arrivèrent au point de non-retour, celui qui permettait à Sonia de se laisser aller. Et entre deux sanglots, elle admit se sentir coupable. Coupable de la mort de Mélanie Trésor, coupable de ne pas savoir protéger sa fille. Ce sentiment la rongeait petit à petit et bientôt il l'avalerait toute entière. La culpabilité de Sonia n'était pas récente. Il y avait eu la mort de son ami Alex dans son adolescence. Et son mariage raté. Et l'éducation de Johanna. Sonia se sentait toujours coupable quand quelque chose n'allait pas chez les autres. Elle aurait toujours du ou pu faire mieux. Le psychologue jugeait que la jeune femme était brillante mais avait besoin d'être rassurée. Constamment. Le jour où, enfin, elle accepterait de ne pas pouvoir tout maîtriser, alors elle s'épanouirait complètement. Pendant une heure, ils discutèrent non pas entre collègues mais bien entre professionnel et patient. Quand Sonia prit congés, Joseph Herbelin prit ses mains dans les siennes et lui dit : « Vous pensez que tout le monde est en danger sauf vous. Ne faites pas cette erreur, Sonia. »

CHAPITRE 25

Sonia regardait Jean retirer les pommes de terre du four. La petite cuisine sentait bon et le verre de vin rouge qu'elle sirotait était délicieux. D'ailleurs il lui faudrait bientôt le remplir pour la … troisième fois ? Jean posa le plat chaud sur une petite table et invita son amie à le rejoindre. Il se servit lui-même un verre de vin. Autour d'eux résonnaient les accords pop des Beatles. L'appartement de Jean était plus petit que celui de Sonia mais mieux tenu. Son ami vivait seul et la plupart du temps hors de ces murs. Les meubles étaient dépareillés, le papier peint n'était pas de toute première fraicheur mais cela ne faisait pas partie des préoccupations de Jean.

Les deux amis attaquèrent le déjeuner en silence.

« Que t'a dit ton psy hier soir ? demanda Jean.

- Rien de nouveau, éluda Sonia. »

Le silence s'installa de nouveau. Jean observa son amie. Elle sirotait son vin, triturait son repas du bout de sa fourchette, soupirait, regardait ailleurs. Finalement elle déclara :

« Martine était à mon cabinet hier matin.

- Et tu ne m'as rien dit ? se vexa Jean.

- Non. Parce que... je ne sais pas, en fait. Elle m'a raconté des choses horribles. Et aussi qu'elle avait les réponses concernant Johanna. Mais que je devrais l'écouter jusqu'au bout. Je suis pieds et poings liés maintenant. Si jamais je la laisse partir, si je la dénonce à la police, alors qui sait les dangers que courrent ma fille ? Cette foutue salope. Elle me tient dans la paume de sa main. Et je ne sais toujours pas pourquoi. Je ne comprends pas. Je veux dire, je me sens tellement impuissante.

- Il faut que nous impliquions Damien. Il peut nous aider si on le laisse faire.

- Sans doute...

- Sonia, il faut que je te fasse part d'une idée. Je crois qu'il faudrait reparler à Nathalie, la femme du professeur Herbert. Tu as toujours la pierre qu'elle t'a donnée ?

- Oui, répondit Sonia qui porta aussitôt la main à la poche de sa jupe dans laquelle le petit objet était caché.

- Tu te souviens, Alicia Herbert nous a dit qu'elle était un peu... magicienne, quoi. Elle peut peut-être t'aider pour ce qui concerne Johanna et aussi Alex. »

Sonia le regardait avec des yeux ronds, sans comprendre.

« Ce que je veux dire, reprit Damien, c'est que j'ai réfléchi depuis la dernière fois qu'on s'est vus. Je t'ai dit que j'essayais de rester rationnel mais ce n'est pas évident. J'ai voulu avoir une vision globale de la situation et même si j'ai vraiment du mal à y croire, nous sommes face à quelque chose de paranormal. Et cette femme doit pouvoir nous aider.

- Jean tu es incroyable ! Tu entends ce que tu me dis ? s'exclama Sonia en riant. Le vin et la nervosité ne faisait pas bon ménage.

- Quoi ?

- On dirait un militaire établissant une stratégie… Tu m'épates. Mais oui, moi aussi, j'ai pensé à Nathalie. Je crois qu'il faut que je lui parle clairement de Johanna, de ce qu'il se passe la nuit, dans ses rêves et dans les miens. Je vais l'appeler. Maintenant, tant qu'à faire. Même si je suis un peu bourrée. »

Après une première et courte conversation, il fut convenu de se parler via Skype. Nathalie n'aimait pas parler aux gens sans les voir. Jean avait préparé du café bien fort pour son amie, espérant la dégriser, ne serait-ce qu'un peu. Le visage de Nathalie envahit l'écran et Sonia ne put s'empêcher de sourire en la voyant. Elle se sentit tout de suite détendue. Tant bien que mal, la jeune femme donna toutes les informations qu'elle possédait sur sa fille mais elle parla également de ses cauchemars avec Alex. Nathalie l'écouta sans l'interrompre. Quand Sonia eut fini son récit, les vapeurs de l'alcool s'étaient totalement dissipées. Elle se renfonça dans le canapé, fatiguée mais soulagée. Nathalie prit quelques secondes avant de répondre :

« Sonia, je n'aurais pas de réponses à toutes vos questions mais je vais essayer de vous éclairer un peu. Tout d'abord, j'espère que vous avez toujours la pierre que je vous ai donnée. Elle est très puissante et peut vous protéger. J'ai senti que je devais vous la donner quand je vous ai rencontrée et je suis certaine qu'elle vous servira. Ne vous en séparez sous aucun prétexte, s'il-vous-plaît ! Je vais commencer par parler de votre fille. Effectivement votre petite Johanna peut pratiquer des décorporations. Son esprit, dirons-nous peut se séparer de son corps. C'est un don que certaines personnes ont naturellement, qu'elles peuvent travailler si elles le souhaitent. Ce n'est pas sans danger. Johanna peut se retrouver à flotter dans votre cuisine, mais elle peut également partir... ailleurs. Elle peut être attirée dans d'autres plans, sur d'autres planètes par des personnes mal intentionnées ou juste à cause de son inconscient. Par exemple, si elle a entendu parler des Mers de glace de Sibboth, dans la constellation du Taureau, son esprit peut y glisser sans qu'elle le veuille. C'est le problème de ne pas maîtriser cet art.

- Mais peut-elle croiser des autres esprits comme elle quand elle fait un voyage astral ? Est-ce que certains peuvent la voir ? La toucher ? demanda Sonia.

- Un voyageur inexpérimenté comme elle ne verra personne d'autre, et personne d'autre ne la verra. Sauf... Sauf des personnes prédisposées, comme moi, ou qui sont d'habiles voyageurs. Certaines créatures non humaines peuvent sentir et s'emparer de ces esprits errants.

- Et son corps ? l'interrompit Jean.

- Son corps est vulnérable quand son esprit est parti. S'il lui arrive quelque chose... Il se peut qu'elle ne le réintègre jamais. Je suis désolée, Sonia, je sais que ce je vous dis est dur à entendre mais vous devez le savoir pour protéger Johanna. Je pense que votre fille a un don très puissant mais qu'elle ne sait pas s'en servir.

- Et comment on apprend à s'en servir ? On ne peut pas s'en débarrasser ?!

- On peut le mettre en sommeil mais on ne peut pas l'effacer. Je préfère qu'une personne pouvant faire des voyages astraux sachent le faire correctement plutôt que de la brider. Cela peut être une fantastique source de connaissance ! Certains génies qui ont parcouru notre Histoire étaient des voyageurs et ont développé leurs savoirs grâce à ça ! En allant à la rencontre d'autres peuples et en apprenant d'eux.

- Et pour Alex ? Mes cauchemars ? Johanna ? s'emporta Sonia, de plus en plus tendue.

- C'est autre chose Sonia. Il ne s'agit pas de voyage astral. L'esprit de votre ami mort erre quelque part dans une terre froide dont on ne prononce pas le nom. C'est vous qu'il veut contacter. Il s'est servi du pouvoir de votre fille pour vous atteindre. Pour parler franchement,

Johanna a l'air d'avoir aussi un don de médium. Elle a un potentiel fabuleux, d'après ce que vous me racontez !

- Je nage en plein délire…

- Encore une fois, Sonia, je suis désolée, reprit Nathalie. Mais votre fille a de la chance que l'on ait découvert ses prédispositions aussi jeunes, nous pouvons l'aider, lui apprendre ! Moi-même j'ai du me débrouiller seule avec mes dons, j'ai été cherché les informations moi-même, je me suis entrainée seule, parfois au péril de ma vie. Nous pouvons aider Johanna.

- Mais pourquoi son enlèvement ? demanda Jean. A cause de ses pouvoirs ?

- Oui. Cela confirmerait ce qu'Alicia vous a dit : La Mère Première lève une armée. Et votre fille est dans son viseur. Je ne sais pas si elle essaiera de nouveau de vous l'enlever. Je ne sais vraiment pas. D'après ce que vous m'avez dit, votre fille serait allée dans le Temple de la Mère Première. C'est très intéressant et cela pourrait nous aider….

- Hors de question que vous touchiez à ma fille ! cria Sonia. Elle ne sera pas un appât ni un espion ni quoi que ce soit. Je veux juste être en dehors de cette foutue histoire ! »

Sonia quitta la pièce en pleurant, se réfugiant dans la salle de bain. Jean conclut la conversation avec Nathalie, navré. Le jeune homme frappa doucement à la porte mais Sonia refusa de lui ouvrir. Il l'entendit sangloter.

N'insistant pas, il retourna en cuisine faire du rangement. Elle sortirait plus tard...

A Paris, Nathalie referma son ordinateur et se retourna. Dans un coin de la pièce, hors de portée de la webcam, Alicia Herbert sirotait un thé noir. Elle n'avait pas perdu une miette de la conversation.

« Je ne sais pas ce qu'il se trame mais nous n'avons jamais été aussi près d'Ambrosia...

- TU n'as jamais été aussi près, rétorqua Nathalie. Je me suis peut-être enthousiasmé pour l'histoire de la petite mais tu sais très bien que je préfère restée éloignée le plus possible de cette femme.

- Il faut que nous formions cette gamine. Tu te rends compte ?! Elle a été dans le refuge de la Mère Première ! Cela confirme mon hypothèse : elle a foiré sa transformation ! Cette garce est réfugiée quelque part et essaie de se refaire une santé.

- Quand tu l'insultes ainsi c'est que tu es excitée. Parfois, j'ai peur que tu l'aimes plus que moi... dit Nathalie, l'air las.

- Tu dis n'importe quoi et tu le sais. Cela ne me dit toujours pas pourquoi cette Martine s'en prend à Sonia. Quel est l'intérêt de tout lui raconter ?

- Quand est-ce que le vilain raconte tout son plan à James Bond ma chérie ?

- Juste avant de le tuer…

- Il faut la prévenir ! dit Nathalie en reprenant son ordinateur.

- Non ! la coupa Alicia. Elle peut nous servir. Cette histoire est une bénédiction ! C'est une occasion unique de comprendre Ambrosia. Si nous dévoilons tout ceci à Sonia, c'est fini. Nous avons besoin qu'elle aille jusqu'au bout. J'ai besoin de comprendre. Attendons de voir…, conclut Alicia. »

Quand Sonia sortit de la salle de bain, une demi-heure plus tard, elle avait pris le temps de cacher ses cernes et ses yeux rouges. Elle échangea quelques mots avec Jean avant de partir. Elle allait chez Franck reprendre Johanna. Lui ne saurait pas la protéger correctement. L'éloigner avait été une erreur. Sonia fut inflexible malgré les protestations de son ami. La psychologue ne rentra donc pas chez elle mais se présenta à la porte de son ex-mari. La dispute fut violente mais Sonia exigea repartir avec Johanna, visiblement apeurée. Ce soir-là, elle parla très peu avec sa fille, mais ne la quitta jamais des yeux et la serra contre elle dès qu'elle en avait l'occasion. Johanna ne demanda pas à sa mère pourquoi elle était rentrée plus tôt de chez son père. Peut-être qu'elle le savait au fond d'elle. Sa mère lui proposa même de dormir dans sa chambre. Quand elles s'endormirent dans les bras l'une de l'autre, Chanel ronronnant au pied du lit, mère et fille semblaient se protéger l'une l'autre.

Sonia ne veut pas ouvrir les yeux. Elle sent l'air froid tout autour d'elle. Elle sait où elle se trouve de nouveau. Elle ne sait pas si elle est heureuse ou non. Elle ouvre les yeux. Dans ce décor de cauchemar, Alex est là, de dos.

« Je n'ai pas beaucoup de temps, So, ta fille ne me laisse... laisse plus...

- Alex, dis-moi ce qu'il se passe !
- So, fais attention.

Mais déjà le sol sous elle s'effondrait, le brouillard se fit plus dense.

- Fais attention à toi, Sonia ».

La jeune femme se sentit tomber en arrière, sa chute lui parut durer une éternité. Elle s'éveilla dans son lit. Johanna dormait toujours à poings fermés mais Chanel avait disparu en crachant.

CHAPITRE 26

De nouveau plongé dans les archives du commissariat, Damien consultait les derniers dossiers qu'il avait pu retrouver. Malheureusement ces cas ne lui apportèrent aucune information nouvelle. Il reposa ses détestables lunettes sur le bureau et s'étira. Il pensait à Marc. Sa mort si soudaine. Il était mort parce qu'il avait compris que la soi-disant Sophie était la meurtrière de ses parents. Parents adoptifs. Ce qui était bien pratique. Et l'enfant avait pris soin d'effacer toute trace d'elle de l'appartement familial. Comme l'avait fait la fausse baby-sitter des Tennaud, et avant elle la mystérieuse Salima. Ou encore Gaëlle Menchut et Solange Docher. Toutes des femmes, tuant leur famille, des gens avec qui elles avaient partagé leur vie... Avant de disparaître sans laisser de traces, rayées de la carte, merci, bonsoir, circulez. C'était là le seul point commun entre ces affaires. Il était là, indéniable mais il ne servait à rien. Le modus operandi était à chaque fois différent, et le motif inexistant. A quel moment ces femmes avaient-elles décidé de passer à l'action ? Quelqu'un leur donnait-il le signal ? Et comment une gamine de 12 ans pouvait-elle avoir assez de matière grise dans le cerveau pour tuer aussi méthodiquement son père et prétendre n'avoir jamais existé par la suite ? Comment une femme mariée depuis 20 ans, décide-t-elle un jour de tuer son époux en l'éventrant ? Avaient-elles été obligées de le faire ? Avaient-elles eu des remords ? Où étaient-elles parties ? Allaient-elles recommencer ailleurs ? Gagner la confiance de gens innocents et un jour, sans prévenir, les assassiner ? Damien reprit ses notes. La confiance. Voilà un point important. Toutes les personnes assassinées avaient confiance en leur meurtrière. Est-ce que ça fait partie du plan ? Obtenir la confiance avant de les tuer ?, se demanda le policier.

Damien sortit des archives pour boire un café. Il salua quelques collègues dans les bureaux. Après des heures de silence dans le sous-sol, l'agitation du commissariat explosa à ses oreilles. Il se servit une tasse de café noir et décida de le siroter au soleil, dans l'arrière-cour. Le soleil commençait à chauffer en fin de matinée mais la pluie était annoncée dans l'après-midi. Autant en profiter un peu. Damien se remémora sa conversation avec le couple Herbert. Sacré couple, d'ailleurs ! Nathalie avait fait le même rêve que la vieille qui avait découvert les Tennaud. Une femme puissante et terrifiante. Alors admettons que les suppositions d'Alicia Herbert soient vraies. Que cette sorcière ait existé et qu'elle soit maintenant Dieu sait où. Disons en Enfer. Elle veut revenir, il lui faut des forces. Par on ne sait quels moyens, elle ordonne à d'autres femmes de tuer pour elle. Mais pas seulement. Ces apprenties meurtrières doivent savoir comment disparaître, comment éviter de laisser le moindre indice. Et pour la famille Tennaud, comment passer à travers les murs ! Si Martine Sanoise disait vrai, la sorcière avait monté un centre de formation. Restait à savoir où commençait les divagations de cette femme. Où était caché ce putain de Temple ? Il fallait le trouver. Damien devait interroger cette Martine.

Cette dernière se trouvait face à Sonia Saint-Erme. La psychologue ne savait même plus quel jour on était mais elle s'en fichait. De nouveau, une confrontation avec Martine. Elle avait vécu cette scène tant de fois ! Elle fixait la femme blonde droit dans les yeux, mais il était vraiment trop difficile de soutenir son regard. Elle finit par détourner la tête et jeta un œil à son cabinet. De nouveau, les pendules s'étaient arrêtées. Elle était maintenant hors du temps avec cette femme. Sonia avait décidé qu'il était temps de jouer cartes sur table, et pour cela elle allait se servir des faiblesses de son interlocutrice (ennemie, lui souffla une voix) : son arrogance et son amour inconditionné pour sa maîtresse :

« Martine, la Mère Première est-elle toujours vivante ? »

La question parut décontenancer Martine mais le sourire qui avait disparu de son visage sale ne tarda pas à revenir.

« Bien sûr. Elle est immortelle, gloire à Elle...

- Vous avez appris à tuer pour elle, avez-vous déjà assassiné quelqu'un ?

- Oh je vois qu'on est avide d'informations... Vous oubliez que c'est moi qui décide. Pensez à Johanna.

- Je veux simplement comprendre, répondit Sonia, froide comme la glace.

- Ce n'est pas vraiment utile de comprendre, en ce qui vous concerne... Non, le plus important est justement que vous ne compreniez rien. Mon but est de vous surprendre ! De vous étonner ! dit Martine en riant.

- Vous ne voulez pas répondre à ma question ? Vous avez honte de ce que vous avez fait ? Ou alors vous n'avez jamais versé de sang et cela vous rend honteuse par rapport à la Mère Première...

- Vous ne savez pas de quoi vous parlez, la coupa Martine. Vous ne savez rien. Vous n'êtes rien. Rien qu'un ramassis de viande humaine sans connaissance, sans force. Vous faites semblant de maîtriser les choses mais vous savez qu'au fond JE dirige. Et vous me jalousez. Vous me jalousez parce que vous aimeriez être aussi forte que moi. Vous avez si peur pour votre enfant, c'est là votre principale faiblesse. Vous êtes pathétique. »

Sonia encaissa les coups tant bien que mal, se refusant à montrer à quel point Martine frappait juste. Oui, si elle était plus forte, elle pourrait empêcher ses patients de se suicider. Elle aurait renvoyé sa claque à Franck et lui aurait interdite de revoir sa fille. Elle pourrait protéger Johanna. Détruire Martine Sanoise. Mais elle avait peur et était à sa merci.

« J'ai tué trois personnes dans toute ma vie, confessa Martine. Vous croyez que je suis formée pour rien ? Vous croyez sans doute que je n'ai jamais été testée ? J'ai du faire mes preuves. Un jour, une des prêtresses est venue dans ma cellule pour m'emmener dans une salle que je connaissais pas encore. Nous avons traversé de longs couloirs, monté et descendu des escaliers de marbre gigantesques ! Pour la première fois, j'ai pénétré dans la Chambre de l'Appel. C'était une petite pièce de pierre grise et humide. Au milieu, il y avait une magnifique statue de la Mère Première, faite d'un matériau noir et lisse, strié de veines rouges. On dit qu'il s'agit de la lave d'un volcan de Jupiter, depuis longtemps éteint. Au pied de ma Maîtresse, il y avait un caisson rempli d'eau, comme un cercueil. La prêtresse m'a ordonné de me déshabiller et de m'allonger dans la caisse. L'eau était chaude et accueillante, elle léchait mes lèvres et mon nez. Je pouvais respirer. Et puis, d'un coup la prêtresse a refermé la boîte. J'ai hurlé, à ma grande honte... L'eau s'est mise à bouillir autour de moi et elle m'est apparue, dans mon esprit. La Mère Première m'a dit qu'il était temps pour moi de la nourrir. Elle m'a désigné une victime. L'eau m'a submergée. Je me suis réveillée dans une petite impasse. Il pleuvait. J'ai marché un peu, les rues m'étaient familières. J'étais de retour chez moi. »

Quand Theodora avait ouvert la porte de sa petite maison et découvert qui avait sonné, elle s'était évanouie. Martine l'avait tiré par les pieds jusque dans le salon et fermé la porte. Elle avait laissé sa mère étendue sur un vieux tapis puis s'était assise sur le canapé, en attendant qu'elle se réveille. Martine avait eu le loisir de contempler sa mère : ses magnifiques cheveux noirs étaient devenus ternes et éparses, sa peau fine et grise. Elle avait des marques de brûlure de cigarette sur les bras, beaucoup de coupures mal cicatrisées. Elle était maigre. Theodora avait couvert les murs du vestibule de miroirs mais Martine les avait tous cassés après s'être vue. Elle avait l'apparence d'une adolescente. Elle avait grandi pendant sept longues années dans le Temple de la Mère Première. Quand Théodora ouvrit les yeux et aperçut sa fille, elle eut un mouvement de recul et rampa à l'autre bout de la pièce. La jeune fille s'avança à quatre pattes vers elle, à la manière d'une panthère et se lova contre sa mère. D'abord méfiante, celle-ci la serra ensuite contre elle de longues minutes, en silence.

« Maman, j'ai cassé les miroirs, murmura Martine.

- Tu as vu ton reflet ?
- Oui.
- Tu as changé.
- Oui.
- Je suis heureuse de te revoir. Mais je vais devoir vérifier ce que tu es. Tu comprends. A cause de mes dons, nombre de démons en ont après moi. Tu comprends.
- Oui.
- Tu viens avec moi ?
- Non.
- Pourquoi ?
- Tu sais, la voyante qui t'a dit que je suis liée à ta vie ? Elle ne s'était pas trompée. Mais toi si. Pauvre maman, tu as des dons mais tu ne sais pas t'en servir. Si tu n'étais pas aussi stupide et arriérée, tu aurais pu prédire mon retour et te protéger.
- Me protéger ?
- De moi ».

Sonia avait les mains serrées sur ses genoux en écoutant le récit de Martine. Ses jointures avaient blanchi et ses doigts lui faisaient mal.

Face à elle, Martine prenait un malin plaisir à raconter son histoire.

« Et alors, j'ai pris le petit poignard caché dans ma poche et j'ai enfoncé la lame dans ses reins. Elle a hoqueté de surprise puis s'est dégagée de moi. Elle rampait vers la porte d'entrée. Je l'ai frappé dans le dos. Encore un peu plus loin, un nouveau coup dans son mollet. Mais elle rampait encore. Elle ne s'est pas arrêtée, pas même dans le couloir. Le bruit de son corps sur ces milliers de bouts de miroir était indicible. J'entendais sa chair glisser et se fissurer sur les bouts de verre. Il y avait tellement de sang. Je ressentais tellement de plaisir à la voir à ma merci. Misérable créature. Juste avant qu'elle n'atteigne la porte d'entrée, je me suis assise à califourchon sur son dos, j'ai attrapé sa tignasse et tiré ses cheveux en arrière. Puis je l'ai égorgée. Tout ce sang… J'ai baigné mes mains dedans. Pauvre, pauvre petite maman… Puis je suis rentrée au Temple et la Mère Première m'a récompensée. J'avais passé son test.

- Avez-vous vraiment tué votre mère ?

- Oh madame la psychologue qui pense tout de suite à une métaphore… J'ai tué ma mère. Parce que la Mère Première me l'a ordonné. Et je recommencerai autant de fois qu'il le faut !

- Je peux vous dénoncer à la police.

- Et qu'adviendra-t-il de Johanna ?

- Dites-moi ce que vous me voulez ? Que voulez-vous en échange de la vie de ma fille ?! hurla Sonia, à bout.
- Rien que votre écoute… pour l'instant. »

CHAPITRE 27

Sonia referma la porte de son cabinet sur le dernier patient de la matinée. Elle se sentait fatiguée, à bout de nerfs et surtout incompétente. Les histoires de ces inconnus ne la touchaient plus, la laissaient de marbre. Comment les aider alors ? Comment libérer leur parole si elle-même ne se sentait pas au mieux de sa forme, si elle-même avait du mal à mettre des mots sur ce qu'était devenue sa vie depuis quelques semaines ? Après les révélations de Martine Sanoise, la psychologue avait du faire un choix. Mais comment protéger au mieux sa fille ? Elle n'avait pas besoin d'un chevalier blanc mais d'un allié. C'était donc vers Damien Mirisse qu'elle s'était tournée. Ils avaient rendez-vous dans un petit snack en centre-ville. Sonia ne voulait pas rester dans son cabinet, trop marqué par la présence de l'étrange femme, marqué par le silence des pendules qui s'arrêtaient toutes sans explication rationnelle en sa présence. Avant de partir, Sonia passa un coup de fil à l'école, sous un prétexte bidon, pour pouvoir parler à Johanna. La petite allait bien. Rassurée, Sonia se rendit dans le centre d'Aurac. Il ne pleuvait pas mais de grands nuages gris commençaient à s'amonceler et la lumière déclinait déjà. Damien l'attendait à l'endroit convenu. Ils s'installèrent dans le fond de la petite salle, commandèrent des salades et Sonia prit la parole :

« Martine Sanoise est revenue hier. Elle m'a avoué un meurtre.

- Racontez-moi ça ! s'exclama Damien.

- Elle a été enlevée par la Mère Première à l'âge de dix ans. Elle a été relâchée à dix-sept avec pour mission de tuer sa propre mère. Elle l'a fait. Elle m'a dit l'avoir… poignardée puis égorgée. Elle a brisé les miroirs de la maison et sa mère… sa mère a rampé sur le verre brisé pour s'enfuir. Elle m'a dit qu'elle a aimé le bruit… Mon Dieu, je ne veux même pas croire ce que je suis en train de raconter.

- Elle ne mentait pas selon vous ?

- Non. Elle était sincère. Son plaisir de raconter l'histoire l'était, tout comme celui qu'elle a éprouvé à ce souvenir.

- C'était il y a combien de temps ?

- Je ne sais pas. Je ne sais pas quel est son âge aujourd'hui. Et si tout cela est bien réel, elle pourrait aussi bien en avoir vingt que cent ! Elle m'a raconté avoir vu une fille ne pas vieillir malgré plusieurs années enfermée dans une cellule au Temple. Je ne sais même pas où c'est. Je suppose que tout ceci s'est passé à Aurac…

- Je peux faire quelques recherches mais j'ai peur de ne rien trouver avec aussi peu d'informations… s'excusa le policier. Il faut que nous arrêtions cette Martine. Je vais rester avec vous et quand elle reviendra, je serai là.

- Non, surtout pas ! Je ne peux pas l'arrêter maintenant ! Elle dit que je dois encore l'écouter, qu'elle a les réponses pour Johanna. Si jamais je vais contre elle, ma fille payera.

- Mais une fois qu'elle aura terminé son récit, que se passera-t-il ? Elle partira ? Juste parce que vous l'avez écouté ? Ça n'a pas de sens ! Ça n'a aucun putain de sens... Quel est le but de cette femme ? En tant qu'adepte de la Mère Première, elle est là pour tuer quelqu'un.

- Je serai sa cible ?

- Il y a votre fille aussi, ainsi que les prêtresses qui ont essayé de l'enlever. J'essaye de réunir toutes les pièces du puzzle, Sonia. J'ai compilé toutes ces affaires non résolues ayant des femmes pour meurtrières. Je n'ose pas faire le lien mais... il serait possible qu'elles soient toutes des adeptes de la Mère Première. Elles ont toutes eu le même but mais avec une façon de faire différente.

- Comme si chacune avait son style ? hasarda la psychologue.

- Oui, c'est ça. Et je ne comprends rien. En fait, il manque de la logique. Ou alors je veux trop être logique et chercher des raisons rationnelles aux actes de ces disciples... Sonia, écoutez, je ne peux pas vous laisser seule. Ni vous, ni votre fille.

- Damien, si vous tentez quoi que ce soit, ma fille risque de mourir. Je ne veux prendre aucun risque.

- Alors que fait-on ?

- Vous respectez ma décision, voilà ce qu'on va faire. Je veux juste protéger Johanna.

- Pourquoi m'en avoir parlé alors ?

- Je... Je ne sais pas, je pense que j'aurais aimé que vous me disiez que vous vous rappelez de ce meurtre, que vous auriez retrouvé la véritable identité de cette femme... En même temps, j'ai peur que quoi que l'on puisse tenter, elle fera payer ma fille... Je suis complètement perdue. Je suis désolée Damien. »

Damien repartir inquiet et vexé au commissariat. Il avait peur pour cette femme et sa fille, mais ne savait comment les protéger autrement qu'en les collant vingt-quatre heures sur vingt-quatre. Mais le refus catégorique de Sonia l'avait vexé. Une femme repoussant son aide, voilà qui blessait son ego. Il devait bien y avoir une faille, quelque chose qui devait être sous son nez depuis le début ! Mais quoi ?

Sonia avait récupéré Johanna à la sortie de l'école, après avoir tenu sa permanence au Centre d'Accueil et d'Ecoute. La mère inquiète avait été chercher sa fille dans la classe et lui avait tenu la main jusque la voiture. Elle tenait à l'avoir dans son champ de vision. La petite brune semblait aller mieux. Si elle avait peur, elle n'en montrait rien. Elle prit son goûter, Chanel récupérant les miettes des tartines, puis regarda la télévision avec sa mère. Elles n'échangèrent que très peu de mots. Sonia était aux aguets, tendue à l'extrême. Johanna devait le sentir et ne préférait pas provoquer d'incident. Elle put s'échapper de l'emprise de sa mère quelques instants, pour dessiner tranquillement sur la table basse. Johanna sentait le regard de Sonia dans son dos. Elle dessina donc des grands soleils, des fleurs et des chats plein de couleurs. Elle garda pour elle l'ombre terrifiante de cette grande dame blonde qui errait dans des couloirs obscurs. Elle ne dessina pas non plus les grandes fenêtres ouvertes sur des univers inconnus où l'eau brûlait et le feu glaçait les os. Tout ce qui pouvait inquiéter sa mère, Johanna le garda enfoui en elle.

Sonia sent de nouveau (combien de fois ?) la terre humide sous ses pieds nus. Sous la terre, elle sent le parquet, celui de son salon, qui grince légèrement. Elle sait qu'elle rêve. Elle a pénétré dans le royaume d'Alex. Où est-il ? « Maman ? » Sonia se retourne mais ne voit que du brouillard. La terreur la saisit. La voix l'appelle. Johanna. Sonia se déplace lentement, ses jambes sont de plomb. Elle doit trouver sa fille ! Un grand vent froid balaye la brume et devant elle, Johanna et Alex apparaissent, main dans la main. Alex est de dos. Sonia remarque qu'il tient fermement la main de sa fille dans la sienne.

« Maman, sanglote la petite, il est venu me rechercher. Il dit qu'il a besoin de moi. Il me fait mal.

- Alex ! Laisse ma fille, parle-moi, je suis là.

- J'ai besoin d'elle pour te parler, Jo.

- Ne la force pas, s'il-te-plaît….

- Jo, mon amour, il faut que tu m'écoutes. Tu es en danger.

- Aïe ! cria Johanna en retirant sa main. »

L'enfant se précipite dans les bras de sa mère. Sonia la serre contre elle et regarde le fantôme d'Alex s'étioler. Elle en a les larmes aux yeux. Elle le perd, encore une fois. Elle tend une main vers lui. Alex… Mais il est trop tard, le brouillard disparaît lui aussi et la terre s'effrite sous pieds.

Quand Sonia ouvrit les yeux, elle était dans le salon. Johanna était serrée contre elle, trempée et glacée. Sonia voulut consoler la petite mais le chagrin l'envahit. Elle n'avait pas eu le temps de lui parler, de le retrouver. Il était parti. Parce que Johanna ne voulait pas l'aider. Sonia se mit à pleurer à chaudes larmes.

CHAPITRE 28

Quand Sonia arriva le lendemain matin devant son cabinet, elle frissonna en voyant Martine Sanoise l'attendre en bas de l'immeuble. La psychologue avait déposé sa fille à l'école, non sans être inquiète de la laisser seule, et l'avait observé jouer dans la cour jusqu'à ce que la cloche retentisse. Elle s'était allumé une cigarette et l'avait savourée, s'offrant quelques minutes de calme. Sonia avait vérifié son agenda deux fois pour bien retenir la liste des patients qu'elle devait voir. Cela ne lui arrivait jamais : elle connaissait toujours son emploi du temps par cœur. Encore une fois, elle n'avait pas beaucoup dormi et passé plus de temps à serrer Johanna contre elle en fixant le plafond qu'à récupérer des heures de sommeil. Elle avait espéré, l'espace d'un instant, passer une journée normale. Mais non. Ce n'était pas Henri, l'ouvrier dépressif pourtant programmé à 9h30 qui l'attendait. C'était elle, cette femme qui avait fait de sa vie un cauchemar. Cette femme qu'elle devait écouter sans savoir pourquoi, qui faisait planer sur elle une terrible menace. Sonia eut envie de l'affronter mais renonça. Elle s'engouffra dans l'immeuble et referma la porte aussitôt derrière elle, sachant très bien que cela n'empêcherait pas Martine Sanoise de la suivre. La jeune femme monta quatre à quatre les escaliers, le souffle court, pour s'enfermer dans son cabinet. Elle verrouilla toutes les portes derrière elle et couru se réfugier derrière son bureau. Elle attendit. Elle se sentit alors stupide. Les horloges ne fonctionnaient pas. Sonia ne les avait pas remises en marche après le dernier passage de Martine Sanoise. La psychologue attendit, les sens en alerte. Alors qu'elle sentait ses muscles se détendre, elle vit la poignée de la porte s'abaisser. Le panneau de bois s'ouvrit sur Martine. Cette dernière ne souriait pas, comme si son tour de magie ne l'amusait même plus. Elle fixa Sonia et eut un hochement de tête, comme pour dire « bien essayé ». La blonde s'assit dans un des canapés et prit ses aises. Elle n'avait plus rien à voir avec la sans-abri apeurée des débuts. Elle fit signe à Sonia de venir s'asseoir face à elle, ce que la psychologue fit, certaine qu'elle ne pourrait pas échapper à ce monstre.

Au commissariat, Damien faillit s'étrangler avec son café quand un collègue lui décrivit la scène de meurtre dont il revenait. L'homme était pâle et choqué. Dans une petite cour de la vieille ville, ils avaient retrouvé un homme éventré et pendu par les pieds. C'était un jeune homme d'à peine vingt ans qui était tombé dessus. Le cadavre était celui d'un quadragénaire, entièrement nu, solidement attaché par les pieds à une petite poutre. Son ventre avait été ouvert dans toute sa largeur, quand le malheureux était encore vivant, et une partie de ses intestins avaient fini sur le pavé mouillé. Le jeune avait hurlé à plein poumons devant le spectacle macabre et alerté ainsi les riverains. Personne n'avait rien vu ni entendu. La mort remontait à 23h. Aucun témoin. Aucune trace d'après les premières constatations. Mais il était facile d'identifier le macchabée : ses habits avaient soigneusement été pliés et posés sur un rebord de fenêtre. Il ne manquait rien dans son portefeuille. Il était marié. Bon courage pour le collègue qui allait devoir prévenir la veuve.

Tandis que Damien écoutait le policier lui décrire la scène et son dégoût, des images lui revinrent à l'esprit. Les cadavres de la famille Tennaud tout d'abord et puis des photos, celles de l'affaire Menchut. Hector, l'agriculteur, dont la mort avait fait l'objet de la même mise en scène. Avait-on affaire avec la même tueuse ? Damien demanda à son collègue à être prévenu sur le champ dès que la femme de la victime aurait été avertie. Il avait un mauvais pressentiment. A vrai dire, on aurait pu parler de certitude : aucun policier ne retrouverait jamais la veuve. Le domicile serait vide et cette femme n'aurait jamais existé. Pourquoi maintenant ? Pourquoi signer son crime de la même façon ? Une signature... La seule marque d'individualité permise pour les soldates de la Mère Première.

Sonia s'était assise, sans prendre ni crayon ni bloc-notes, devenus inutiles. Martine Sanoise la regardait de toute sa suffisance. La psychologue avait attaché ses cheveux, essayé de retrouver ses gestes fétiches pour se donner une contenance mais en vain. Des sentiments contradictoires se disputaient ses pensées : la crainte des actes imprévisibles de cette folle et la haine farouche qui grandissait dans ses entrailles. Martine le savait et ne perdait pas une miette de ce combat intime. Ce fut elle qui prit la parole la première :

« Bien, madame Saint-Erme. Nous voici au dénouement. A l'acte final. »

Sonia garda le silence, tendue.

« Je vois, reprit Martine. Je vous ai dit que j'avais tué par trois fois déjà. Je vous ai raconté la première fois. Mais tuer ma mère n'était qu'un test. Certaines étaient renvoyées assassiner une amie, un frère, un fils parfois. La Mère Première testait ainsi notre dévotion. Mais seulement après nous devions effectuer notre première mission. Certaines durent plus longtemps que d'autres. Une semaine, un mois, des années, une décennie ! Nous ne tuons pas pour le plaisir de le faire… Enfin, peut-être un peu. Martine gloussa mais se reprit aussitôt. La Mère Première tire son pouvoir d'autre chose. C'est une histoire de domination, de confiance. Je vais vous expliquer comment j'ai tué mon mari, vous allez tout comprendre ».

Sonia frissonna, essaya de d'étirer ses jambes. Elle voulait fuir cet endroit. Elle mit les mains dans la poche de sa veste et s'accrocha à ce qu'elle put y trouver tandis que Martine entamait son macabre récit.

« Ne me demandez pas comment les prêtresses choisissent les victimes. Si elles ne font que donner les ordres directs de la Mère Première ou si elles prennent ces décisions elles-mêmes. Tout ce que je sais, c'est qu'un jour, une prêtresse désigne l'une d'entre nous et explique sa mission. Tout prend alors son sens. Ma misérable vie a changé quand j'ai enfin pu mettre à profit mon apprentissage. J'avais le nom de ma victime et le choix des armes. A moi de trouver comment la tuer le mieux possible pour nourrir notre Déesse. J'ai ainsi été renvoyée à Aurac il y a quelques années de cela pour tuer un homme. Je me suis inventé une identité et je l'ai abordé dans un café. Il venait de perdre sa compagne dans un accident de voiture. Il était complètement abattu. Alors je l'ai aidé, je l'ai pris sous mon aile, j'ai été patiente. J'ai tout fait pour qu'il tourne la page et tombe amoureux de moi. Cela ne m'a pas pris longtemps. Le pauvre, tout seul, il n'aurait pas été bien loin ! J'ai été présentée à sa famille. Je m'entendais très bien avec sa sœur. Elle s'appelait Isabelle. Bien sûr, pour moi, c'était Isa. Une charmante femme. Combien de temps avons-nous vécu ainsi avant qu'il ne me demande en mariage ? Dix-huit mois. Nous avons acheté un petit pavillon mitoyen. Ni laid, ni beau. Nous l'avons décoré à notre goût et peint la chambre de notre futur enfant. Nous nagions dans le bonheur. Il pensait l'avoir réellement trouvé. Moi, je me délectais de le tromper à ce point... Au bout de quelques mois, je n'ai eu qu'à lancer LE sujet de dispute. Je voulais une histoire typique, comme on en voit partout ! Alors je l'ai accusé de me tromper mais aussi de ne pas me donner d'enfant. Deux accusations fausses. Vous l'auriez vu pleurer, culpabiliser, crier puis s'excuser. C'était exquis. Je le manipulais à ma guise. Jusqu'à ce qu'il claque la porte de la maison. Un grand moment.

- Mais pourquoi ? Pourquoi cette comédie ? L'interrompit Sonia.

- La mort est plus savoureuse quand la victime ne s'y attend pas du tout, quand elle l'apothéose d'un intense moment de souffrance. Imaginez être tuée de la main de votre mari ? Qui vous a aidé, relevé, choyé, qui s'est toujours montré parfait avec vous ? Et un jour, il vous attend à la maison avec un flingue. Pointé sur vous. Comme ça. Sans explication. La personne en qui vous avez toute confiance, que vous aimez plus que tout. C'est ce sentiment d'incompréhension qui nourrit la Mère Première. Cette profonde injustice, cette violence gratuite, sans raison aucune ! L'injustice, c'est ce qu'il y a de plus cruel. Et de cette cruauté se nourrit la Mère Première. Cette nuit-là, j'ai rappelé mon époux, en larmes, m'excusant platement, lui jurant que je voulais passer ma vie avec lui. Il est revenu en courant l'imbécile. Vous auriez vu ses yeux écarquillés quand j'ai sorti le pistolet. Je pouvais sentir sa surprise, c'était presque palpable. Une formidable puissance s'est emparée de moi. Il m'a demandé de l'épargner. Mon pouvoir a grandi, jusqu'à faire se léviter les meubles de la maison. Et j'ai tiré. Dans sa tête. Tout son côté droit est parti. J'étais tellement fière de moi. J'ai du lui coller une deuxième balle. Léonard Choges était mort et Solange Docher allait pouvoir disparaître. Mais il a fallu que ce con de voisin rentre. Une balle pour lui aussi. Pas de témoin. »

CHAPITRE 29

Sonia écoutait Martine sans comprendre ce qu'elle attendait d'elle. Ou plutôt sans vouloir comprendre.

« Mais ma fille ?!

- Je ne peux rien faire pour votre fille. La Mère Première la veut. Et elle l'aura tôt ou tard. Quant à moi, permettez que j'achève ma mission ! »

Martine Sanoise éclata de rire puis se leva. Un long poignard était apparu dans sa main droite. Sa manche remontée, Sonia aperçut le tatouage en forme de phoenix sur son poignet. Elle ouvrit grand les yeux en comprenant. Elle avait été trompée. Elle avait eu confiance en Martine pour sauver sa fille. Mais cette femme était à la fois la maladie et le remède. Comment avait-elle pu la croire et se jeter sans réfléchir dans ce piège ?

Martine s'approcha, confiante, de la psychologue mais Sonia se précipita vers la porte. Celle-ci était verrouillée. Elle essaya de l'enfoncer avec son épaule mais le résultat ne fut qu'une douleur lancinante. Derrière elle, Martine riait et continuait à s'approcher. Je dois gagner du temps, pensa Sonia.

Pendant ce temps, Damien avait ressorti ses notes. Chacune des meurtrières avait une signature. Cela pouvait peut-être l'aider. Il y avait cette femme qui pendait ses maris éventrés. Mais les autres ? Avaient-elles laissé un indice ? Le policier lut et relut ses notes, sentant qu'il tenait quelque chose mais sans réussir à mettre la main dessus. C'est en revoyant les noms, bien écrits en lettres capitales qu'il comprit que Sonia était en danger. Martine Sanoise, anagramme de Sonia Saint-Erme, avait pour but de tuer la psychologue et non d'enlever sa fille. Comme Léonard Choges avait été assassiné par Solange Docher. Les mêmes lettres… Une signature si simple que personne n'y faisait attention et qui ne servait qu'à satisfaire l'orgueil de son auteure. Damien ne perdit pas de temps et fonça au cabinet de Sonia.

La folle faisait face à Sonia, déterminée et calme. Sûre du dénouement. La psychologue voyait dans son orgueil une faille à exploiter. Sans continuer de marcher, de parcourir son bureau à la recherche d'une arme pour se défendre, Sonia ne quittait pas Martine des yeux et lui parlait :

« Le moment de surprise est passé, votre déesse ne va avoir grand-chose à se mettre sous la dent. Vous avez failli votre mission.

- Oh non, je ne crois pas. Puisque je vais vous tuer dans moins d'une minute. Vous mourrez en regrettant de ne pas avoir su protéger votre fille.

- Je sais me défendre. Je vous tuerai, et vos prêtresses aussi. Jamais elles ne prendront Johanna !

- Vous ne manquez pas de courage mais c'est trop tard ! »

Martine se jeta sur Sonia qui retomba sur son épaule douloureuse. Allongée sur le dos, la jeune femme voyait le visage de Martine à quelques centimètres du sien. Elle avait resserré ses mains autour des poignets de son assaillante mais celle-ci était bien plus forte qu'elle. Sonia ne tarderait pas à lâcher. Soudain une odeur d'œuf pourri envahit la pièce et l'air se fit plus lourd. Martine rayonnait, souriante, les yeux fous, son pouvoir s'amplifiait. Sonia réussit à se dégager, roula quelques mètres plus loin. Mais le poignard avait taillé son bras dans l'action. Elle hurla de douleur tandis que Martine riait. Sonia s'éloigna mais continua de parler pour distraire son assaillante :

« Rendez-vous Martine ! C'est trop tard pour vous !

- Vous êtes courageuse… Comme l'était votre collègue… Mélanie, c'est ça ?! Cette fouineuse m'avait suivie…

- Vous avez tué Mélanie ?! Salope ! »

Martine se jeta de nouveau sur Sonia qui ne put l'éviter. Elles se retrouvèrent sur un des canapés qui manqua de basculer. Martine était bien plus forte et déterminée.

Alors qu'elle essayait d'écrire son prénom sur un beau dessin, Johanna se sentit aspirée vers le haut. Elle sentit des picotements dans tous ses membres et prit peur. Où allait-elle atterrir cette fois ? La petite fille sentit un courant d'air chaud dans son cou, puis une chaleur bienveillante l'entoura, formant un cocon rassurant. Johanna se laissa aller, sentant que quelqu'un la guidait. Par ses yeux grands ouverts, elle vit un appartement qu'elle ne connaissait pas. Elle en distinguait mal les détails mais on aurait dit que les murs étaient faits de livres. La silhouette d'une femme, allongée dans un canapé, luisait d'une lumière bleutée. Johanna sut tout de suite que c'était cette personne qui l'avait amené dans cet endroit :

« Pourquoi je suis là ? Je suis en classe !

- Chut Johanna, calme-toi. Je n'ai pas beaucoup de temps. Ecoute-moi. Je suis une amie de ta mère. Elle a besoin de toi. Elle est en danger.

- C'est le phoenix ?

- Oui, c'est le phoenix. Tu dois l'aider. Trouve ta mère et dis-lui que la pierre peut la sauver. Tu comprends ?

- Oui mais je fais comment ?

- Laisse toi aspirer comme tu as fait pour venir ici mais cherche ta mère. Quand tu la trouveras, mets-toi près de son oreille et dis-lui d'utiliser la pierre. Va Johanna, je ne peux plus...

Tandis que Johanna ouvrait les yeux dans sa salle de classe, l'air hébété, Nathalie Herbert massait ses tempes sur son canapé. Sa femme la regardait, l'air concentré, dans un coin de leur salon. Nathalie avait ressenti le danger qui planait sur Sonia mais la psychologue, trop apeurée par sa confrontation avec Martine n'avait pas été réceptive aux pouvoirs de Nathalie. Celle-ci avait donc tenté de contacter Johanna dont les pouvoirs dépassaient les siens, même si elle ne les maîtrisait pas. Quand la sorcière rassura Alicia, les deux femmes soupirèrent de soulagement et attendirent. De son côté, Johanna baissa les yeux sur son dessin. Sans s'en rendre compte, elle avait gribouillé par-dessus. Sa mère était en danger. La dame a dit de se laisser aspirer. Se laisser aspirer...

La psychologue sentit soudain un courant d'air frais passer près de son cou. C'était une présence fugace mais rassurante. Celle de sa fille ! Puis quelque chose bougea dans sa poche. La pierre. Nathalie Herbert lui avait donné en la suppliant de la garder avec elle pour la protéger. Sans réfléchir, Sonia la saisit et se jeta sur Martine. Prise au dépourvu, celle-ci se défendit et son poignard entailla les bras et la poitrine de la psychologue plusieurs fois. La douleur était atroce mais Sonia ne voulut pas abandonner. Dès qu'elle le put, elle appuya la pierre sur la tempe de Martine. Cette dernière hurla de douleur et se débattit. Mais la psychologue tint bon et continua d'appuyer, sentant la pierre s'enfoncer dans la peau de son ennemie. Les meubles de la pièce quittèrent le sol de quelques centimètres et l'odeur de soufre se fit plus forte. Martine criait jusqu'à s'en faire saigner le nez et les oreilles. Ses cheveux dressés sur sa tête à cause de l'électricité statique lui donnaient un air terrifiant.

La porte s'ouvrit soudain avec fracas et Damien Mirisse apparut sur le seuil, l'arme au poing. Surprise Sonia lâcha sa prise et Martine s'échappa. Damien tira mais la blonde se précipita vers la fenêtre. Elle bondit et le bruit du verre qui explosa emplit les tympans de la psychologue. Damien se précipita à la fenêtre. Sur le trottoir, il n'y avait que des éclats de verre. Martine Sanoise avait disparu dans sa chute. Les meubles étaient tous retombés en même temps dans un vacarme inimaginable. Le policier s'approcha de Sonia tout en appelant les secours. La jeune femme saignait abondamment. Dans la paume de sa main droite, la pierre n'était plus là mais elle avait laissé gravés ses étranges signes dans la peau de Sonia. Celle-ci regarda Damien puis s'évanouit.

CHAPITRE 30

Cela faisait trois jours que Sonia dormait dans cette chambre d'hôpital. Aujourd'hui, enfin, elle se retrouvait sans colocataire. Elle détestait ne pas avoir d'intimité dans un endroit pareil. Elle avait plusieurs bandages sur les bras, quelques points sur la figure qui ne devraient laisser aucune cicatrice et sa main droite brûlée. « C'est drôle ces petits dessins que les brûlures vous font, je suis désolée mais vous devrez les garder », avait dit le médecin. Sonia bénissait chaque jour le pansement qui lui cachait ce souvenir de son affreuse rencontre avec Martine Sanoise. Quand l'infirmier venait le changer, la jeune femme détournait le regard. Son sommeil était léger. Elle s'éveillait au moindre bruit quand des cauchemars ne la terrorisaient pas au milieu de la nuit. Avec des somnifères, elle jouissait enfin d'un sommeil réparateur.

Damien Mirisse était venu la voir chaque jour. Il lui avait expliqué comment il avait compris trop tard selon lui, qu'elle était la cible et non Johanna. Il s'en voulait d'avoir raté un truc aussi con qu'une anagramme ! Mais la faiblesse de Martine Sanoise, ou quel que soit son nom, l'avait trahie. A être trop sûre d'elle, elle avait choisi une signature trop évidente. Le policier s'était occupé de contacter Jean qui avait pris soin immédiatement de Johanna.

« Je suis retourné voir les Herbert à Paris, avait-il raconté. Elles sont au courant de tout. Ce sont de précieuses alliées, je pense les rejoindre dans leur croisade contre la Mère Première.

- La pierre de Nathalie et les pouvoirs de ma fille m'ont sauvée… avait répondu Sonia.

- Oui, Nathalie m'a expliqué que c'est un talisman puissant, elle a employé plein de mots étranges ! Grâce à ses dons, elle a senti que vous alliez être confrontée à un grand danger… Elle m'a également dit être entrée en résonnance, c'est le terme ? avec votre fille. Elle a pu ainsi lui expliquer comment vous dire de vous servir de la pierre.

- Quand je pense que c'est Johanna qui m'a indiqué que la pierre était dans ma poche. Elle a un pouvoir incroyable.

- Johanna vous en a parlé ?

- Oui, elle m'a dit que la gentille sorcière lui avait dit de faire certaines choses et c'est ce qu'elle a fait. J'ai eu la vie sauve mais les capacités de ma fille vont être un nouveau problème à gérer. »

Sonia était heureuse d'avoir rencontré Damien. C'était un ami précieux. Bien sûr, une enquête avait été ouverte sur Martine Sanoise mais tous deux savaient qu'elle ne donnerait rien. Au moins, ses aveux avaient-ils permis d'élucider le meurtre de Mélanie Trésor.

Vint enfin le jour de sa sortie de l'hôpital, une semaine après l'attaque de Martine. Sonia était impatiente et avait préparé ses affaires. Elle attendait Jean et Johanna en se tordant les mains, malgré la douleur que sa brûlure lui procurait encore. Dieu merci, elle devait encore garder le bandage plusieurs jours. Peut-être mettrait-elle un gant par la suite… Elle commençait à se rendormir quand elle entendit de petits pas courir dans sa direction. Johanna se jeta sur elle tandis que Jean fermait la porte de la chambre derrière lui. Sonia serra fort sa fille dans ses bras et grimaça à cause de la douleur. Johanna lui couvrit la figure de baisers, lui donna des nouvelles de Chanel et de l'école. Elle lui donna quatre dessins. Il y avait des arbres, des soleils, des gribouillages. Rien d'étrange, ne put s'empêcher de penser Sonia avec soulagement. Jean fit le point avec elle sur son état de santé puis ils quittèrent sa chambre. Jean leur fit la cuisine ce soir-là et passa la nuit dans le canapé. Vers 23h, Sonia se sentait bien, dans son lit, sa fille dormant à poings fermés dans la pièce voisine et le chat ronronnant à ses pieds. Elle se sentit gagner par le sommeil et ne résista pas.

Le week-end suivant, Alicia et Nathalie Herbert descendirent à Aurac. La professeure prit des notes et enregistra toute la conversation sur un petit magnétophone, afin de compléter sa quête de la Mère Première. Elle avoua avoir reçu de nouvelles de nouveaux meurtres dans le pays mais également la résurrection de rituels anciens et cruels du côté de l'Ecosse. Ambrosia était toujours aussi puissante, malgré l'échec de son adepte dévouée. Et Johanna pouvait encore être la cible des prêtresses. Sonia s'attendait à ce que le sujet soit mis sur le tapis et s'enfonça dans son fauteuil. Ils étaient tous réunis dans l'appartement de Jean. Damien Mirisse était là également. On avait ouvert les fenêtres pour laisser rentrer l'air doux et lumineux d'avril. Johanna jouait dans un coin de la pièce. C'est Nathalie Herbert qui attaqua frontalement :

« Sonia, vous avez vu de quoi votre fille est capable. Elle a pu vous sauver. Mais vous connaissez maintenant les dangers de son don. Vous savez que vous ne pouvez pas la laisser grandir comme n'importe quelle autre petite fille…

- Mais ne peut-on pas simplement endormir son pouvoir ? demanda Sonia.

- En théorie, c'est possible mais ce serait tout aussi dangereux, voire pire.

- Alors que proposez-vous ? »

Nathalie jeta alors un œil à sa compagne, demandant son approbation avant de parler. Alicia lui répondit par un hochement de tête sans aucune hésitation.

« Je sais que ce que je vais vous dire va… Enfin, prenez le temps de réfléchir. Je peux enseigner à Johanna quelques petites choses mais je ne suis pas certain de mes capacités de professeur et mes propres pouvoirs sont limités, en particulier dans le domaine de la décorporation. En revanche, je connais d'autres personnes qui pourraient nous aider et qui seraient même ravies de transmettre leur savoir à votre fille. Nous pourrions commencer dès cet été ! Johanna pourrait vivre avec nous à Paris, Alicia et moi nous occuperons d'elle et plusieurs jours par semaine, elle serait en apprentissage avec mes... disons, mes amis.

- Non. Certainement pas. Je vous aime beaucoup mais je ne vous connais pas assez.

- Pour retrouver Johanna dans une secte ? Sans façon ! intervint Jean.

- Sonia, Jean, les interrompit Alicia Herbert. J'ai beau être plongée dedans jusqu'au cou, je ne fais qu'étudier les mouvements sectaires. J'en connais trop bien les dangers pour y jeter Johanna ! Ce que vous dit Nathalie est difficile à accepter mais vous savez qu'elle a raison. Johanna doit apprendre à maîtriser son don. Nous ne savons pas quand les prêtresses tenteront à nouveau de l'enlever et cet apprentissage ne pourra que l'aider !

- Autrement dit, ou nous la formons du côté du Bien, ou elle sera formée par le côté du Mal, glissa Damien avec un sourire ironique.

- C'est aussi simple que ça, répondit Alicia.

- Faites-nous confiance, ajouta Nathalie.

- Moi je veux bien venir avec vous ! dit une petite voix qui les fit tous sursauter. »

Pris dans leur conversation, les adultes avaient oublié la présence de la petite brune qui s'était rapproché discrètement. Elle n'avait pas perdu une miette des échanges. Elle grimpa sur les genoux de sa mère et plongea ses yeux dans ceux de sa mère. Sonia en fut troublée. Le regard de sa fille avait changé, il semblait plus froid mais sans être désagréable. Elle sentit comme une caresse dans son esprit, comme si Johanna voulait la rassurer. La psychologue reprit la parole :

« Très bien, nous allons y réfléchir. De toute façon, elle ne passera pas deux mois avec vous car une partie des vacances est pour son père. Nous allons y réfléchir. »

CHAPITRE 31

Solène s'éveilla rapidement. Elle enfila sa chemise de coton informe et se tint droite dans la petite pièce. Les pierres froides sous ses pieds nus la firent frissonner mais elle chassa bien vite cette sensation de froid dans un coin de sa tête. En regardant l'éclat froid de ses yeux noirs, on aurait pu facilement oublier qu'elle n'avait que 7 ans. D'ailleurs, était-ce vraiment son âge ? S'appelait-elle vraiment Solène ? Elle n'en était plus très sûre. Parfois quand elle se réveillait, elle doutait de tout. Cela durait à peine une seconde. Ensuite, elle ne se posait plus aucune question ; qu'importe qui elle avait été, elle était maintenant au service de la Mère Première. La voix d'une prêtresse l'avait tirée de son sommeil. Combien de temps avait-elle dormi ? A peine trois heures, ou peut-être trois jours... Le temps était bien la première chose qu'on ne maîtrisait plus en entrant au Temple. Désapprendre puis réapprendre. S'affranchir du calendrier humain, des cycles et des saisons, pour mieux façonner les heures à sa guise. Solène ouvrit la porte de sa cellule et faillit trébucher sur un corps nu jeté à même le sol. La corvée des mortes. Encore. Mais qu'importe, Solène aimait ça. Elle aimait traîner les corps sur la pierre râpeuse et entendre les cris de délectation des misérables créatures qui en faisaient leur repas. Plusieurs fois elle s'était attardée dans la salle aux puits pour tenter de jeter un œil et les apercevoir. Mais les prêtresses la mettaient toujours dehors avant qu'elle ne réussisse son projet.

Ce matin-là, on lui avait laissé le corps d'une femme mûre, une grande blonde. Son état était innommable. La pauvre avait été écorchée vive puis brulée. Le cadavre dégageait une odeur immonde qui fit froncer le nez de la jeune fille. La contactant par télépathie, la prêtresse la pressa d'effectuer sa corvée. Reconnaissant la femme dont elle devait se débarrasser, Solène sentit son cœur gonfler de fierté. C'était à elle qu'était revenu l'honneur de jeter aux oubliettes l'infâme traitresse. Solène attrapa les poignets du cadavre et tira. La femme était lourde, sa peau carbonisée glissait très mal sur le sol. La prêtresse s'impatienta. Solène eut peur, elle devait se montrer digne. Elle se concentra et puisa en elle toutes les forces dont elle disposait. Enfin, elle put faire bouger l'immonde déchet et entama le chemin jusqu'aux puits. Elle se souvenait parfaitement du châtiment public qui avait été réservé à cette femme. Jamais elle n'en avait vu de plus insoutenable, de plus cruel, mais elle n'avait pu détacher ses yeux du spectacle que la Mère Première avait offert à ses filles.

La veille, ces dernières avaient toutes été convoquées dans la Salle Rouge. En contrebas de la statue de la Mère Première, le corps de la blonde les attendait, chaque bras relié à des chaînes fixées au plafond, les chevilles également entravées par des attaches fixées au sol. Ainsi nue et écartelée, elle était offerte au regard de toutes. Quant à la suite… Solène trébucha et perdit toute sa concentration. Hors de question d'abandonner, c'était signer son arrêt de mort. Et personne ne voulait déplaire à la Mère Première, pas après ce qui s'était passé. Solène la craignait et la révérait d'autant plus. Si elle devait mourir, ce serait en la servant, non pas en l'ayant courroucée.

Une fois l'armée de la Mère Première au complet, les prêtresses avaient fermé les portes de la Salle Rouge. Il y eut un silence glaçant qui sembla durer des heures. Martine gardait la tête baissée, ne voulant pas affronter le regard de ses consœurs. Elle se souvenait des heures de torture que les Prêtresses lui avaient fait subir après l'avoir récupérée. Oh bien sûr, son corps n'en portait aucune marque. Car tout s'était passé là-haut, dans son esprit. La Mère Première avait été déçue, avaient dit les Prêtresses. Cela aurait pu suffire à faire perdre la raison à Martine. Je ne suis pas Martine… Je suis… Mais les cruelles créatures s'étaient acharnées sur la femme, lui arrachant des morceaux de pensée comme si elles lui avaient écorché le cerveau. Lui faisant subir des cauchemars éveillée, lui apprenant combien il en coûte de faillir à sa mission. Martine avait accepté son sort. Elle allait maintenant subir le châtiment de la Mère

Première elle-même. Si celle-ci n'était pas encore assez forte pour venir tuer Martine de ses propres mains, c'est bien parce que cette dernière avait échoué. Pardonnez-moi… Soudain l'air se chargea d'électricité. Elle est là. Une grande lumière blanche et froide irradia l'imposante statue derrière la condamnée. Et la Mère Première parla.

« Votre sœur a failli. Votre sœur a trahi. Elle n'a pas nourri votre Mère. Craignez ma colère ! Craignez mes pouvoirs ! Regardez le sort que je réserve à qui me désobéit. Savourez sa douleur comme je la savoure. Goûtez sa souffrance comme je m'en nourris. »

Oh Mère… Mère…

Puis il y eut le premier coup. Une grande balafre apparut sur le ventre de Martine, comme si une griffe invisible l'avait entaillé. Elle hurla de surprise et de douleur. Puis une autre, sur les seins. Une troisième. Des dizaines, des centaines. Griffée par une main invisible, la femme hurlait. Le sang qui s'échappait de ses blessures formait une flaque au sol. La salle était silencieuse, seuls les gémissements et les cris de la condamnée résonnaient.

« Mère, je suis désolée, dit Martine dans un murmure. Puis sa voix devint plus forte. Mère ! Je suis désolée ! Mère ! »

Les griffures cessèrent mais pas le calvaire. Martine sentit sa peau se déchirer sur sa jambe droite. On était en train de l'écorcher vivante, de lui retirer, centimètre par centimètre les derniers lambeaux de peau qui avait été épargnés. L'esprit de Martine bascula et elle se mit à rire, tant la douleur était insupportable. Au moins, sa propre souffrance nourrissait celle qu'elle chérissait tant.

« Mère ! Faites-moi souffrir ! Je meurs pour vous Mère ! Je souffre pour vous ! Je vous donne mon sang ! Mère ! Mère ! » hurla Martine avant d'éclater de rire. Aucune des femmes présentes dans la salle ne détourna le regard de l'affreux spectacle. Le corps de Martine se transformait en masse de chaire vaguement humaine. Quand la peau de son visage commença à partir, elle ne riait plus, ne hurlait plus. Elle ne faisait que murmure son amour à la Mère Première, lui adressant des prières silencieuses. Enfin, la torture prit fin. Le corps de Martine prit soudainement feu. La femme hurla une dernière fois puis se tut définitivement. Quand le corps fut entièrement brûlé, les prêtresses firent sortir l'assemblée et chacun fut raccompagnée dans sa cellule.

Solène n'oublierait jamais cette scène. Qu'en avait-elle retenu ? Qu'elle serait prête à tout pour la Mère Première, pour ne jamais la décevoir. Car elle lui avait enseigné le sens de sa vie. Un jour, on lui attribuerait une mission, on l'enverrait nourrir la Mère Première. Quand elle aura retrouvé ses forces, elle nous remerciera, elle me remerciera, pensait la fille en traînant le corps supplicié derrière elle. Quand enfin elle fit basculer le cadavre dans une fosse, elle ne s'attarda pas. Les cris et les rires qui en montèrent étaient plus enthousiastes, plus cruels, plus heureux. La prêtresse ramena la fillette dans sa cellule. Solène s'étendit sur son lit et ferma les yeux, sereine.

EPILOGUE

La terre est toujours humide. Le brouillard toujours épais. Sonia sait où elle se trouve. Elle sourit car elle sait qu'il est revenu. Alors elle attend. Le brouillard s'éclaircit. Sonia se rend compte qu'elle sur le pas de la porte de la maison. Non. Elle ne veut pas rentrer, elle ne veut pas affronter ses souvenirs. La terre tremble et un gouffre se forme sous ses pieds. Sonia hurle. Son corps tombe dans les abîmes. C'est un cauchemar, juste un cauchemar. La chute est lente. Johanna apparaît soudain et lui prend la main. Vêtue de sa chemise de nuit rose bonbon, elle sourit à sa mère. Je vais t'aider, maman. Sonia lui sourit en retour.

Sonia ouvrit les yeux. Elle était dans son lit, les draps entortillés autour de ses pieds. Le soleil inondait la pièce. Le mois de juillet était particulièrement chaud cette année. Sonia regarda son téléphone portable. 10H. Johanna était chez son père pour une quinzaine de jours et la psychologue s'accordait une semaine de vacances. Après... après sa fille irait vers l'inconnu à Paris. Et elle, que ferait-elle ? Elle baissa ses yeux vers sa main mutilée, elle enlevait son gant pour dormir. Les marques étaient bien imprégnées. Sonia les étudia avec dégoût.

A midi, elle retrouva Jean à la terrasse d'un bistrot. La conversation fut banale. Ce n'est qu'en fin de repas, lorsqu'elle alluma sa cigarette que son ami lui posa la question :

« Alors, que vas-tu faire maintenant ?

- Protéger Johanna et retrouver Alex, répondit Sonia. »

Elle recracha la fumée en souriant.

Table des matières

PROLOGUE	5
CHAPITRE 1	11
CHAPITRE 2	23
CHAPITRE 3	35
CHAPITRE 4	49
CHAPITRE 5	63
CHAPITRE 6	69
CHAPITRE 7	81
CHAPITRE 8	89
CHAPITRE 9	97
CHAPITRE 10	111
CHAPITRE 11	121
CHAPITRE 12	131
CHAPITRE 13	143
CHAPITRE 14	155
CHAPITRE 15	165
CHAPITRE 16	175
CHAPITRE 17	181
CHAPITRE 18	191
CHAPITRE 19	199
CHAPITRE 20	207
CHAPITRE 21	216
CHAPITRE 22	225
CHAPITRE 23	235
CHAPITRE 24	245
CHAPITRE 25	253
CHAPITRE 26	263
CHAPITRE 27	273
CHAPITRE 28	279
CHAPITRE 29	287
CHAPITRE 30	293
CHAPITRE 31	299
EPILOGUE	305